उपन्यास

राहुल शिवहरे

Published By

Redgrab books Pvt. Ltd.

942, Mutthiganj, Prayagraj, 211003

www.redgrabbooks.com

contact@redgrabbooks.com

First published by Redgrab Books in 2022

Copyright © 2022 Redgrab Books Pvt. Ltd.

Copyright Text © 2022 **Rahul Shivhare**

Printed and bound in india

Cover Design & Typesetting by Redgrab Books team

ISBN : 978-93-90944-60-6

समर्पण

इस संसार के सबसे पवित्र, सम्पूर्ण, निःस्वार्थ, वात्सल्यपूर्ण बंधन-सूत्र । माँ
को शत: शत: नमन माँ

एक शब्द नहीं, एक व्याख्या है माँ,
कोई धर्म नहीं है ये, एक आस्था है माँ
ये तो एक कर्म है, एक पूजा है माँ,
सब है पर न कोई तेरे जैसा दूजा है माँ
ममता की अविरल धारा है माँ
हर मुश्किल में एक ही सहारा है माँ
हर क़दम पर साथ देती परछाईं-सी छाया है माँ,
कहीं धूप तो कहीं बारिश से बचाती भीगती काया है माँ
हर मंदिर, हर मस्जिद में दिखती महृम-सी मूरत है माँ
बहुत नाज़ुक, बहुत प्यारी बहुत ख़ूबसूरत है माँ

दो शब्द – लेखक की ओर से

"ज़िन्दगी कभी भी फुल-स्टॉप नहीं लगाती। स्याह कल से सफ़ेद कल तक का सफ़र ही ज़िन्दगी है। इसलिए कभी भी ज़िन्दगी रीस्टार्ट करने से पहले एक बार रिवाइंड ज़रूर कीजिये।"

प्रस्तुत कहानी में आज के दौर की ज़िन्दगी की कशमकश को दिखाने की कोशिश की गयी है, कि कैसे अपने अतीत के ख़ुशनुमा पलों को दुबारा जीकर हम आज के अपने अकेलेपन से जीत सकते हैं। साथ ही समाज की तमाम कुरीतियों में से एक सबसे बड़ी कुरीति दहेजप्रथा और दहेजलोभियों पर कटाक्ष करके उनको आइना दिखाने की कोशिश भी की गयी है और साथ ही साथ हमारी कुछ सामजिक और सरकारी भी व्यवस्थों पर व्यंगपूर्ण, लेकिन बहुत ही तीखा प्रहार किया गया है। कहानी आज के परिवेश के हिसाब से और बहुत ही आम बोल चाल की भाषा (हिंदी और हिंदी मिश्रित इंग्लिश) में लिखी गयी है और जहाँ ज़रूरत है सिर्फ़ वहाँ ही (कहीं-कहीं स्वादनुसार भी) गालियों का प्रयोग किया गया है, क्यूँकि हम सिर्फ़ वही लिख सकते हैं जो हम ने जीया है, हम ने महसूस किया है, अब आज के समय के दो जिगरी दोस्त आपस में "कैसे हो मिल?" इस तरह की भाषा का प्रयोग तो नहीं कर सकते।

"यह एक दम पारिवारिक पुस्तक है, घर के सभी सदस्य पढ़ सकते हैं लेकिन अकेले-अकेले।"

"ये ज़िन्दगी है कि शोर में डूबी जा रही और मौत है, जो एक दस्तक भी मुनासिब नहीं समझती।"

ज़िन्दगी
F से Rocking

रात से हो रही बारिश ने मौसम के मिज़ाज में काफ़ी तबदीली ला दी थी, जो थोड़ी बहुत गर्मी और उमस बाक़ी थी वो भी लगभग ख़त्म सी हो गयी थी।

अमर ने अपने केबिन का AC बंद किया और सर को झुकाकर हाथों के बल पर रखकर आँखें बंद कर लीं। आज उसे फिर से अचानक बहुत तेज़ सिर में दर्द हो रहा था। पहले सोचा कि एक डिस्प्रिन ले ले, लेकिन फिर सोचा कि चलो थोड़ी देर सो जाता हूँ शायद कुछ आराम मिले।

अभी लगभग 15 मिनट ही हुए होंगे कि फ़ोन की घंटी बजना शुरू हो गयी। अमर ने अनमने ढंग से फ़ोन को उठाया तो देखा किसी की कॉल नहीं थी, फ़ोन में अलार्म बज रहा था। उसने ही 4:30 का अलार्म सेट किया हुआ था। आज 5 बजे उसकी अपने एक न्यू प्रोजेक्ट के लेकर US के एक इन्वेस्टर के साथ मीटिंग थी। काफ़ी इम्पोर्टेन्ट मीटिंग थी सो उसने आधा घंटे पहले का अलार्म सेट कर दिया था। पर अब क्या किया जाये, इस दर्द ने तो सारा काम ही बिगाड़ दिया। उसे लग नहीं रहा रहा था कि आज की ये मीटिंग वो कर भी पायेगा और अगर कर भी ली तो उसे मीटिंग के success होने के चांस कम ही लग रहे थे। हालाँकि प्रेजेंटेशन वग़ैरह सब रेडी थी और उसे सिर्फ़ मीटिंग में बैठना था। पर सिर्फ़ बैठने से काम तो नहीं चलता है। सवाल चाहे किसी से पूछा जाये, जबाब तो आप से ही expect किया जाता है।

'अमर शास्त्री' एक यंग ऐज बिज़नेस टाइकून 4 ब्लू चिप स्टार्टअप कंपनियों का मालिक और इतनी ही दूसरी कंपनियों में हिस्सेदारी। उम्र लगभग 30-31 के आस-पास थी। एक आकर्षक और सौम्य छवि का व्यक्तित्व। पर जुनूनी बहुत था। जो एक बार ठान लिया तो फिर वो उसे करना ही होता था। परेशानियाँ उसे डिगाने में हमेशा नाकाम ही रहती थी और शायद इसका ही नतीजा था कि इतनी कम उम्र में ही वो एक जाना-पहचाना नाम था।

अमर ने फ़ोन के अलार्म को बंद किया और दुबारा आँखें बंद कर लीं।

थोड़ी ही देर बाद किसी ने दरवाज़े पर दस्तक दी, "may I come in Sir?" अमर ने झटके से सर को उठाया तो देखा सामने कमल जी खड़े हुए थे।

एडमिन हेड कमल जी ने जब अमर को ऐसी स्तिथि मैं देखा तो चौंक गये और बोले, "everything is alright Sir? आपकी आँखें भी काफ़ी लाल हो रही हैं। क्या बात है कुछ तबीयत ठीक नहीं है क्या सर?"

अमर ने थोड़ा रिलेक्स होते हुए कहा, "अरे कुछ ख़ास नहीं सिर में थोड़ा दर्द था तो बस आँखें बंद करके दर्द को थोड़ा कम करने की कोशिश कर रहा था।"

"आप कहें तो मीटिंग कैंसिल कर दूँ।" कमल जी ने कहा।

"अरे नहीं, इस मामूली से दर्द के चक्कर में इतनी इम्पोर्टेन्ट मीटिंग कैंसिल कर दूँ। कैसी बातें करते हो गुप्ता जी आप भी।" अमर ने कहा।

कमल जी ने सोचा मैंने तो नम्बर बढ़ाने के चक्कर में बोला था, पर यहाँ तो माइनस मार्किंग चल रही है।

अमर के इस दर्द की कहानी से उसके ऑफ़िस के पुराने लोग अच्छे से वाक़िफ़ थे और कमल गुप्ता भी उनमें से एक थे। अमर का ये दर्द उसके दिल का दर्द था, जो उसके अंदर बहुत गहराई तक बस गया था। अमर ने ना तो ख़ुद कभी इस दर्द से बाहर आने की कोशिश की और ना ही किसी और को कोशिश करने दी।

अमर के ऊपर उसकी ऑफ़िस की लड़कियों का क्रश था। हर लड़की इसी जुगाड़ में थी की कैसे एम्प्लोयी से सीधे डायरेक्टर बन जाये। पर ना तो अमर ने कभी किसी को घास डाली और ना ही कभी किसी की डाली हुई घास खाई। लंच टाइम में वो ऑफ़िस की फीमेल लाबी के लिए हॉट टॉपिक होता था।

जब भी ऑफ़िस मैं कोई न्यू फीमेल एम्प्लोयी आती थी और उसे पता चलता था कि उसके बॉस अमर की एक गर्लफ्रेंड थी, जिस ने उन्हें धोखा दे दिया और किसी और से शादी कर ली। तो वो इन सभी तथ्यों का मूल्यांकन करती "एक औरत के तौर पर"। अच्छा-ख़ासा स्मार्ट बंदा, 5k-6k करोड़ का मलिक, इकलौता लड़का, सर्व-गुण संपन 'शिकार'। फिर क्यों कोई लड़की उसे छोड़ेगी और इसी आधार पर वो इस तथ्य को अफ़वाह क़रार देते हुए अन्य लड़कियों की तरह ही ख़ारिज कर देती।

इस कहानी की वास्तविकता क्या थी, ये तो अमर ही बता सकता था। पर

राहुल शिवहरे

हर बार ये कहानी नये मसालों के साथ परोसी जाती थी।

शार्प 5 बजे मीटिंग शुरू हुई और लगभग 2 घंटे चली। 'कर्म के प्रति समर्पण ही आपकी सफलता की कुंजी होती है।' पूरी मीटिंग के दौरान अमर ही छाया रहा। चाहे इन्वेस्टमेंट पर रिटर्न की बात हो या मार्किट के कॉम्पीटिशन की। अमर ने हर बात का बख़ूबी जबाव दिया। पूरी मीटिंग के दौरान ना तो उसे अपने सिर दर्द का एहसास रहा और ना ही आँखों में जलन का। हर बार की तरह उसकी ये मीटिंग भी उसकी कामयाबी की दास्ताँ बयाँ कर रही थी।

मीटिंग ख़त्म होने के बाद उसने सारी टीम को उनके प्रयास के लिए थैंक्स कहा और इस डील के क्लोज़ होने पर एक शानदार पार्टी का ऐलान किया। एक अच्छा लीडर हमेशा अपनी टीम मैं जोश और होश बनाये रखता है। और शायद यही वजह थी कि उसके सभी एम्प्लोयी चाहे सीनियर हो या जूनियर, उसकी एक बॉस के साथ-साथ एक अच्छे इंसान के रूप में भी उसकी इज़्ज़त करते थे और हमेशा उस से कुछ ना कुछ सीखने की कोशिश करते रहते थे।

मीटिंग के बाद अमर सीधा घर आया। गाड़ी पोर्च में खड़ी की और अपने रूम में जाकर लेट गया। उसने अपने नेपाली नौकर रघु को भी ख़ास समझा दिया था की कम से कम 1 घंटे तक डिस्टर्ब ना करे। वरना रघु की आदत थी हर 5 मिनट बाद चाय-पानी पूछता रहता था।

अमर काफ़ी थका हुआ महसूस कर रहा था। एक तो सिर दर्द और ऊपर से इतनी लम्बी मीटिंग, लेटते ही आँख लग गयी।

काफ़ी देर बाद फ़ोन की घंटी से अमर की नींद टूटी। इस बार उसके पर्सनल नम्बर पर कॉल था। उसने अनमने ढंग से मोबाइल उठाया, टाइम पर नज़र डाली तो चौंक गया। 11:05 का टाइम हो रहा था। मोबाइल दुबारा बजा तो स्क्रीन पर लिखा आया 'पिता' ओह्ह घर से फ़ोन है। अमर ने मन में सोचा और फ़ोन उठाया। फ़ोन उठा कर इस से पहले की अमर कुछ बोलता, दूसरी तरफ़ से मम्मी ने चिल्लाना शुरू कर दिया। बोलीं, "क्या बात थी अज्जू, फ़ोन क्यों नहीं उठा रहे थे। कब से फ़ोन कर रहे हैं तुमको, क्या हुआ है?" घबराहट के मारे उन्होंने इतने सारे सवाल एक साथ पूछ डाले कि अमर को सुनकर हँसी आ गयी।

अमर बोला, "कुछ नहीं मम्मी वो बस थोड़ा थक गया था तो घर आकर लेट गया और पता ही नहीं चला कब नींद आ गयी।"

ये सुनकर मम्मी कुछ शांत हुई और फिर बोलीं, "तो बता देते एक बार फ़ोन उठाकर कब से फ़ोन कर रहे हैं, पापा भी कितने परेशान हो गये थे।"

तो अमर बोला, "अरे वो फ़ोन साइलेंट मोड पर कर दिया था। पर ये पर्सनल वाला नम्बर तो ऑन था। अगर उस पर नहीं उठ रहा था तो आपको इस पर कॉल कर लेना चाहिए था।"

"उसी पर मिलाया तभी तो बात हुई!" मम्मी ने बोला।

फिर मम्मी ने पूछा, "खाना खा लिया?"

तो अमर बोला, "अभी आपके ही फ़ोन से उठा हूँ। बस अभी खाता हूँ 10-15 मिनट में!"

ये सुनकर मम्मी बोलीं, "ठीक है ज़्यादा लेट मत करो और जल्दी से खा लो। काफ़ी लेट हो गया हैं 11 बज गये हैं।"

"ठीक है बस खाने ही जा रहा हूँ।" अमर ने कहा। फिर आगे बोला, "आप भी सो जाओ अब काफ़ी रात ही गयी है। सुबह कॉल करूँगा आराम से।"

"ठीक है सुबह बात कर लेंगे।" मम्मी ने कहा। और दोनों ओर से गुड नाइट कहने के साथ ही फ़ोन रख दिया गया!

अमर ने उठ कर जोर से अँगड़ाई ली और तभी दरवाज़े पर दस्तक हुई। देखा तो सामने रघु खड़ा था।

अमर को पहले से ही उठा हुआ देखकर रघु मन ही मन ख़ुश हुआ। सोचा चलो अब जगाने का कोई टेंशन नहीं है। कमरे में आकर उसने अमर को देखकर आँखें 90 डिग्री में घुमाई और पूछा, "खाना-खाना।"

अमर के साथ काफ़ी घुला-मिला था रघु। तो बातें भी थोड़ा मज़ाक़िया अंदाज़ में ही होती थी। अमर ने पूछा, "क्या बनाया है आज?"

तो रघु बोला, "दाल चावल, आलू गोभी की सब्ज़ी, आचार, पापड़, सलाद और तुम्हारा फ़ेवरेट नमकीन भी है।"

मेनू सुनकर अमर ने थोड़ा सोचा फिर दुबारा पूछा, "अच्छा बाहर मौसम कैसा है?"

इस पर रघु बोला, "बहुत अच्छा है, ठंडा-ठंडा हवा चल रहा है।"

रघु के इतना कहते ही अमर ने कहा, "तो फिर ठीक है एक काम करो, छत

राहुल शिवहरे

पर बर्फ़ नमकीन सलाद पानी.." अभी अमर बोल ही रहा था कि रघु बीच में ही बोल पड़ा, "बस सब समझ गया। आप टेंशन मत लो। आपके पहुँचने से पहले आपका बार रेडी सर।" रघु का डायलोग सुनकर अमर मुस्कुरा दिया।

अमर ने एक बढ़िया शावर लिया। नहाने के बाद वो काफ़ी फ्रेश महसूस कर रहा था। लगभग 15 मिनट में वो छत पर पहुँच गया और वाक़ई उसके पहुँचने से पहले ही रघु ने सारा इंतज़ाम कर दिया था।

ये देखकर अमर थोड़ा मुस्कुराया और रघु से पूछा, "तू भी लेगा?"

रघु ने थोड़ा सोचा फिर बोला, "नहीं मन नहीं है, परसों रात की ही अभी ठीक से नहीं उतरी।"

तो अमर ने कहा, "ठीक है फिर तुम सो जाओ, खाना मैं ख़ुद खा लूँगा।"

इस बात पर रघु ने कंधे उचकाते हुए कहा, "ठीक है खा लेना।" रघु को पता था कि आज खाना खाया नहीं सिर्फ़ पिया जायेगा।

फिर थोड़ा रुक कर रघु बोला, "मेरे को एक बीडी(सिगरेट) दे दो।"

रघु के सिगरेट माँगने पर अमर ने उसे एक सिगरेट दे दी और वो सिगरेट पीता हुआ नीचे चला गया।

बाहर बड़ी ठण्डी-ठण्डी हवा चल रही थी। अमर ने अपने फ़ेवरेट ब्रांड जानी वाकर की बोतल उठायी और एक लार्ज पेग बनाया और बॉटम शिप मारा। एक और लार्ज पेग बनाया और फिर से बॉटम शिप मारा। बैक टू बैक बॉटम शिप का असर ये हुआ की अमर का देवदास में कन्वर्शन होना शुरू हो गया था।

जब शराब का हल्का-हल्का सुरूर चढ़ता है तो आप भी रंगीन होने लगते हैं। आप ख़ुद को बड़ा हल्का महसूस करने लगते हैं। आस-पास की हर चीज आपको मज़ा देने लगती है और आप भी इस सुरूर में खोने लगते हो। लेकिन जैसे- जैसे आप नशे की गिरफ़्त में गिरफ़्तार होते जाते हैं, यही मज़ा आपका दर्द बन जाता है। फिर आप अपने अन्दर की चीज़ों को महसूस करने लगते हो, जिस दर्द को आप हमेशा छुपाने की कोशिश करते हो वह आपके चेहरे से आपकी आँखों से बयाँ होने लगता है। अपने आस-पास की हर चीज़ आपको अपने ग़म में शरीक सी लगती है। आप अपने भीतर दबे हुए इस दर्द को बाँटने की कोशिश करते हो कि कुछ तो इसका बोझ कम हो, कुछ तो राहत मिले, जो

बरसो से दबा है कोई कुछ तो समझे। पर अफ़सोस हर बार ये ग़म कम होने के बजाय बढ़ता ही जाता है। अमर को अपने कॉलेज के दिन याद आ रहे थे।

हमेशा कितना ख़ुश रहता था वो। ना किसी से मोहब्बत और ना किसी से दुश्मनी। सिर्फ़ दोस्ती, बिंदास रहना, खाना-पीना, ऐश करना और अगर इन सब से फ़ुर्सत मिले तो पढ़ भी लेना। पर होनी को तो कुछ और ही मंज़ूर था।

बी-टेक फ़ाइनल ईयर में सुकन्या से उसकी मुलाक़ात हुई थी। क्लास की सबसे खड़ूस लड़की थी वो। सिर्फ़ नाम से ही सुकन्या थी, वर्ना थी पूरी विषकन्या।

वैसे लड़कियों का तो पता नहीं पर लड़कों के दोस्ती में अपने ही रूल्स होते हैं। फ़्री की दारू जी भर के पीने के बाद आपके उल्टी कार्यक्रम में आपको सपोर्ट करना। आपके पी के आउट होने के बाद आपको सही सलामत होस्टल तक पहुँचाना। फिर उसी बात पर महीनों तक आपकी लेना। तुम्हारी कितनी और किस-किस सब्जेक्ट में बैक है ये बातें ग्रुप से ना आउट होना & मोस्ट इम्पोर्टेन्ट थिंग जिसको भी लाइन मारेंगे एक साथ मरेंगे। जिस से भी पट जाये कोई गिला- शिकवा नहीं, पर हाँ दोनों ओर से कन्फर्मेशन ज़रूर करेंगे कि कही कोई गुंजाइश तो बाक़ी नहीं हैं और अगर तुम किसी लड़की साथ घूमते हुए दिक गये तो भाभी से कम पर तो कुछ मंज़ूर होता ही नहीं इन कमीनो को।

मेरे साथ भी कुछ ऐसा ही हुआ था।

शनिवार का दिन था यानि कॉलेज का लवर्स डे। क्यूँकि ज़्यादातर स्टूडेंट्स आते नहीं थे और प्रोफेसर का भी क्लास लेने में कोई ख़ास इनट्रस्ट नहीं होता था। बस क्लास में हाथों में हाथ लेकर वक़्त गुज़ारने का बढ़िया मौक़ा होता था।

ऐसे ही एक शनिवार को मैं ग़लती से कॉलेज भी आया और क्लास में भी। 60 बच्चों की क्लास में सिर्फ़ 8-9 जोड़े बैठे हुए थे, या यूँ कहे अपनी भविष्य की कल्पनाओं में खोये हुए थे। बस एक सुकन्या ही थी जो अकेली बैठी हुई थी और कुछ लिख रही थी।

मैंने किसी लव बर्ड्स को डिस्टर्ब करना ठीक नहीं समझा। सोचा वैसे ही तो कोई पटी नहीं हैं कम से कम दूसरों की बहुआ तो ना लूँ और इतना सोचकर मैं सुकन्या के पास जाकर बैठ गया। सुकन्या ने मुझे कम्प्लीटली इगनोर मार दिया। मुझे थोड़ी बेइज़्ज़ती सी महसूस हुई पर लड़कों को ऐसी बेइज़्ज़ती की आदत होती है, सो मैंने ज़्यादा बुरा ना मानते हुए जिस सब्जेक्ट का लेक्चर था

                                                    राहुल शिवहरे

उस सब्जेक्ट की बुक निकली और कुछ पढ़ने लगा। इसी बीच उस ने मुझे एक दो बार देखा या शायद नहीं भी देखा, वो कुछ ऐसा रिएक्ट कर रही थी, जैसे आप कही बीच पर बैठे हो और आपके पास में कोई कुत्ता या कोई जानवर आकर बैठ जाये, तो पहले तो आप सोचते हो कि उसे भगा दिया जाये, लेकिन फिर आप सोचते हो बैठा रहने दो आपको तंग थोड़े ही कर रहा है। शायद सुकन्या भी इस वक़्त कुछ ऐसा ही सोच रही थी।

जब आपके आस-पास इतना रोमांस हो रहा हो तो फिर कहाँ आपका मन पढ़ने में लगता है। और जब आप जात से ही कुत्ते मतलब लड़के हो तो भी पढ़ते ही रहो, ये तो कुछ अटपटी सी बात हुई है। सो मैंने भी किताब को घूरना छोड़ सुकन्या को घूरना शुरू कर दिया।

मैंने नोटिस किया कि बंदी है तो ख़ूबसूरत, तीखे नैन-नक्श, कमर तक बाल, पेरफ़ेक्ट फ़िगर एक दम बिपाशा बासु की कॉपी। उस दिन मुझे समझ आया की आपका ख़राब व्यवहार आपके सौन्दर्य को कैसे दबा देता है। सुकन्या अगर अपना थोड़ा सा नेचर सुधार ले तो अपनी रेंकिंग काफ़ी सुधार सकती है। मेरे ख़याल से टॉप-10 में तो आ ही सकती है। कॉलेज रेंकिंग तो आप समझ ही गये होंगे। हॉट-1, हॉट -2, हॉट-3 etc।

अभी मैं नैन सुख ले ही रहा था की अचानक उसने मेरी तरफ़ देखा। नज़रों के मिलने से में एक दम हड़बड़ा-सा गया। ऐसा लगा मानो किसी ने ठण्डी झील से निकलकर गर्म रेत में पटक दिया हो। मैं भी क्या करता फँस गया था, सो मैंने भी सड़ी हिंदी फ़िल्मो का हथियार फेका और सोचा कोई किताब माँग लेता हूँ। पर वो लगातर मुझे घूर रही थी। तो मैंने थोड़ा काँपते हुए लहजे में पूछा, "तुम्हारी इलेक्ट्रो मेग्नेटिक थ्योरी कम्पलीट है क्या?" इतना बोलते-बोलते मेरा गला सुख गया था।

उसने 30 sec का पॉज लिया और फिर पूछा, "क्यूँ तुम्हें क्या करना है?"

मैंने कहा, "कुछ नहीं।" फिर बोला, "एक्चुली मेरा कम्पलीट नहीं है तो सोचा आप से पूछ लूँ अगर आपका होगा तो देखकर पूरा कर लूँगा!" और इतना बोलकर मेरे मन में आया कि लास्ट में दीदी बोल दूँ, पर पता नहीं कैसे ज़ब्त कर गया।

इतना सुनकर उसने अपनी भोंहों को थोड़ा रिलैक्स किया और बोली, "ऑलमोस्ट कम्पलीट है।" तो मैंने कहा, "अगर नोट्स दे सकती हो तो दे दो, मैं मंडे को वापस कर दूँगा।"

इतना सुनकर उसने कुछ सोचा और फिर बोली, "ठीक है ले लो, लेकिन सोमवार से मंगल नहीं होना चाहिए और नहीं होने का मतलब नहीं होने चाहिए समझ रहे हो ना आप?"

मैंने कहा, "ठीक है.. समझ गया।" लेकिन पॉज ले-लेकर उसने जो मुझे समझाया था, मतलब धमकाया था, वाक़ई लाजवाब था।

मैंने नोट्स लिये, थैंक्स बोला और हम निकल गये। पर इन सब के बीच एक काण्ड हो गया था और वो ये की एक परम कमीने मित्र ने मुझे चैट रूम में लव बर्ड्स के बीच सुकन्या के साथ बात-चीत करते हुए देख लिया था। जब मैं होस्टल पहुँचा, वो लोग सर्व-सम्मति से उसे अपनी भाभी मान चुके थे और अब मुझ भईया से पार्टी माँगी जा रही थी, वो भी उस पद की जो मैंने ग्रहण ही नहीं किया था। मैं इन सब बातों को बकवास बता ही रहा था, की मेरे हाथों में पकड़े हुए सुकन्या के नोट्स ने ताबूत में आख़िरी कील का काम किया और मेरा काम तमाम हो गया।

इस बात को यहीं दबाने के लिए मैंने अपने सारे कमीने दोस्तों अजीत, वरुण, संजय, नीलू, पवन, कमल, अजय, सतेन्द्र को पूरे 1400 रु. की पार्टी दी। रात भर दारू और सिगरेट का दौर चला। सभी दोस्तों ने अपनी-अपनी सिगरेट से छल्ले बनाने की कला का जोरदार प्रदर्शन किया।

पर मुझे अपने दोस्तों के कमीनेपन पर अटूट विश्वास था, की सोमवार को मैं अपनी क्लास का रोमियो बनने वाला हूँ और इसी वजह से मैंने सोमवार को कॉलेज ना जाने का फ़ैसला किया। सोमवार को हुआ भी वही जिसका मुझे पूरा भरोसा था। उस दिन मेरे मोबाइल पर 40 कॉल्स आई कॉलेज टाइम पर। कुछ तो उन दोस्तों के भी थे जो मिस कॉल मारते थे, आज पूरी कॉल कर रहे थे। मैंने किसी का कॉल नहीं उठाया, पर इतना समझ गया था की काण्ड हो गया है।

अगले दिन जब कॉलेज पहुँचा तो सुबह में तो सब नार्मल था। पर जैसे ही दोपहर तक सब इकट्ठे हुए, मुझे जी भर के परेशान किया गया और बिना कमिटमेंट के ही मैं कमिटेड ग्रुप का मेम्बर बन गया था।

इन सब से निपटने के बाद मुझे टेंशन इस बात की थी कि सुकन्या के नोट्स कैसे वापस करूँ। उसने क्लियरली बोला था सोमवार का मतलब सोमवार और आज मंगल हो गया था और आज मंगल के दिन मुझे अमंगल होने कि

राहुल शिवहरे

बहुत ही भयंकर वाली फीलिंग आ रही थी।

मैंने उसे सारी क्लासों में देख लिया था, पर वो मुझे कहीं दिखायी नहीं दी। तभी मेरे फ़ोन की घंटी बजी। देखा तो अजीत का मैसेज था, भाई-भाभी कैंटीन ब्लाक में है शायद कोई मैटर हो गया है।

मैं समझ गया था कि अब मुझे सुकन्या के खाने-पीने, आने-जाने, रोने-गाने, पुराने नये अफेयर्स और पता नहीं कैसे-कैसे अपडेट मिलना शुरू हो जायेंगे, और यही सोचते- सोचते मैं कैंटीन वाले ब्लाक में पहुँच गया। वहाँ सुकन्या किसी जूनियर पर हाथ साफ़ कर रही थी या ऑलमोस्ट कर चुकी थी। पूछने पर पता चला कि किसी बेचारे ने उसे प्रोपोज कर दिया था और उसने उसकी और उसके प्रपोजल की जो ली थी कि बस पूछे मत। उसका रौद्र रूप देख मेरा तो मन कर रहा था कि जैसे ही वो मेरे सामने आये, मैं उसके पैरों मैं ही गिर पड़ूँ और बोलूँ कि ग़लती हो गयी जो कल नहीं आया, प्लीज अपने नोट्स ले लो और चाहो तो मेरे भी ले लो। पर जब वो मेरे पास आई तो कुछ ख़ास रिएक्ट नहीं किया। बस सिंपली पूछा कि कल बोला था लौटाने को तो लौटाये क्यों नहीं।

मैंने कहा, "कल कॉलेज नहीं आया था, तबीयत नहीं ठीक थी।"

तो वो बोली, "कम पिया करो इतनी क्यों पी लेते हो।"

उसकी बात सुनकर गुस्सा तो ऐसा आया कि बोल दूँ अपनी औक़ात में बात कर, लेकिन तुरंत ही उसका 10 मिनट पहले वाला रूप याद आ गया। तो बस इतना ही बोल पाया कि मैं दारू नहीं पीता।

ये सुनकर उसने कुछ कहा नहीं, नोट्स लिए और चली गयी। हाँ, लेकिन 2-3 बार पलट-पलट के मुझे देखा ज़रूर। पर उसे क्या पता था उसका यूँ मुझे देखने के लिए पलटना मेरा तो कत्ल ही कर जायेगा।

मुझे अब उसका नाम मेरे साथ जोड़े जाने पर अच्छा लगने लगा था। हमारी मुलाक़ातों का सिलसिला भी शुरू हो गया था और पता ही नहीं चला कि कब मेरे दोस्तों का मज़ाक़ हक़ीक़त बन गया। हम दोनों ने एक-दूसरे को चुन लिया था। अपने भविष्य के लिए, अपनी कल्पनाओं के लिए, अपनी भावनाओं के लिए। अब हम भी लवबर्ड्स बन गये थे, अब हमको भी शनिवार का इंतज़ार रहने लगा था। घंटों फ़ोन पर बातें करने के बाद भी मन नहीं भरता था, लगता अरे अभी तो बात शुरू हुई है और वैसे भी पहले-पहले इश्क़ की तो बात ही अलग

होती है। आप और आपकी दुनिया दोनों ही बदल जाते हैं या यूँ कहिये की बस दो लोगों के दरमियाँ ही उनकी दुनिया बस जाती है।

पर ये ख़्वाबों की दुनिया एक बुलबुले की तरह होती है। जैसे ही हवा निकली, बुलबुला ख़त्म और वैसे भी पहले-पहले प्यार में प्यार थोड़ा ज़्यादा होता है, दूसरी चीज़ों के लिए मौक़ा और स्कोप दोनों ही कम होते हैं। और अगर मौक़ा मिल भी गया तो बस किस। वैसे किस से आगे बढ़ने की ख़्वाहिश तो बहुत होती है, पर शायद उतनी हिम्मत नहीं होती है। साथ जीने-मरने की क़समें खाते हुए, जीवन के हर मोड़ पर साथ निभाने के वादों के साथ भविष्य के रंगीन सफ़र में वर्तमान के टाइम का पता कहाँ चलता है। दिनों की तरह महीने बीत जाते हैं।

मेरा 7th सेमिस्टर ख़त्म हो गया था और कई कंपनिया प्लेसमेंट के लिए कॉलेज आ रही थी। लेकिन मैं अभी जॉब करने के बजाय MBA करना चाहता था। मेरा जॉब में कोई ख़ास इंटरेस्ट नहीं था। मैं तो कुछ अपना बिज़नेस शुरू करना चाहता था। इधर सुकन्या के पापा चाहते थे कि वो बैंक के एग्जाम की तैयारी करे और कोई बैंक की जॉब ज्वाइन करे। हुआ भी वही, जो हमने चाहा था अपने-अपने हिसाब से। B.Tech ख़त्म होने के बाद मैंने एक अच्छे कॉलेज मैं MBA में ज्वाइन कर लिया और उसने बैंक एग्जाम की तैयारी शुरू कर दी।

सुकन्या पढ़ने में तेज़ तो थी ही, उसने एक ही साल में 3 बैंक्स के एग्जाम क्लियर कर लिए और उनमें से ही एक रिज़र्व बैंक ऑफ़ इंडिया के रीजनल ऑफ़िस में ऑपरेशान मैनेजर की पोस्ट पर ज्वाइन कर लिया। उसे बैंगलोर मैं पोस्टिंग मिली थी। बड़े ही भारी मन से मैंने उसे जाने दिया था। पर शायद मुझे क्या पता था कि वो मेरे पास से ही नहीं मेरी ज़िन्दगी से भी जा रही है। अब हमारे साथ और हमारे आस- पास बहुत कुछ बदल रहा था। ये बदलाब होते- होते हमारे रिश्ते में भी बदलाब आ गया था। ये बदलाब आना लाज़मी तो नहीं था, लेकिन फिर भी आ गया या लाया गया, कुछ कहा नहीं जा सकता। सुकन्या के आगे मेरा कद कुछ छोटा हो गया था।

एक दिन हम दोनों में किसी बात को लेकर काफ़ी बहस हुई या यूँ कहें काफ़ी लड़ाई हुई। उसने मुझे काफ़ी कुछ कहा। उसके शब्द तो कुछ और थे पर उनका अर्थ ये था, कि जब तुम पढ़ रहे थे, तो मैं भी पढ़ रही थी, फिर मैंने बैंक की तैयारी की तब भी तुम पढ़ रहे थे, मैंने कई एग्जाम क़्वालीफ़ाई किये, तब भी तुम पढ़ ही रहे थे, और आज मैं अस्सिटेंट मैनेजर हूँ और तुम आज भी पढ़ ही

राहुल शिवहरे

रहे हो, इन सब बातों को सुनकर मेरा दिमाग़ एक दम सन्न रह गया था। सुकन्या ने एक ऐसा आघात किया था, जिसकी गूँज बहुत दूर तक जाने वाली थी और अफसोस कि इतना सब कुछ बोलने के बाद भी सॉरी नाम का कोई शब्द भी नहीं।

मैं समझ ही नहीं पा रहा था कि ये फ़ासला कम होने की बजाय बढ़ता ही क्यों जा रहा था। क्या प्यार के लिए पास रहना ही ज़रूरी है। दो अलग-अलग शहरों में रहकर क्या हम अपने बंधन को नहीं निभा सकते। क्या इतना कमजोर होता है प्यार का रिश्ता। क्या दिलों में प्यार बने रहने के लिए जिस्मों का रोज मिलना जरूरी है।

कभी-कभी होने वाले हमारे झगड़े अब रोज़ होने वाली लड़ाइयों में बदल गये थे। एक दिन लड़ाई होना और फिर उस चक्कर में चार दिन तक बात ना होना, सब कुछ एक अजीब खेल सा बन गया था और इस सब के बीच 'मैं' पिस रहा था। अब ना तो मैं पढ़ ही पा रहा था और ना ही अपने भविष्य के लिए कुछ सोच पा रहा था, इस तनाव से मैं काफ़ी चिड़चिड़ा हो गया था, दोस्तों से मिलना, घर मैं किसी से बात करना सब बहुत कम हो गया था, इसी तरह सहते-सहते एक दिन मैंने सुकन्या से मिलने का सोचा और तय किया ये जो भी लड़ाइयाँ हमारे बीच हो रही है, वजह चाहे जो भी हो, जिसकी भी ग़लती हो, वो इन सब बातों को ख़त्म करेगा और फिर से चीज़ों को नये सिरे से शुरू करेगा, क्यूँकि इस तरह उसका जीना बहुत ही मुश्किल हो गया था!

मार्च का महीना था और हल्की-हल्की पतझड़ शुरू हो गयी थी। इस बार होली बुधवार को होने की वजह से लगभग सारे हफ़्ते की ही छुट्टी हो गयी थी। होली पर सुकन्या भी घर आई थी और ये बात मुझे पता थी, पर सुकन्या ने अपनी तरफ़ से ना ही मुझे बताया था और नहीं ही मिलने का कोई प्रोग्राम बनाया। मुझे इस बात से भी काफ़ी बुरा लगा था, पर मैंने सोच लिया था कि इस अच्छे बुरे के खेल को ख़त्म कर ज़िन्दगी को एक नयी राह दी जाये और फिर प्यार मैं तो नोंक-झोंक चलती ही रहती है!

पर इस बार कुछ अजीब ही हो रहा था। मैं पूरे हफ़्ते से सुकन्या को फ़ोन कर रहा था, लेकिन ना तो वो मेरा फ़ोन उठा रही थी और ना ही मेरे मैसेज का कोई रिप्लाई ही कर रही थी, इस बात से मैं काफ़ी परेशान हो गया था, और फिर फ़ाइनली मैंने सुकन्या के घर जाने की सोची!

वो शनिवार का दिन था, मैं सुबह से ही उसको फ़ोन मिला रहा था, पर उसका कोई जवाब ही नहीं आ रहा था, शाम को लगभग पाँच बजे मैं सुकन्या के घर के पास था, वहाँ मुझे काफ़ी चहल-पहल दिख रही थी। देखने से ऐसा लग रहा था जैसे कोई फ़ैमिली फंक्शन चल रहा हो, तभी वहाँ मुझे सुकन्या की फ्रेंड कीर्ति दिखायी दी, मैंने दूर से ही कीर्ति को हल्का-सा इशारा किया, पर शायद वो मुझे देख नहीं पाई। ये सब देखकर अब मुझ को काफ़ी बेचैनी हो रही थी, मुझे अपने साथ कुछ ग़लत होने का एहसास हो रहा था, मैं रात नौ बजे तक वही टहलता रहा। लगभग 9:15 पर कीर्ति वहाँ से निकली और उसने अपने घर जाने के लिए ऑटो रिजर्व किया, मैंने तुरंत ही अपनी बाइक ऑटो के पीछे लगा दी, और थोड़ी दूर जाकर ही ऑटो को रोक लिया, कीर्ति मुझे यूँ अचानक देखकर थोड़ा सहम सी गयी पर कुछ बोल नहीं पाई, इस से पहले की मैं उस से कुछ पूछता, वो ख़ुद ही बोल पड़ी, सुकन्या की सगाई थी, उसके ऑफ़िस का ही कोई फ्रेंड है, अब इसके अलावा जो भी कुछ पूछना है उस से ही जाकर पूछो और इतना बोल कर वो चली गयी। कीर्ति के शब्द, आज उसकी सगाई थी, लगातार मेरे कानो में गूँज रहे थे, फिर उस रात को क्या हुआ, कैसे मैं घर आया, क्यों आया, मुझे कुछ भी होश नहीं था। उस दिन के बाद ना तो मैंने कभी सुकन्या को कॉल किया और ना ही सुकन्या ने मुझसे बात करने की कोई कोशिश की, बस कभी बीच- बीच में उसकी ख़बर मिलती रहती थी, उसका बॉस था, उसने अपनी मर्जी से शादी की है और ना जाने क्या-क्या!

इस हादसे ने मेरी ज़िन्दगी को पूरी तरह से तहस-नहस कर दिया था, मुझे किसी बात का होश नहीं नहीं रहता था, पता ही नहीं चला कब महीने और वो साल भी गुजर गया। मैंने कॉलेज जाना भी बहुत कम कर दिया था, मेरा MBA का रिज़ल्ट भी बहुत ख़राब रहा, चार सब्जेक्ट्स मैं बैक आयी थी, और इसी वजह से मैंने कैम्पस प्लेसमेंट में भी हिस्सा नहीं लिया, मेरे पास इस भंवर से निकलने का ना तो ख़ुद कोई सहारा था और ना ही कोई सहारा देने वाला। बस एक माँ-बाप ही थे, वही मेरा दुःख बाँटते, तो कभी मेरी ऐसी हालत देखकर मुझे डाँटते! पर कहते हैं ना जिसका कोई नहीं होता उसका ऊपरवाला होता है। एक दिन मेरी माँ की शुगर काफ़ी ज़्यादा हो गयी और इस वजह से उनका ब्लडप्रेशर भी बढ़ गया था, दवाई की शीशी देखी तो खाली, रात का लगभग 10 बज रहा था। दूसरी बात ये की महीने की आख़िरी तारीख़ थी, तो पापा जी के पर्स में सिर्फ़

470 रु ही थे और दवा 900 की आनी थी। अगर दिन होता तो मैनेज हो जाता, पर अब रात को 10 बजे किसका दरवाज़ा खटखटाया जाये, वो भी चंद रुपयों के लिए। मैं दवा के पैसों के लिए पापा जी के सामने खड़ा था और बगल वाले कमरे में माँ ब्लडप्रेशर से बहुत बेचैन हो रही थी, मैं पापा का निराश चेहरा देखकर समझ गया था, कि पैसे नहीं है उनके पास। पापा ने चुपचाप पर्स को पेंट की जेब में रखा और दरवाज़ा खोलकर बाहर चले गये। पर जाते-जाते उनकी आँखें जो कह गयी थी, वो शायद अपनी ज़ुबान से वो कभी कह नहीं पाते। मेरे दिल ने भी वो बात समझी, जो अभी तक मेरी आँखें नहीं पढ़ पायी थी। ख़ैर किसी तरह पापा ने दवा का इंतज़ाम किया, पर उस सारी रात मुझे नींद नहीं आयी, शायद ही आज से पहले मैंने कभी सुबह होने का इतनी बेसब्री से इंतज़ार किया हो, वो कहते हैं ना की कभी-कभी एक चोट दूसरी चोट के लिए मरहम का काम कर जाती है, यहाँ भी कुछ वही हुआ था, कल रात मुझे जो चोट लगी थी, उसने मेरी पहली चोट के दर्द को कुछ कग कर दिया था या यूँ कहें कि मेरे इस दर्द को एक जुनून में बदल दिया था, और जो सफ़र मैंने उस रात शुरू किया था वो सफ़र आज भी जारी था !

जिन्दगी के कुछ सफ़र ऐसे होते है जिनकी कोई मंजिल नहीं होती वो ताउम्र बस एक सफ़र ही रहते है और एक दिन साँसों के साथ-साथ वो भी थम जाते है।

अमर अभी पता नहीं कब तक फ़्लैशबैक मैं चलता, कि अचानक उसके हाथ से उसका गिलास छुट गया और तड़ाक की आवाज़ के साथ ज़मीन पर गिरकर टुकड़े-टुकड़े हो गया। शुक्र था कि ये उसका लास्ट पेग ही था, क्यूँकि बोतल ख़त्म हो गयी थी। वर्ना उसका उसूल था अगर गिलास नया तो बोतल भी नयी !

अमर अपनी जगह से उठा और लड़खड़ाता हुआ छत की रेलिंग के पास आकर खड़ा हो गया। ऊँचाई से देखने पर सारा शहर आसमान की तरह जगमगाता हुआ दिखायी दे रहा था, अनगिनत छोटी-छोटी लाइट्स तारों के जैसे दिखायी दे रही थी, और उन जगमग तारों के बीच अमर ख़ुद को खोजने की कोशिश करने लगा, पर ये क्या, वो ख़ुद को खोज ही नहीं पा रहा था। इन अनगिनत तारो के बीच वो कहीं खो गया था, वो भी इस तारामण्डल का हिस्सा हो गया था, जहाँ एक तारा, दूसरे तारे की चमक को फीका करने के लिए

चमकता है, क्यूँकि चमकना उसका सौन्दर्य नहीं उसकी महत्वकांक्षा हो जाती है, शायद इसलिए ये तारामण्डल हर दिन नये तारों के साथ चमकता है!

'लेकिन जो ख़ुशी ज़मीं पर लेटकर तारों को गिनते में है वो तारा बनकर चमकने में कहाँ!'

अमर रेलिंग से हटकर वापस काउच पर आकर बैठ गया, वो ख़ुद को बहुत ही थका हुआ महसूस कर रहा था, इतने सालों से वो लगातार सिर्फ़ काम कर रहा था वो भी बिना किसी ब्रेक के। उसके पास उद्देश्य तो था, पर उस उद्देश्य की थकान को कम करने वाली उमंग नहीं थी। वो ना सिर्फ़ थक ही नहीं गया था, बल्कि दब भी गया था ज़िम्मेदारियों के बोझ से। शायद अमर ने भी आज इस बात को महसूस किया था। अब इस ज़रूरत को कैसे पूरा किया जाये, कैसे ख़ुद के लिए कुछ सुकून तलाशा जाये, जिन्दगी के कुछ सफ़र ऐसे होते है जिनकी कोई मंजिल नही होती वो ताउम्र बस एक सफ़र ही रहते है और एक दिन साँसों के साथ-साथ वो भी थम जाते है कि कैसे खुद को एक मशीन सा बना दिया है उसने एक नॉन स्टॉप भागती मशीन और फिर चाहे मशीन हो या इंसान, अगर सर्विसिंग टाइम पर ना हो तो लम्बा नहीं चलते शायद अमर को समस्या पता चल गई थी और जब समस्या पता हो तो समाधान मिल ही जाता है अमर ने इस बात पर सोचना शुरू किया। बड़ी ही गहराई से सोचना शुरू किया। लगभग 20 मिनट के आत्ममंथन के बाद वो मुस्कुराया, शायद वो किसी नतीजे पर पहुँच गया था। अमर धीरे से बुदबुदाया, अब थोड़े दिनों के लिए अमर शास्त्री से ओनली अमर उर्फ़ अज्जू। अमर ने सोच लिय था कि अब वो कुछ दिन बिज़नेस टाइकून अमर शास्त्री की जगह पुराना अज्जू बन के गुज़ारेगा, एक दम मस्त, एक दम बेफ़िक्र, ना किसी की चिंता, ना किसी से बैर। सारी मीटिंग्स कैंसिल सारे फ़ोन बंद, पर एक समस्या थी, वो ये कि यहाँ तो अज्जू बन के रहन पॉसिबल नहीं था फिर ऐसा कहाँ पर किस जगह पर जाया जाये जो शांत हो ख़ूबसूरत हो और अपनी हो और अमर के लिए ऐसी सिर्फ़ एक ही जगह हो सकती थी "सागर"। MP का एक छोटा सा शहर जहा से उसने अपनी इंजीनियरिंग की थी और पता नहीं ना जाने क्या-क्या किया था। उसने तो ज़िन्दगी को जीना ही यहीं सीखा था। आज पता नहीं वो छोटा शहर कैसा होगा, पर जो भी हो, वो उसे अपने पास बुला रहा था। अमर ने हौले से अपनी आँखें बंद की और हौले हौले से मुस्कुराते हुए फिर से अपनी यादों में गोता लगाना शुरू कर दिया और इसी बीच कब वो

राहुल शिवहरे

वहीं सो गया पता ही नहीं चला !

अगले दिन जब अमर ऑफ़िस पहुँचा तो उसे एक अलग ही स्फूर्ति का एहसास हो रहा था। वो ख़ुद मैं वो पहले वाली ताजगी महसूस कर रहा था, उसके होंटो पर फैली मुस्कान दूसरों को भी मुस्कुराने पर मजबूर कर रही थी, उसका इरादा हमेशा की तरह इस बार भी पक्का था। अमर जब अपने केबिन मैं पहुँचा तो उसने एक बात नोटिस की, सभी लोग, ख़ासकर फ़ीमेल कम्युनिटी उसे कुछ ज्यादा ही घूर रही थी। मतलब घूरती तो रोज़ ही है, पर आज बात कुछ और ही थी, इसी बात को सोचते हुए अमर ने अपने खबरी नेटवर्क को एक्टिव किया लंच से पहले तक रिपोर्ट करने की हिदायत के साथ। और अमर को जो रिपोर्ट मिली थी वो ज़्यादा सनसनीखेज़ तो नहीं थी, पर इंटरेस्टिंग थी। उसकी गर्लफ़्रेंड, सॉरी एक्स-गर्लफ़्रेंड का नाम एक्सपोज हो गया था। ये सब किसी ने जानबूझ कर नहीं किया था, इसके होने का किस्सा भी काफ़ी अटपटा था। हुआ यूँ कि कल जब अमर का फ़ोन नहीं उठ रहा था तो उसकी मम्मी ने परेशान होकर ऑफ़िस में फ़ोन मिला दिया और बात करके फ़ोन काटना भूल गयी, इधर फ़ोन होल्ड ही रह गया और उधर उन्होंने अमर के इस बर्ताव से टेंशन मैं आकर सुकन्या के सारे ख़ानदान को याद कर दिया, बस फिर क्या था इस तरफ़ फ़ोन उठाने वाली मोहतरमा को तो जैसे ब्रेकिंग न्यूज़ मिल गयी, तुरंत ही कल के लिए एक आपात बैठक बुलाई गयी थी। इसलिए आज सभी बड़ी बेसब्री लंच का इंतज़ार कर रही थी, सभी को इस नये इनपुट पर गहन चिंतन जो करना था, आज का लंच बहुत ही तीखा और चटपटा होने वाला था !

पर अमर को इन सब बातों की ना पहले कभी परवाह थी और ना आज हैं। उसे इस बात से कोई फ़र्क़ नहीं पड़ता कि लोग उसके बारे में क्या सोचते हैं क्या कहते हैं, वो तो बस अपनी ही धुन पर सवार रहने वालो में से था। इस तीखे से अपडेट के बाद उसने इस ओर सोचना बंद किया और दुबारा से अपनी ट्रिप की प्लानिंग करने लगा। पहले सोचा की अपनी गाड़ी से चला जाये, फिर ख़याल आया की गाड़ी छोड़ो ट्रेन से चलते हैं एक अरसा हो गया ट्रेन से कहीं गये हुए और इतना सोचकर उसने IRCTC की वेबसाइट लॉग इन की। 'वैसे IRCTC हमारे देश की उन चुनिंदा वेबसाइट्स में से एक थी जो हैक नहीं की जा सकती थी, क्यूँकि हैक होने के लिए उनको ओपन भी होना होता है।' लॉग इन करते ही अमर को याद आया कि वो किसी ऑफ़िसियल टूर पर नहीं

अपनी पुरानी ज़िन्दगी मैं जा रहा है और अगर ज़िन्दगी पुरानी तो क्यूँ ना सब कुछ पुराना जैसा ही हो। पुराना मतलब, पहले इतने पैसे तो होते ही नहीं थे कि रिज़र्वेशन करवा के जाये, वो भी फ़स्ट AC में, पहले तो बस बैग उठाया 2 जोड़ी कपड़े डाले और पहुँच गये स्टेशन, जो ट्रेन मिली चढ़ गये और फिर मस्ती मज़ाक़ छेड़छाड़ और पता नहीं क्या-क्या हरकतें करते-करते आख़िर में मंज़िल तक पहुँच ही जाते थे !

अमर फिर सोचने लगा, आज अगर इन सब बातों को याद करूँ तो लगता है इस सब के लिए इतनी हिम्मत कहाँ से आ जाती थी। अमर ने घड़ी पर नज़र डाली 12:35pm का समय हो रहा था। अमर ने सभी को अपने तीन दिन अनुपस्थित होने की मेल डाल दी थी और उस मेल मैं ख़ासकर ये हिदायत भी दी गयी थी की उसे 3 दिन तक कोई कॉल भी ना किया जाये। अमर के इस तरह के मेल से सबको ताज्जुब तो हुआ, पर कोई बॉस से पर्सनल सवाल थोड़े ही कर सकता था। 12 बजकर 50 मिनट पर अमर ने ऑफ़िस को बाय कहा और सीधा घर की ओर निकल गया !

लगभग 1 बजकर 35 मिनट पर अमर शास्त्री उर्फ़ अज्जू कंधे पर लैपटॉप वाला बैग लटकाये हुए जिस में 2 जोड़ी कपड़े और थोड़ा बहुत ज़रूरी सामान था, के साथ लेबर चौक पर खड़े हुए थे। इस समय उसे देखकर कोई अंदाज़ा भी नहीं लगा सकता था कि ये बिजनेस टाइकून अमर शास्त्री है। और इधर अमर की ख़ुशी का जवाब नहीं था, उसके तो पैर ही ज़मीन पर नहीं पड़ रहे थे, उसे अंदर से बहुत ख़ुशी हो रही थी और ये ख़ुशी किसी प्रोजेक्ट की कामयाबी की ख़ुशी से एकदम अलग थी। अमर को सार्वजानिक यातायात का ज्ञान थोड़ा कम ही था, सो उसने बस स्टाप के पास खड़े एक मूँगफली के ठेले वाले से पूछा, "अरे भैये ये निज़ामुद्दीन रेलवे स्टेशन कैसे जायेंगे।" 34 नंबर की मुद्रिका पकड़ो सीधे निज़ामुद्दीन उतारेगी मूँगफली वाले ने अमर की ओर बिना देखे ही उत्तर दिया। अमर ने उसे धन्यवाद दिया और आगे आकर लोगों की लाइन मैं खड़ा होकर बस का इंतज़ार करने लगा। जल्द ही अमर को 34 no. की बस आती दिखायी दी। बस ऑलरेडी अपनी क्षमता से दो गुना भरी हुई थी और बस स्टॉप पर भी तक़रीबन 15-20 लोग थे जो उस बस का ही इंतज़ार कर रहे थे। बस के आते ही बस स्टॉप पर अचानक कोहराम सा मच गया, कौन चढ़ रहा है, कौन उतर रहा है कुछ पता ही नहीं चल रहा था। एक मिनट रुक कर बस धुल उड़ाती

राहुल शिवहरे

हुई चली गयी। इतनी भीड़ को देखकर अमर की हिम्मत ही नहीं हुई बस में चढ़ने की। लगभग दस मिनट बाद दूसरी बस आयी, पर उसकी कहानी भी वही थी। उतने ही नये लोगों की भीड़ बस में चढ़ने को तैयार। बस जैसे आयी, वैसे ही चली गयी। अमर ना तो उस भीड़ का हिस्सा ही हो पा रहा था और ना ही उस भीड़ में शामिल होने के अपने इरादे को ही छोड़ पा रहा था।

'चारों तरफ़ लोग ही लोग भाग रहे थे, कोई भी सयंम के लिए तैयार नहीं था। हर किसी को जल्दी पहुँचना है पर इतनी जल्दी क्यूँ पहुँचना है, इसका कोई जवाब नहीं है।'

अमर को तीसरी बस आती हुई दिखायी दी। इस बार थोड़ा अमर ने जी कड़ा किया और थोड़ा बस में भी भीड़ कम थी, सो इस बार अमर बस में सवार हो ही गया। एक घंटा बीस मिनट के सफ़र ने, जिस में एक घंटा दस मिनट स्टेचू बन के खड़ा रहना पड़ा हो, अमर की ले ली थी। पसीने से भीगा हुआ चेहरा एक दम झुलस-सा गया था, पर ये तो सिर्फ़ एक बानगी भर थी एक आम आदमी के कष्टों की जिस से वो हर दिन ना जाने कितनी ही बार रूबरू होता है। ख़ैर किसी तरह अमर निज़ामुद्दीन रेलवे स्टेशन पहुँचा, टिकट काउंटर पर जाकर देखा तो पाया कि टिकिट के लिए बड़ी लंबी लाइन लगी हुई थी, पर मरता क्या न करता, टिकिट तो लेना ही था सो अमर भी लाइन में जाकर लग गया। तक़रीबन 35 मिनट बाद अमर का नंबर आया, अमर टिकिट लेकर जैसे ही प्लेटफ़ार्म पर पहुँचा तो देखा, प्लेटफ़ार्म नंबर चार पर गोंडवाना एक्सप्रेस खड़ी थी। उसे अच्छे से याद है, वो इसी ट्रेन से इंटरव्यू के लिए delhi आया करता था, बड़ी यादें जुड़ी थी उसकी इस ट्रेन से। चूँकि अमर प्लेटफ़ार्म नंबर एक पर था और ट्रेन चार नंबर पर थी, सो अमर ने चार नंबर प्लेटफ़ार्म की तरफ़ दौड़ लगा दी। सीढ़ियों को पार करके जब वो प्लेटफ़ार्म नंबर 4 पर पहुँचा तब तक ट्रेन चल चुकी थी, पर इतनी भी तेज़ नहीं थी कि उसमें चढ़ा ना जा सके, पहले भी उसने कई बार चलती हुई गाड़ियाँ पकड़ी थी DDLJ स्टाइल में। ट्रेन में कुछ ख़ास भीड़ नहीं थी, अभी वैसे भी ऑफ़ सीजन चल रहा था तो ज़्यादा भीड़ की उम्मीद भी नहीं थी। एक जगह सीट ख़ाली देख अमर उस पर बैठ गया, पता नहीं कितने ही सालो बाद वो स्लीपर क्लास में या ये कहो कि ट्रेन मैं ही सफ़र कर रहा था। अमर ने आराम से ट्रेन की दीवार से सिर टिकाया और आँखें बंद करके बैठ गया। इन शुरूआती झटकों ने उसे काफ़ी थका दिया था और इसी दौरान कब उसकी

आँख लग गयी उसे पता ही नहीं चला। तक़रीबन एक घंटे बाद किसी ने अमर को हल्के से थपथपाया, पर गहरी नींद की वजह से अमर का कोई रिस्पोंस नहीं मिला। और रिस्पोंस ना मिलने की वजह से ये थपथपाना झकझोर ने में बदल गया और झकझोरने के साथ ही अमर ने आँखें खोल दी। देखा तो सामने टीटी बाबु खड़े हुए थे और उसे ऐसे घूर थे कि इस बार अगर अमर आँखें नहीं खोलता तो उसे गोली ही मार देते। टीटी साहब रेलवे के सिपेसालाहर, उनकी तोंद इतनी बाहर थी कि उनका काला कोट ब्लाउज जैसा लग रहा था, पैंट कमर से काफ़ी नीचे जा चुकी, अब रुकी किस के सहारे थी बैल्ट के या बटन के कहना मुश्किल था, पर फिर भी टीटी साहब हाथ में सफ़ेद काग़ज़ों का बंडल लिए मोर्चे पर डटे हुए थे। वैसे टीटी और गिद्ध में बहुत समानता होती है, दोनों हज़ारों की भीड़ में भी दूर से ही अपने शिकार को पहचान लेते हैं। टीटी साहब भी अमर को देखकर समझ गये थे की ये बिना रिज़र्वेशन वाला है। अमर ने नींद भरी आँखों से टीटी की तरफ़ देखा, सहसा उसकी नज़र उनकी नेम प्लेट पर पड़ी उस पर बड़े-बड़े शब्दों में अंकित था "रघुवीर प्रसाद चौबे"। टिकट, चौबे जी ने थोड़ी रौबदार आवाज़ में अमर से टिकट माँगा। अमर ने अपना जनरल का टिकट निकल के दिखा दिया, जनरल का टिकट देखकर चौबे जी बोले, "ये तो जनरल का टिकट है और ये रिज़र्वेशन का डिब्बा है, तुम्हारी 430 रुपये की पेनाल्टी लगेगी।" पेनाल्टी की बात सुनकर अमर कुछ बोला नहीं, वैसे 430 रुपये उसके लिए क्या ही मायने रखते थे, लेकिन बिना रिज़र्वेशन इतना सफ़र किया, पर मजाल है एक रुपये की पेनाल्टी तक लगी हो आजतक, एक दम बेदाग़ रिकॉर्ड था और आज सीधी 430 की पेनाल्टी अमर हजम नहीं कर पा रहा था। अब अमर के सामने दो शॉट टर्म गोल थे, एक अपने रिकॉर्ड को बचाना और दूसरा चौबे जी की छब्बे जी वाली अकड़ को दुबे जी में बदलना, सो अमर ने दिमाग़ लगाना शुरू कर दिया। और वैसे भी पैसे वाला तो अमर था पर आज तो यहाँ अज्जू है, सो अमर ने अज्जू के दिमाग़ से सोचना शुरू किया और अपना सबसे सफल पैंतरा अपनाया और टीटी से बोला, "अरे सर पहले बैठ तो जाइये, चौबे जी को लगा की शिकार फँस गया, तो चौबे जी आराम से बैठ गये।" चोबे जी के बैठते ही अमर ने धीमे से कहा, सर पैसे तो नहीं है मेरे पास, सिर्फ़ 300 रुपये ही पड़े हैं, इतना सुनते ही चोबे जी भड़क के बोले, "क्यों पैसे क्यों नहीं हैं तुम्हारे पास और जब पैसे नहीं थे तो जनरल डिब्बे में बैठना चाहिए थे, क्यों घुस आये रिज़र्वेशन वाले डिब्बे में!"

राहुल शिवहरे

अमर ने टीटी साहब की उत्तेजना को अपनी बेचारगी भरी आवाज़ से ठंडा करते हुए कहा, सर इंटरव्यू था। बड़ी मुश्किल से आ पाया था, आने के बाद पता चला की कंपनी ने आज इंटरव्यू कैंसिल कर दिया और बोले कि इंटरव्यू कल होगा, अगले दिन पहुँचे तो फिर बोले कल होगा और इसी तरह करते करते आज चार दिन हो गये थे, सारे पैसे ख़त्म हो गये, सिर्फ़ 500 रुपये ही बचे थे तो अब वापस घर जा रहा हूँ, 170 रुपये का टिकट ख़रीद लिया और बाक़ी 330 जेब में है। अमर ने अपनी इस चार लाइन की कहानी को बहुत ही भावुक तरीक़े से पेश किया था। इंटरव्यू नाम का शब्द सुनकर चौबे जी के चेहरे पर जो दर्द झलका वो देखने लायक़ था, शायद इस शब्द से उनका कोई गहरा रिश्ता था। अमर की बात सुनकर टीटी साहब ने थोड़ी गहरी साँस ली और प्रश्न वाचक लहजे में पूछा, "अच्छा चार दिन हो गये फिर भी इंटरव्यू नहीं लिया?" "नहीं लिया सर और ना कोई सुनने वाला और ना बताने वाला की इंटरव्यू क्यूँ नहीं हो रहा है!" अमर ने तुरंत ही एक और चोट की। अमर की इतनी बात सुनकर टीटी साहब की आँखों में जैसे एक दम ख़ून-सा उतर आया, तुरंत ही उन्होंने 7-8 गंदी-गंदी गालियों से जो भी वो इस समय दे सकते थे, पूरे प्राइवेट सेक्टर को नवाज़ दिया और उसे 'हरामियों का जंगल' घोषित कर दिया। इतना कहने के बाद वो थोड़ा शांत हुए और बोले, "एक दम ऐसा ही हमारे लड़के के साथ हुआ है पिछले महीने, यहीं झाँसी से B.Tech किया है उसने। पुणे की किसी कंपनी में इंटरव्यू था, बोला चार दिन का पूरा कार्यक्रम है जॉब एक दम पक्की है, इंटरव्यू तो बस एक फ़ॉरमल्टी है, हमने भी फटाफट रिज़र्वेशन करवाया उसका, वेटिंग बहुत थी तो किसी तरह जुगाड़ से DRM कोटा लगवा कर रिज़र्वेशन क्लिअर करवाया, घर से दूर है कोई दिक़्क़त ना हो सो बाइस हज़ार रुपये दिए, चार दिन का टूर था, साला करते-करते बारह दिन हो गये, तेरवें दिन लड़का फ़ोन पर बताता है कि पापा पैसे ख़त्म हो गये हैं, लेने आ जाओ और जब इंटरव्यू के बारे में पूछा तो पता चला कि इंटरव्यू-फ़िन्टरव्यू कुछ नहीं हुआ, वो साली कंपनी ही फ्रॉड थी, फिर किसी तरह उसी रात पूना के लिए निकले, वहाँ जाकर देखा तो पता चला कि जिस गेस्ट हाउस में ये रुके हुए थे, उस गेस्ट हाउस वाले ने इन्हें और इनके साथ वाले 3-4 लड़कों को बंद रखा था, किसी तरह पैसे भरे तब वापस लेकर ला पाए लड़के को।" टीटी साहब की इस आप-बीती सुनाने की प्रक्रिया ने एक छोटे से मजमे का रूप ले लिया था। आपबीती पूरी होने के बाद टीटी साहब पुनः

अमर की ओर मुख़ातिब हुए और बोले, "तुम लोग ही बेवक़ूफ़ हो, पहले पूरा पता करना चाहिए कि कौन सी कंपनी है, क्या बैकग्राउंड है, कौन मालिक है, फ्रॉड तो नहीं है !.." और ना जाने क्या-क्या समझा दिया टीटी साहब चौबे जी ने, इतना तो शायद उन्होंने ख़ुद के लौंडे से भी ना कहा होगा। ख़ैर उनके समझाने के रिज़ल्ट ये रहा कि मेरे आस-पास के लोगों को पता चल गया की मेरी जेब में पैसे नहीं है और इस समय मैं टीटी साहब के रहमोकरम पर हूँ। ख़ैर चौबे जी ने फिर मुझ से फ़ाइन के लिए नहीं कहा। बोले, "बैठे रहो.. अभी देखता हूँ!" और इतना कहकर आगे निकल गये। उनके जाने के बाद अमर को थोड़ी प्राउड फ़ीलिंग आ रही थी, आज एक बार फिर वो अपना रिकॉर्ड बचाने में कामयाब हो गया था। अमर ने सीट पर टाँगे फैला ली थीं और आराम से बैठ गया था। इसी बीच उसने नोटिस किया कि उसके आस-पास के लोग उसे थोड़ा बिचारा टाइप नज़रों से देख रहे हैं और तो और एक-दो लोगों ने जिन्होंने ट्रेन चलते ही टिफ़िन खोल के खाना शुरू कर दिया था, उसे खाने का ऑफ़र भी दे चुके थे, पर उसने बड़ी ही शालीनता के साथ धन्यवाद देते हुए मना कर दिया था! जो अमर सारे दिन में 2 पैकेट सिगरेट ख़त्म कर देता था आज बिना सिगरेट उसका दिन कैसे निकल गया उसे पता ही नहीं चला। अमर आँखें बंद करके सीट पर लेट गया और फिर से सोने की कोशिश करने लगा। इस दौरान जब भी बीच-बीच मैं उसकी आँख खुलती तो उसने देखा कि सामने ऊपरी सीट पर दो लड़कियाँ बैठी हुई थीं, जिस में से एक लड़की उसे बार- बार देख रही थी, पर अमर ने इस नैन मटक्के में कोई इंटरेस्ट नहीं दिखाया और सोने पर ही ध्यान दिया। उसे लग रहा था पता नहीं कब इस सीट का मालिक आ जाये और उसे फिर से उठना पड़ जाये, तो फिर क्यूँ ना इस से पहले एक प्यारी से नींद ले ली जाये, वैसे भी एक अरसा हो गया वो ट्रेन मैं पैर मोड़ कर सोये हुए!

सुबह पाँच बजे ट्रेन सागर पहुँच गयी। अमर जो एक बार सोया तो फिर रास्ते भर सोता ही रहा और किस्मत से उस सीट पर कोई आया भी नहीं, बड़ी अलसाई सी नजरो से अमर उठा, ट्रेन में ज़्यादातर लोग अभी सो ही रहे थे, अमर ने अपन बैग उठाया और ट्रेन से उतर कर प्लेटफ़ार्म पर आकर बैठ गया। सुबह 5 बजे स्टेशन पर भी लगभग सन्नाटा सा ही था, आसमान में चिड़ियों के चहकने की आवाज़ स्टेशन पर सोये हुए लोगों के लिए अलार्म का काम कर रही थी। चिड़ियों का ये कलरव अमर के कानो में घुल कर उसके एक मन को चेतन

    राहुल शिवहरे

करने की कोशिश कर रहा था। आज पता नहीं कितने सालो बाद वो सूरज को निकलते हुए देख रहा था। सुबह की ठण्डी हवा के झोंके उसे ताजगी से भर दे रहे थे, थोड़ी देर बैठने के बाद उसने सोचा अब कहाँ जाया जाये, उसने सागर आने का प्लान तो बना लिया था लेकिन सागर मैं आकर कहा जायेगा ये तो सोचा ही नहीं, वैसे तो उसे ये सोचने की ज़रूरत नहीं थी, पर आज- कल वो अमर नहीं अज्जू है। अचानक उसे एक आइडिया आया, क्यों ना अपने कॉलेज के हॉस्टल चला जाये, वहाँ जाकर तो मजा ही आ जायेगा। वहाँ का केयर टेकर बृजमोहन उर्फ़ मामू से उसकी अच्छी पटती थी, क्यूँकि अमर ने उस पर कभी अंडा या टमाटर नहीं फेंका था, "ऐसा मामू को लगता था"। पर इस प्लान में एक समस्या थी, कि अगर अभी मामू वहाँ नहीं हुआ तो क्या होगा और ऐसा होने के 100% चाँस थे, आख़िर 10 साल का टाइम कम थोड़े ही होता है। अब इस समस्या का कोई समाधान न मिलता देख अमर ने सोचा कि चलो चल कर देखता हूँ, अगर मामू ना मिला तो कुछ और जुगाड़ किया जायेगा।

स्टेशन से कॉलेज यही कोई 10-12 किलोमीटर रहा होगा, उसे याद था, दो जगह शेयर वाले ऑटो बदलना पड़ता था, स्टेशन से चौक और चौक से कॉलेज तक के लिये। कॉलेज लास्ट डेस्टिनेशन होता था टेम्पो का। अमर स्टेशन से बाहर आया और एक टेम्पो में जाकर बैठ गया, आज लगभग दस साल बाद वो उसी शहर में घूम रहा था जहाँ उसने चलना सीखा था, पर आज सब कुछ बदला-बदला लग रहा था, ऐसा लग रहा था कि ये वो शहर ही नहीं है जहाँ वो आना चाह रहा था ! तभी उसे याद आया कि वो भी तो वो अज्जू नहीं है, जो दस साल पहले हुआ करता था, परिवर्तन तो होगा ही और यही प्रकृति का अटल नियम है। शहर का अवलोकन करते हुए, नयी बिल्डिंगों को देखकर उनके पुराने स्वरूपों को याद करते हुए पता ही नहीं चला कब चौक आ गया, चौक शहर का सबसे मुख्य और व्यस्त चौराहा था, जहाँ से पूरे शहर में कहीं भी जाने के लिए ऑटो और शेयर टेम्पो मिलते थे। अमर ने चौक से टेम्पो बदल लिया था। चौक वाला टेम्पो अपनी पंद्रह सवारी पूरी करके की चलाना शुरू करता था, उसके पहले उसका चलना बस नामुमकिन ही था और अगर आप ड्राइवर से पहले चलने के लिए बोलते हो तो वो ऐसे रिएक्ट करता है जैसे हमारे देश के संविधान में ही लिखा हो कि शेयर वाले टेम्पो अपनी पूरी सवारियाँ भरकर ही आगे रवाना होंगे। अमर जब टेम्पो में बैठा तो उस समय सिर्फ़ चार ही सवारियाँ बैठी थी लेकिन दस

मिनट में ही टेम्पो पंद्रह सवारियों से लैस होकर अपनी मंज़िल की तरफ़ दौड़ पड़ा। अमर चारों तरफ़ बड़ी ही अचरज भरी नज़रों से देख रहा था, जहाँ बस चारों तरफ़ मैदान हुआ करते थे, अब वहाँ हर जगह पक्के मकान और दुकाने बन चुकी थी, पहले दिन के समय ही यहाँ लोग दिखायी देते थे, सुबह-शाम के वक़्त ये इलाका एक दम सुनसान हो जाया करता था। पर आज यहाँ सुबह के 6-7 बजे ही अच्छी ख़ासी चहल- पहल हो चुकी थी, पहले शहर छुटने के निशान गाँव की कच्ची पगडण्डियों पर दिख जाते थे, पर अब तो शहर और गाँव में अंतर करना ही मुश्किल था, ऐसा लग रहा था जैसे शहर ने गाँव को अपनी शक्ल दे दी हो और कॉलेज भी अब टेम्पो का लास्ट डेस्टिनेशन नहीं रह गया था, टेम्पो ने भी इंसान के क़दम से क़दम मिला लिये थे। लगभग बीस मिनट के यादों के सफ़र के बाद अमर कॉलेज के गेट के सामने खड़ा था। गेट के ऊपर बड़े-बड़े अक्षरों में लिखा था: 'विशम्भर नाथ कॉलेज ऑफ़ इंस्टिट्यूसंस' कॉलेज का भी विकास हो गया था, पहले सिर्फ़ इंजीनियरिंग था पर अब मैनेजमेंट और फ़ार्मेसी कोर्स भी उपलब्ध थे। अमर ने कुछ देर तक अपने कॉलेज को यूँ ही दूर से निहारा, उसकी आँखों के सामने उसके कॉलेज के वो दिन घूम रहे थे, जब वो सारे दोस्त भागते हुए इसी गेट से एंट्री करते थे, अल्हड़, पागल से, उसे ऐसा लग रहा था कि बस अभी कोई दोस्त आकर उसके कंधे पर हाथ रखकर बोलेगा, "अबे खड़ा क्यों है लेक्चर नहीं अटेण्ड करना क्या।" और ना जाने ऐसे कितने ही पल थे जो उसकी आँखों के सामने आते जा रहे थे, उसे ऐसा लग रहा था की आज का अमर कल के अज्जू की दुनिया को अपनी आँखों के सामने चलता हुआ देख रहा हैं, पता नहीं और कितनी देर अमर वहाँ खड़ा रहता, तभी पास से गुजरते हुए टेम्पो के हॉर्न की आवाज़ सुनकर अमर अपने ख़यालों से बाहर आया। एक बूँद सी उसके गालों से बहकर उसके हाथ पर गिरी, अमर ने अपने हाथों से ही गालों को पोछा और उन्हीं भीगी सी पलकों के साथ वो हॉस्टल की तरफ़ चल पड़ा।

हॉस्टल कॉलेज के दायें तरफ़ दो सौ मीटर की दूरी पर बना था। अमर ने हॉस्टल पहुँचकर देखा तो पाया की वहाँ एक और नयी बिल्डिंग बन गयी है, अब तो बड़ा ही कंफ्यूजन हो गया था, कि मामू को किस बिल्डिंग में तलाश किया जाये। अमर अभी इसी सोच मैं डूबा ही था कि उसने देखा की तीन-चार लड़कों का ग्रुप दीवार फाँद कर हॉस्टल के अंदर जा रहा है, अमर ने उनके पास जाकर पूछा, ये क्या हो रहा है, तो उनमें से एक हट्टे-कट्टे लड़के ने जवाब दिया कि तुम्हें

                                        राहुल शिवहरे

क्या है वे, देख नहीं रहे हो अन्दर जा रहे हैं, वैसे जवाब तो उसका ठीक ही था की तुमको क्या है, क्यों बेवजह बाप बन रहे हो, अमर को भी उनके जवाब से उनके इरादों की झलक मिल गयी थी, सो फिर अमर ने अपने काम की बात पूछी, अच्छा बॉस ये बता दो कि ब्रिज मोहन जी कहाँ मिलेंगे। अमर के सवाल पर चारों लड़कों ने एक दूसरे को प्रश्नवाचक नज़रों से देखा और फिर अमर से ही पूछा, ब्रिज मोहन, किस ब्रांच का है लड़का है, तो अमर बोला स्टूडेंट नहीं है यहाँ का केयर टेकर है, तो इस पर उनमें से एक दूसरा लड़का बोला, "पर यहाँ का केयर टेकर तो मामू है, उस लड़के की बार सुनकर अमर बोला, मैं मामू की ही बात कर रहा हूँ, उनका नाम ही ब्रिज मोहन है, अमर के इस जवाब पर चारों ने एक-दूसरे को देखा और बुरी तरह हँस पड़े और बोले, "भईया जी हमारी तो रात भर की उतर गयी, पर लग रहा है आपकी नहीं उतरी अभी तक।" उनकी इस बात पर अमर को थोड़ा बुरा फ़ील हुआ, पर अमर ने अपने गुस्से को ज़ब्त करते हुए पूछा कि "ऐसा क्यों बोल रहे हो यार, तो वो बोले कि "आप पहले बंदे होगे पूरे हॉस्टल में जो मामू को मामू नहीं ब्रिज मोहन जी बोल रहे हो, इतनी इज़्ज़त तो वो हजम भी नहीं कर पायेगा।" और इतना बोल कर वो फिर हँसने लगे। उनकी इस बात पर अमर ने कोई प्रतिक्रिया नहीं तो वो लड़के भी थोड़ा शांत हो गये, अमर ने जब लड़कों की बात पर मंथन किया तो पाया कि उसके कॉलेज टाइम में अगर किसी ने मामू को ब्रिज मोहन जी बोला होता तो शायद उन लोगों ने उसकी इस से कई गुना ज़्यादा बेइज़्ज़ती की होती, ये तो उसके सामने कुछ भी नहीं है और फिर मैंने शुरूआत ही ग़लत सवाल से की थी, मुझको तो पता होना चाहिए की हॉस्टल के लड़कों का सबसे बड़ा दुश्मन उनकी आज़ादी में दख़ल देने वाला होता है। मनमंथन से निकले इस ज्ञान को अमर ने आत्मसात किया और फिर से मुस्कुरा दिया। फिर उनमें से वही हट्टे-कट्टे लड़के ने बोला, "पुरानी वाली बिल्डिंग में मिलेगा रूम नंबर 104 में" और इतना बोलकर वो लड़के दिवार फाँद कर अंदर चले गये। लड़के से रूम नंबर 104 की बात सुनकर अमर को याद आया कि मामू पहले भी रूम नंबर 104 में ही रहता था। चलो कोई तो ऐसी चीज है जो नहीं बदली और यही सोचते हुए अमर पुरानी बिल्डिंग के रूम नंबर 104 की ओर चल पड़ा।

थोड़ी ही देर बाद अमर पुरानी बिल्डिंग के रूम नंबर 104 के बाहर खड़ा था, कंधे पर बैग लटकाए अमर किसी कॉलेज स्टूडेंट की तरह ही लग रहा था।

अमर ने धीमे से गेट खटखटाया, पर उसे समझ मैं नहीं आया कि क्या कह कर आवाज़ दे मामू या ब्रज मोहन जी, सो अमर ने बिना कुछ कहे ही गेट खटखटाया पर अंदर से कोई आवाज़ नहीं आयी, अमर लगभग 4 बार गेट खटखटा चुका था, पर अंदर से कोई आवाज़ या शब्द सुनाई नहीं दिया था, अमर को लगा शायद मामू रूम में नहीं हैं वरना इतना खटखटाने पर तो गेट फाड़ के बाहर आ जाता। अभी अमर सोच ही रहा था की क्या किया जाये, तभी भड़भड़ाकर दरवाज़ा खुला और मामू प्रकट हुआ और लगभग चीख़ते हुए बोला, "टट्टी भी नहीं करने दोगे क्या, साला इस ज़िन्दगी में चैन से खा तो पाता नहीं हूँ कम से कम हगने तो चैन से दिया करो, बोलो क्या काम हैं जो सुबह-सुबह से आ गये हो परेशान करने।" अमर ने मामू की बातों का कोई जवाब नहीं दिया, वो बस चुपचाप खड़ा मामू को देखता रहा। मामू बिल्कुल नहीं बदला था, एक दम पहले जैसा ही था, उतना ही बदसूरत और उतनी ही कर्कश आवाज़, इतना चीख़ने के बाद भी जब मामू को अमर की तरफ़ से कोई प्रतिक्रिया नहीं मिली तो मामू ने नोटिस किया कि ये लौंडा तो हॉस्टल का है ही नहीं, हो सकता है किसी लड़के का भाई हो और मिलने आया हो, मामू ने फिर से पूछा, "अरे भाई क्या काम है?" इस बार मामू की आवाज़ सामान्य थी, पर इस बार भी अमर कुछ नहीं बोला, तो मामू ने भी जरा ग़ौर से अमर का चेहरा-मुखड़ा देखा और पहचानने की कोशिश करने लगा, लगभग 15 सेकण्ड्स के पॉज के बाद पहचानते हुए बोला अज्जू, अमर शास्त्री, 2004 बैच, अंकित वरुण संजय पवन सतेन्द्र हरामी गैंग। मामू के मुँह से अपनी पहचान और तारीफ़ सुनकर अमर तेज़ से मुस्कुरा दिया और उसके मुस्कुराते ही मामू ने उसको गले लगा लिया। इतना प्यार भरा स्पर्श अमर को बड़ा अच्छा लगा पर मामू के पसीने की बदबू ने तुरंत ही उसे गले से हटने को मजबूर कर दिया। "आओ अन्दर आ जाओ!" मामू उसे बड़े ही प्यार से रूम के अंदर लेकर गया और पास में पड़े हुए पलंग पर बिठा दिया और ख़ुद सामने पड़ी हुई कुर्सी पर बैठ गया। उस कुर्सी के तीन ही पैर थे, पर मामू इतने टेक्निकल तरीक़े से बैलंस बना कर बैठा था कि अगर किसी ने पहली बार कुर्सी देखी हो तो उसे भ्रम ही हो जाये की कुर्सी में तीन ही पैर होते हैं। आज अचानक इतने साल बाद, कहाँ पर हो, क्या चल रहा है, जॉब मिली या नहीं, सैलरी कितनी है और ना जाने कितने ही सवाल मामू ने एक ही साँस में पूछ डाले, पर अमर किसी भी सवाल का जवाब देने के बजाय उस 10x10 के कमरे को ही घूर रहा था, उस कमरे में

राहुल शिवहरे

पता नहीं चल था की सामान रखा हुआ है या फैला हुआ है। कमरे में सामान तो ज़्यादा नहीं था, एक पलंग दो कुर्सियाँ एक कूलर एक मेज एक अलमारी एक तरफ़ कपड़ों का ढेर पड़ा था और दूसरी तरफ़ दो सूटकेस और साथ में कुछ क़ाग़ज़ों के पुलिंदे! कॉलेज टाइम में इस रूम में आना हम लोगों का सपना हुआ करता था, क्यूँकि हॉस्टल से बरामद होने वाला सारा सामान, शराब सिगरेट चरस सुतली बम और पता नहीं क्या-क्या मामू इसी रूम में रखता था और हम सब इसी जुगाड़ में रहते थे की कैसे इस रूम में घुसकर अपने सारे सामान निकल सकें। अमर को चुप देखकर मामू ने एक बार फिर से अपने सारे सवाल दोहराए, अमर ने बस इतना ही जवाब दिया, सब बहुत अच्छा है, कोई समस्या नहीं है, तीन- चार दिन की छुट्टी मिली थी तो बस यूँ ही घूमने चला आया पुरानी यादों में। इस बात पर मामू मुस्कुराकर बोला, "बहुत अच्छा किया!" फिर मामू ने एक और सवाल दागा और सारे दोस्त कैसे हैं? तो अमर ने जवाब दिया अच्छे ही होंगे। तो मामू बोला, "अच्छे ही होंगे का क्या मतलब?" तो अमर बोला, "काफ़ी समय से किसी से बात नहीं हुई, कोई कोंटेक्ट भी नहीं है किसी से, इसलिए बोला की सब अच्छे ही होंगे।" इस बात पर मामू भी एक ठण्डी-सी आह भरकर बोला, "सही बात है एक बार रोटी-पानी की जुगाड़ में लग जाये तो फिर कहाँ किसी चीज के लिए वक़्त निकलता है, सब अपने में ही खो जाते हैं, तुम अपने बैच के शायद पहले ही होगे जो आज मुझे दिखायी दिए हो।" मामू की इस बात को कुछ हद तक जायज ठहराते हुए अमर बोला, "अब क्या किया जाये, इस कमबख़्त ज़िन्दगी की दौड़ ही इतनी तेज़ है कि पुरानी चीजें एक बार छुट जायें, तो बस छुट ही जाती हैं।" इसके बाद लगभग आधा घंटे तक दोनों ने सारी पुरानी यादों को रिवाइंड किया, अपने खट्टे-मीठे किस्सों को याद करते हुए, अपनी यादों के समागम के बाद मामू बोला, "आज तुम मेहमान हो हमारे बढ़िया वाली स्पेशल चाय पिलवाता हूँ।" इस पर अमर बात को बीच में ही काटते हुए बोला, "कैसी बात करते हो मामू आप भी, अपने बच्चों को ही मेहमान बना रहे हो। अमर की ये बात सुनकर दोनों लोग ही मुस्कुरा दिए, अभी बातें चल ही रही थी कि दरवाज़े पर एक टमाटर आके लगा 'फचाक' चूंकि दरवाज़ा खुला हुआ था सो उस पिलपिले टमाटर के छींटे सारे कमरे में, मामू के ऊपर और कुछ अमर के ऊपर भी देखे जा सकते थे। अभी दोनों लोग छींटों का मुआयना कर ही रहे थे, कि बाहर से एक तेज़ आवाज़ आयी मामू भोसड़ी के नाश्ता नहीं मिला अभी

तक, नौ बज गये हैं, सारा नाश्ता गाँड में डाल लिए हो क्या, आवाज़ सुनकर मामू का चेहरा एक दम तमतमा गया, उसे अमर के सामने थोड़ी बेइज़्ज़ती-सी महसूस हो रही थी और इसी गुस्से में वो यहाँ वहाँ कुछ तलाश करने लगा। वो शायद भूल गया था की अमर भी इसी कॉलेज का बंदा था और कभी वो भी इस तरह की बदतमीजियों का हिस्सा हुआ करता था। अमर को याद आया, वो लोग भी कभी अंडा तो कभी पानी की बोतल मामू के गेट पर मार कर भाग जाते थे और फिर शुरू हिता था सारे दिन का ड्रामा। मामू अपना हॉकी लेकर निकल पड़ता था, हर लड़के को पकड़- पकड़ कर उसकी शिनाख़्त करता और सबको गालियाँ देता, शाम तक ये ड्रामा चलता और रात को ग्राउंड में सबको इकट्ठा करेक ये चेतावनी दी जाती की अगर दुबारा ऐसा हुआ तो सबको नंगा करके रात भर खड़ा रखेगा और जैसे ही वो ये डायलॉग बोलता तो पीछे से कोई लौंडा चिल्ला देता "मेरा अभी खड़ा कर दो", इतना सुनते ही मामू फिर आग बबूला होकर अपने प्रिय हाकी से एक-दो लौंडों की सुताई करता और तब जाकर इस नाटक का अंत होता और फिर एक दो हफ़्ते की शांति के बाद फिर नया ड्रामा चालू! अमर का शक सही निकला, मामू अपनी हाकी ही ढूँढ़ रहा था! हाकी निकलकर मामू ने अमर की तरफ़ देखा और बोला, "इस साल का बैच तो बहुत ही ख़राब है इन लड़कों ने तो जीना ही हराम कर दिया है, पता नहीं क्या खाके पैदा किया है इनके माँ-बाप ने।" फिर थोड़ी गहरी साँस लेकर मामू बोला, "तुम एक काम करो, फिर अपनी अलमारी में से एक चाबी निकाली और अमर को देते हुए बोला, "लो ये 109 नंबर रूम की चाबी है, तुम आराम से नहा धो लो, थोड़ा आराम करो, मैं अभी थोड़ी ही देर में चाय नाश्ता भिजवाता हूँ, पहले जरा इन हरामियों से निपट लूँ, कमबख़्तों ने जीना ही मुश्किल कर दिया!" और इसी बीच एक और टमाटर आकर दरवाज़े पर लगा "फचाक" और तेज़ से कोई चिल्लाया "कूं..धन्नो" धन्नो एक बाई का नाम था जो हॉस्टल की कैंटीन में साफ़ सफ़ाई करती थी, लड़के उसी का नाम लेकर मामू को चिढ़ा रहे थे। अमर और मामू कमरे के बाहर आ गये, मामू ने जल्दी से दरवाज़ा लॉक किया और अमर को बोला तुम जाओ मैं अभी आता हूँ और इतना कह कर लगभग भागते हुए वो सीढ़ियों से नीचे बरामदे की तरफ़ गया। मामू के नीचे जाने के बाद लड़कों के भागने की आवाज़ साफ़ सुनाई दे रही थी और साथ ही सुनाई दे रही थीं मामू की ईजाद की हुई नयी-नयी गालियाँ!

          राहुल शिवहरे

थोड़ी देर की हलचल के बाद सब शांत हो गया, अब किसी भी तरह के शोर की आवाज़ नहीं आ रही थी। अमर उत्सुकतावंश रूम नंबर 109 के गेट पर ही खड़ा रहा, उसे लगा शायद कोई झगड़ा वगैरह ना हो जाये। पर ऐसा कुछ नहीं हुआ, ये तो रोज का ड्रामा था, कभी सुबह का नाश्ता तो कभी रात का खाना, पंगा तो होना ही था, पर इस बात पे मामू की दाद देनी पड़ेगी, एक तरफ़ पूरी वानर सेना और एक तरफ़ मामू, फिर भी किसी की हिम्मत नहीं थी कि उसके सामने कोई कोई कुछ बोल जाये। मज़ाक़ चाहे जितना कर ले, पर एक बार अगर उसकी बुद्धि घूम गयी तो फिर वो अपने आप की भी नहीं सुनता था !

अमर ने रूम का लॉक खोला और अंदर आ गया, खड़े-खड़े ही उसने कमरे के चारों तरफ़ एक सरसरी सी निगाह डाली और पास ही पड़े बेड पर जाकर बैठ गया। रूम 109 दूसरे और रूमों से काफ़ी बेहतर और साफ़ सुथरा था, बेड का चादर भी ऐसा लग रहा था जैसे थोड़ी देर पहले ही बदला गया हो, शायद इस रूम का यूज़ गेस्ट रूम के रूप में ही किया जाता था, अमर बेड से उठा और नहाने-धोने का अरेंजमेंट चेक करने लगा, सब कुछ सही दिखने पर अमर ने कपड़े उतारे और फ्रेश होने के लिए बाथरूम में घुस गया !

तक़रीबन 40 मिनट बाद अमर एक दम तैयार-सा होकर बैड पर आकर बैठ गया, बैठ क्या गया समझो आधा लेट ही गया और लेटते ही शायद थका होने की वजह से कब उस की आँख लग गयी पता ही नहीं चला। लगभग 20-25 मिनट बाद दरवाज़े पर दस्तक होने से अमर की नींद टूटी, पहली दो दस्तकों को तो उसने अनसुना कर दिया पर जब तीसरी बार दस्तक हुई तो उसे उठकर गेट खोलना ही पड़ा। गेट खोला तो देखा सामने एक दुबला-पतला काला सा उम्र तक़रीबन 14-15 साल का लड़का एक हाथ में चाय और दूसरे हाथ में समोसे की थैली लिए खड़ा था, अमर को देखते ही बोला, "भैया जी आपकी चाय और नाश्ता कैंटीन से मामू भैया ने भेजा है।" अमर गेट से थोड़ा साइड हटते हुए बोला, "ठीक है अंदर आकर रख दो।" अमर की बात सुनकर वो लड़का बोला, "भईया आप ही लो थोड़ा देर हो रही है, डीन सर की चाय भी नहीं पहुँची अभी तक और स्टाफ़ की चाय भी बनाना है, वो तो मामू भैया ख़ास बोले तो मैं तुरन्त देने आ गया।" लड़के से इतना क्लियरीफ़िकेशन सुनने के बाद अमर ने चुपचाप चाय समोसे हाथ में लिए और बोला, "थैंक्स भैया।" अमर का थैंक्स सुनकर वो लड़का थोड़ा मुस्कुरा दिया, पर उसकी मुस्कराहट से ऐसा लगा की

अगर उसे थैंक्स की जगह पाँच या दस रुपये का नोट गालियाँ लपेटकर भी मिल जाता तो उसे शायद ज़्यादा ख़ुशी होती। वो जाने के लिए मुड़ा और फिर वापस पलटकर बोला, "भईया समोसे दो ही है, हम लाये तो चार थे, पर रास्ते में दो लड़कों ने छुड़ा कर खा लिये तो दो ही बचा पाये।" अपने अंतिम शब्दों को उसने लगभग १० सेकण्ड्स के पॉज में पूरा किया, जिसक भवार्थ ये था की अगर कोई पूछे तो आपको समोसे चार ही बताने है। लड़के की बात सुनकर अमर ने कहा, कोई बात नहीं, दो समोसे ही काफ़ी है और इतना कहकर अमर ने वापस गेट बंद किया और अंदर आ गया। उसने पहले इत्मिनान से चाय के साथ आये डिस्पोज़ल कप में कुछ घूँट चाय पी, जिस से थोड़ी सुस्ती कम हुई, फिर उसने समोसे खाए। समोसों से पता ही नहीं चल रहा था की समोसे तेल के बने है या तेल से बने है। समोसे खाने के बाद फिर से एक चाय पी, पेट में कुछ जाने के बाद अब अमर को कुछ बेहतर फ़ील हो रहा था, नाश्ता करने के बाद अमर फिर आकर लेट गया, पर इस बार आँखों में नींद नहीं थी, वो अपने पुराने दिनों में लौट रहा था, वो दोस्त, वो मस्ती, वो लड़कपन। तब कुछ ना होकर भी सब कुछ था और आज सब होकर भी ज़िन्दगी अधूरी की अधूरी है। कैसे हर गुज़रता लम्हा यादों में तब्दील हो जाता है और सालों पुराने किस्से भी बस जैसे कल की ही बात लगते हैं। यही सब सोचते- सोचते यकायक अमर के मन में अपने पुराने रूम को देखने का ख़याल आया "रूम नंबर 216 सेकण्ड फ्लोर" मतलब 209 से बस 8 कमरे दूर। अमर इस ख़याल को सोचकर थोड़ा रोमांचित-सा हो गया, वो फटाफट उठा बाहर आकर गेट लॉक किया और चल पड़ा अपनी पुरानी यादों के दौर की ओर!

5 मिनट बाद अमर रूम नंबर 216 के सामने खड़ा हुआ था। रूम न. 209 से 216 की 1 मिनट की दूरी तय करने में उसे 5 मिनट का समय लग गया था। मन तो कब का पहुँचा गया था पर क़दमों का सफ़र बहुत भारी था। इतने सालों में दीवारों पे तो रंग-रोग़ान कई बार हो गया था, पर रूम का दरवाज़ा आज भी वैसे का वैसा ही था। शायद किसी ने उस पर इतना ध्यान ही नहीं दिया या फिर उस के पुराने रंग पर किसी नये रंग की ज़रूरत ही महसूस नहीं हुई। दरवाज़े के बायें ओर साहिल का बनाया हुआ गुलाब आज भी वहाँ बना था और उस में लिखा हुआ s भी। रूम का गेट थोड़ा सा खुला हुआ था, पहले तो अमर का मन हुआ की गेट खोले और अंदर चला जाये, फिर उसे याद आया की अब ना तो वो रूम

उसका है, ना वो हॉस्टल और ना ही वो कॉलेज। अमर ने धीमे से दरवाज़े पर दस्तक दी, पर क्रिया के विपरीत कोई प्रतिक्रिया नहीं हुई, अमर ने एक बार फिर से थोड़ा और तेज़ से दस्तक दी, पर फिर से कोई जवाब नहीं, अमर ने एक-दो बार और दरवाज़ा खटखटाया पर कोई नहीं आया, ना ही कोई शोर, ना ही कोई आवाज़, इस तरह की ख़ामोशी तो हॉस्टल के रूम की तौहीन थी। कोई रिस्पोंस नहीं मिलता देख इस बार अमर ने खुले हुए गेट को हल्का सा धक्का देकर थोड़ा और खोला और गेट खुलते ही काँच की बोतल गिरने की आवाज़ आयी, आवाज़ सुनकर अमर ने पूरा गेट खोल दिया, देखा तो सामने गेट से टकराकर एक रॉयल स्टेज की बोतल लुड़कती हुई चली जा रही थी। बोतल लुड़कते-लुड़कते सामने रखे पलंग के पाये से टकराकर रुक गयी। अमर ने बोतल से नज़र हटाकर पलंग की ओर देखा तो पाया एक मोटा ताजा लड़का पलंग पर पेट के बल उल्टा सो रहा था या पड़ा हुआ था, कुछ समझ नहीं आ रहा था, ऊपर से उसने कम्बल भी ओड़ रखा था और उस कम्बल में से सिर्फ़ उसक सिर दिखायी दे रहा था। अमर अभी सोच ही रहा था कि क्या किया जाये, तभी शायद बोतल गिरने या लुड़कने की आवाज़ से उस लड़के की नींद खुली और उसने बिना आँखें खोले ही चिल्लाया, अबे रामू आज सफ़ाई नहीं होनी, कल करना, चल जा और जाते हुए गेट लगा देना और इतना बोल कर वो फिर से सोने की कोशिश करने लगा। लगभग दो मिनट तक जब उसे ना तो किसी के जाने और ना ही गेट लगने की आवाज़ सुनाई, तो उसने एकदम झटके से कम्बल में से अपना सर निकाला और घूम कर दरवाज़े की तरफ़ देखा, दरवाज़े पर किसी लड़के को खड़ा देख वो थोड़ा चौंक सा गया, शायद बीच नींद में से जागने की वजह से उसकी आँखें ढंग से खुली नहीं थी और वो इन्ही अधखुली आँखों से सामने खड़े लड़के अमर को पहचानने की कोशिश करने लगा। लगभग तीस सेकण्ड्स के पॉज़ के बाद उसे समझ आया की ये कोई और लड़का है जिसे वो नहीं जानता हैं। उसने लेटे-लेटे ही अमर से पूछा "हाँ भाई, कौन हो और क्या काम है," पर अमर को तो जैसे उसकी बातें मानो सुनाई ही नहीं पड़ रही थी, वो तो बस एकटक कमरे के चारों तरफ़ घूर-घूर के देखें जा रहा था, या ये कहो कि उन दीवारों में अपना अतीत ढूँढ़ने की कोशिश कर रहा था। उस लड़के ने अमर को दुबारा आवाज़ दी पर अमर ने फिर अनसुना कर दिया। एक्शन पर रिएक्शन ना होते देख और अमर को रूम को ऐसे घूरते हुए देखकर उसे बड़ा अजीब लगा। चूँकि हॉस्टल में सामान

चोरी होना बड़ी ही आम बात होती है, अभी पिछले हफ़्ते ही इस रूम से एक मोबाइल चोरी हुआ था। पता नहीं अचानक उस लड़के के मन में क्या ख़याल आया कि वो एक दम से अमर की ओर लपका, जैसे ही वो लड़का कम्बल में से बाहर आया और इस बाहर आने के क्रम में उसने कम्बल हटाया तो पता चला कि वहाँ उस कम्बल के अंदर चार लड़के और सो रहे थे। उस मोटे लड़के ने आते हुए एक-दूसरे लड़के को हॉस्टल के रिवाज के अनुसार लात मारकर उठाया और चिल्लाकर बोला, "अवे काँचा उठ, देख रूम में कोई घुस आया है!" इस हलचल और शोर की वजह से साथ में सो रहे दो लड़के और भी जाग गये और कोई घुस आया है शब्दों को सुनकर सब लगभग एक साथ खड़े हो हुए और अमर की ओर कूद पड़े!

सबसे पहले जो 100 किलो का लड़का उठा था उसका असली नाम विकास था पर उसे उसके शारीरिक विकास की वजह से उसे मोटे बुलाया जाता था। दूसरा लड़का जिसे लात मार कर उठाया गया था उसका नाम विजय था, पर उसकी एक आँख थोड़ी भैड़ी सी थी तो सब उसे कंचा बुलाते थे। मार्कशीट के अलावा शायद ही कॉलेज में कोई जगह होगी जहाँ उसका असली नाम लिखा गया हो। कंचा इलाहाबाद का था और एक दम अखण्ड हरामी वाली केटेगरी में आता था। इसके अलावा और जो दो लड़के उठ कर आये थे उनका नाम पवन और हंस था। दोनों उज्जैन से थे, दोनों ज़्यादातर साथ ही रहते थे इसलिए उन्हें पवन-हंस का जोड़ा भी कहा जाता था।

सबसे पहले विकास उर्फ़ मोटे ने अटैक किया। भाग कर आने की वजह से वो ख़ुद को सम्हाल नहीं पाया और अमर से टकराते-टकराते बचा। चारों लड़के अमर को घेर कर खड़े हो गये। चूँकि इतनी चीख़-पुकार के बाद भी अमर एक दम शांत ही खड़ा था और उसे देखकर समझ आ रहा था की ये कोई कॉलेज स्टूडेंट तो नहीं हैं, तो शायद उन लोगों को उसके चोर होने का वहम कुछ कम हो गया था। मोटे ने थोड़ी तेज़ आवाज़ मैं पूछा, कौन हो तुम और हमारे रूम में क्यूँ घुसे चले आ रहे हो? इस बार अमर ने उसकी बात का जवाब दिया, बोला, "ये मेरा भी रूम।" अमर अपनी बात को पूरी कर पाता इस से पहले ही कंचा बीच में ही बोल पड़ा, "साला अगर ये तुम्हारा रूम है तो हम क्या तीन साल से अपनी झंड करवा रहे हैं इस रूम में, और आज तक तो तुम रूम में दिखायी नहीं दिए, अरे रूम में क्या तुम तो पूरे कॉलेज में भी कभी दिखायी नहीं दिए और बात करते

राहुल शिवहरे

हो की ये रूम तुम्हारा है।" कंचा एक साँस में ही इतना सब बोल गया था।

अभी अमर दुबारा कुछ कहना ही चाह रहा था कि अब पवन-हंस का जोड़ा बीच में बोल पड़ा, "देखो चुपचाप बता दो कि कौन हो, वर्ना अभी कम्बल परेड होगी तो फुल पीस में वापस ना जा पाओगे।"

इस शोर-शराबे के कारण 5-6 आने जाने वाले लड़के वही रुक कर तमाशा देखने लगे, उन्हें लगा शायद हाथ साफ़ करने का मौक़ा ही मिल जाये।

पर इस बार अमर की आवाज़ थोड़ी तेज थी, बोला मैंने ये कहा कि ये रूम मेरा भी था, ना कि मेरा है, आई ऍम योर सीनियर 2005 बैच समझे। हॉस्टल में आया था तो मन हुआ कि अपना रूम भी जाकर देख लूँ, तो बस इसलिए अंदर तक चला आया। इतना बोल कर अमर ने बात ख़त्म की और सभी लड़के उसके जवाब से संतुष्ट भी लग रहे थे।

तभी इकट्ठे हुए 5-6 लड़कों में से एक बोल पड़ा कि हम कैसे मान ले की तुम सच बोल रहे हो, कोई प्रूफ़ है सीनियर होने का। तो अमर बोला, "इस में प्रूफ़ वाली क्या बात है और मैं झूठ क्यूँ बोलूँगा। अमर की बात सुनकर वो लड़का बोला, "अब कोई चोर चोरी करने आया हो तो ये तो नहीं बोलेगा कि चोरी करने आया हूँ, कोई ना कोई बहाना तो मरेगा ही। उस लड़के के मुँह से चोरी की बात सुनकर अमर को आग लग गयी, वो जैसे भूल ही गया कि अब यहाँ का स्टूडेंट नहीं है, वो तो बस यहाँ घुमने आया है।" अमर एक दम तपक कर बोला, "अबे साले ज़्यादा हीरो मत बन, अभी एक मारूँगा तो उठ भी नहीं पायेगा।" अमर के ऐसा कहते ही माहौल एक दम गरम हो गया, बस लड़ाई शुरू ही होने वाली थी कि अचानक इतने में ना जाने कहाँ से मामू प्रकट हुआ और लड़कों के घेरे को चीरते हुए अमर तक पहुँचा और बोला, "क्या कर रहे हो, अगर किसी ने इसे हाथ भी लगाया तो हाथ तोड़ दूँगा सबके। साला कभी ज़िन्दगी में पहली बार कोई सीनियर तुम से मिलने आया है और तुम लोग उसी को पीटने पर आमादा हो। मामू द्वारा अमर के सीनियर होने की पुष्टि के बाद सब के तेवर ढीले पड़ गये और बहती गंगा में हाथ धोने के लिए जो 5-7 लड़के खड़े हुए थे, सभी ने ग़ायब होने मैं ही अपनी भलाई समझी।" मामला थोड़ा शांत होने पर मामू बोला, "पता नहीं अमर क्या बात है इस रूम में, हर बैच के सबसे हरामी लोंडे इसी रूम 216 में ही आते हैं। मामू के इस कथन से मोटे और कंचा को थोड़ी गर्व की अनुभूति हुई।" मामू इस बार उन चारों मोटे, कंचा, पवन और हँस को देखकर बोला,

"अपने सीनियर के साथ ऐसी बदतमीजी की जाती है, पढ़ने-लिखने वाले तो कहीं से नहीं लगते तुम लोग, पूरे जंगली जानवर होते जा रहे हो।" मामू की इस बात पर बोलने की बारी अब पवन हंस की थी, दोनों एक साथ ही बोले, "अब ग़लती हो गयी, किसी के माथे पर तो लिखा नहीं है कि कौन सीनियर है और कौन जूनियर और कोई मार-पीट तो की नहीं, बस थोड़ी बहसबाजी हुई है।", पवन हंस का जवाब सुनकर मामू समझ गया की बहस करना बेकार है। वो अमर से बोला, "चलो आओ तुम्हें नये वाले हॉस्टल में घुमा के लाता हूँ!" और इतना कह कर वो अमर को ले जाने लगा, पर तभी विकास उर्फ़ मोटे ने अमर का हाथ पकड़कर बोला, "अरे कहाँ ले जा रहे हैं इनको, अरे अभी भईया को अपना रूम तो देख लेने दीजिये ठीक से, इतने साल बाद आये हैं, शायद हम लोग भी कुछ ज्ञान प्राप्त कर सकें।" फिर एक गहरी साँस लेकर बोला, अब जाने-अनजाने छोटा मोटा मिस्टेक हो ही जाता क्यूँ भईया जी और ऐसा बोलकर अमर को अंदर आने के लिए गेट से हट कर खड़ा हो गया। मोटे के इस आमंत्रण पर मामू और अमर ने एक-दूसरे से आँखों ही आँखों में बात की और फिर अमर बोला, "ठीक है मामू, आप चलो मैं आता हूँ 15-20 मिनट में।" मामू भी समझ गया कि अमर का भी मन वहाँ रुकने का है। मामू बोला, "ठीक है अगर कोई दिक्कत लगे तो मुझे तुरंत कॉल कर देना, ये लो मेरा नंबर और अपना नंबर देकर मामू वहाँ से निकल गया!

अमर को अभी बड़ी ही इज़्ज़त के साथ अपने यादों के घर में एंट्री मिली थी, साथ ही साथ चारों लड़कों ने अमर को सॉरी भी बोला और अमर ने भी बड़े भाई की तरह 'कोई नहीं छोटे बोलकर माफ़ कर दिया।' इसी बीच पाँचवाँ बंदा जो बेड पर सो रहा था जाग गया था, उसका नाम प्रेम पाण्डेय उर्फ़ पांडू उर्फ़ बिहारी था, पांडू को अपने नाम और अपने आलसीपन के कारण पूरे कॉलेज मैं ख्याति प्राप्त थी। इस तमाशे का शोर सुनकर वो भी उठ गया था, पर इतने वबाल पर भी उसने बैड से उठना मुनासिब नहीं समझा। वो आराम से वहीं बैठे हुए ही सब-देख सुन रहा था, अमर जैसे ही रूम के अंदर आया और पास में पड़ी हुई एक चेयर पर बैठा ही था, कि पंडू उर्फ़ बिहारी ने एक जोरदार सवाल दागा, भईया आपको यहाँ से पढ़ने के बाद जॉब मिल गयी थी? अमर ने लगभग 30 सेकण्ड का पॉज लिया और धीमे से बोला, "नहीं मिली थी"। इतना सुनते ही बिहारी बोला, "लो बहनचोद हमको तो पहले ही पता था, इस झाँटू कॉलेज से किसी

राहुल शिवहरे

को जॉब नहीं मिलती, फिर बोला माँ चुदाये दुनियादारी मैं तो सो रहा हूँ, कोई जगाना मत बे और इतना बोल कर उसने वापस कंबल से अपना मुँह ढँका और सोने की कोशिश में लग गया। अमर एक ओर बैठे-बैठे ही बड़े इत्मीनान और बारीकी से कमरे का मुआयना कर रहा था। रह-रह कर वो सारे बीते हुए पल उसकी आँखों के सामने से आ-जा रहे थे, ऐसा लग रहा था मानो कल की ही बात हो। हर जगह उसकी आँखें कुछ निशानियाँ तलाश कर रही थीं, अनगिनत यादों की कोई भी एक निशानी, पर उसे अभी तक कुछ भी दिखायी नहीं दिया था सिवाय दरवाज़े पर बने फूल के अलावा। शायद कमरा कई बार पेंट हो गया था और इस नकली रंग ने ज़िन्दगी के उन असली रंगों को छुपा लिया था, उन रंगों की पहचान सिर्फ़ इतनी थी कि जिस किसी भी ज़िन्दगी में घुल जाते हैं, उसे रंगीन कर देते हैं!

अमर को यहाँ आकर बहुत ही ख़ुशी हो रही थी। एक खालीपन सा जो उसके अंदर घर कर गया था, यहाँ आकर वो रिक्तता उमंग में बदलती-सी लग रही थी। ये सभी लोग उसके लिए नये थे, पर इन नये लोगों में वो अपने पुराने दोस्तों को महसूस कर रहा था। इस से पहले की अमर अपने ख़यालों की दुनिया में और गहराई तक उतरता, उन में से कंचा बोल पड़ा, "भैया जी आज आपके लिए कितना बड़ा दिन है, आज आप उस जगह पर हो जहाँ से आपने अपने जीवन के संघर्ष की शुरूआत की, आप ने अपने पैरों पर खड़ा होना सीखा, जिस प्रकार एक योद्धा रण में जाने से पहले सभी विधाओं में ख़ुद को पारंगत करने की कोशिश करता है, ठीक उसी प्रकार आपने भी अपने इस रण जीवन को विजयी करने की दीक्षा इसी गुरुकुल से ली।" कंचा के इस पौराणिक भाषा में दिए गये ज्ञान को सुनकर पवन- हँस ने एक-दूसरे को देखा और आँखों ही आँखों में बोले, "क्या हो गया इस चूतिये को, क्या बकचोदी कर रहा है ये।" जैसे ही कंचा ने अपने इस ब्रह्म ज्ञान के टेप को बंद किया, तो अमर हँसते हुए बोला, "तो अब ये भी बता दो महाराज कि इस ब्रह्म ज्ञान के द्वारा आप मुझे समझाना क्या चाहते हो।" इस बात को सुनकर कंचा जो अभी तक किसी तपस्वी की तरह ज्ञान की गंगा बहा रहा था बोला, "भैया एक पार्टी तो बनती है!" और जैसे ही कंचा ने पार्टी की बात की तो सभी लोग हँस पड़े। वैसे बाहर से आये व्यक्ति को साम दाम दण्ड भेद किसी भी चीज का इस्तेमाल करते हुए, किसी भी तरह से उस से पार्टी लेना हॉस्टल के संविधान की मूल भावना का ही अंग है और अभी अभी कंचा ने उसी

भावना का पूरी शिद्दत के साथ पालन किया था।

अभी इस वक़्त कोई जान भी माँगता तो भी अमर शायद इनकार नहीं करता, उसे ख़ुशी ही इतनी हो रही थी। एक अजीब सुकून सा मिल रहा था उसे यहाँ, वो सुकून जिस के लिए भटकता-भटकता वो यहाँ तक आ गया था, फिर उस सुकून के ख़ातिर एक पार्टी के क्या ही मायने थे। अब अमर ने पार्टी की बात को आगे बढ़ाते हुए पूछा, अच्छा बताओ क्या खाओगे? अमर ने ये बात बड़े ही दार्शनिक अंदाज़ में पूछी। अमर के इस सवाल पर चारों लोगों ने एक-दूसरे की तरफ़ बहुत ही सोचनीय अंदाज़ में देखा, सबकी आँखों में एक ही कॉमन सवाल था "भईया वाक़ई इसी कॉलेज से ही पास आउट है ना? और इसी कॉलेज से तो क्या किसी और कॉलेज से भी पढ़े है"। जो व्यक्ति कॉलेज में पढ़कर हॉस्टल में रहकर पार्टी की परिभाषा ना जाने तो उस व्यक्ति पर तो प्रश्नचिन्ह लगना लाज़मी था। हर बार की तरह इस बार भी संशय को समाप्त करने का दायित्व कंचा ने ही उठाया, बोला, "अरे भैया आप को तो पता ही होगा कि हॉस्टल की पार्टियों में खाना कौन ही खाता है, इस पार्टी शब्द में दारू साइलेंट होती है। 'दारू पार्टी को ही विश्व में सर्वसम्मति से पार्टी की संज्ञा दी गयी है।' और जहाँ दारू नहीं होती सिर्फ़ खाना होता है उसे पार्टी थोड़े ही कहते हैं उसे तो भण्डारा कहते हैं। कंचा के मुख से निकले इस गूढ़ ज्ञान की बात का वहाँ उपस्थित सभी लोगों ने हँसते हुए ध्वनि मत से उसका पूर्णता समर्थन किया। ज्ञान पे ज्ञान मिलता देख अमर भी ने भी थोड़ा सा चालक बनने की कोशिश की, बोला अरे छोटे मुझे सब पता है, मैं तो बस तुम लोगों का टेस्ट ले रहा था, कि तुम्हारे लॉजिक कितने क्लियर है। अमर की बात सुनकर इस बार मोटा बोल पड़ा, "अरे भैया क्या छोटे-मोटे टेस्ट ले रहे हो, अगर टेस्ट लेना है तो ये लो कि 12 पैग मारने के बाद भी आपका छोटा भाई सीधा खड़ा है या नहीं!" मोटे की इतनी क्रांतिकारी बातें सुनकर सभी लोग दुबारा हँस पड़े। फिर अमर ने कहा, "अच्छा तो ये बताओ कि कौन सी पीओगे जॉनी वॉकर या ब्लाक डॉग, कौन सी मंगाई जाये।" ए.बी.ए. चूँकि अमर ने अपने स्टैण्डर्ड के हिसाब से बोला ही था की कंचा बीच में ही बोल पड़ा, "भईया ख़ुशी के मारे जान ही ले लोगे क्या। जॉनी वॉकर अगर आ गयी तो हॉस्टल में तो कोहराम ही मच जायेगा, हम लोग तो जनरली रॉयल स्टैज ही पीते है, कभी बहुत हाई-फाई हो गया तो BP आ गयी, पर ये जॉनी वॉकर नाम का अमृत अभी तक चखा नहीं हमने।" फिर थोड़ी साँस लेते हुए बोला, नहीं-नहीं

राहुल शिवहरे

भैया बहुत महँगा हो जायेगा, आप तो BP ही मंगा लो, वर्ना औक़ात से बहार की चीज हजम करने में थोड़ी मुश्किल हो जाती है।

हॉस्टल में रहकर जॉनी वॉकर का ऑफ़र ठुकरा दिया लड़कों ने, वाह क्या उच्च संस्कार है इनके, इस से पहले के अमर के मन में इस तरह के विचार आते, अमर पहले ही बोल पड़ा, "ठीक है BP ही मंगा लेते हैं, कितनी बोतल, मेरे ख़याल से एक बोतल में हो जायेगा।" अभी अमर एक बोतल शब्द पूरा भी नहीं बोल पाया था कि विक्की मोटा अपनी इलाहबादी भाषा में बोला, एक बोतलिया से का हुईन इतनी का तो हम कुल्ला ही करदीन। तो फिर कितनी, अमर ने शब्दों से कम आँखों से ज़्यादा पूछा। अमर के सवाल पर सब गुणा-भाग लगाने लगे, दो वो हैं, चार हम हैं, तीन वो, सूरज भी है, पाण्डेय भी, दो वो नशेड़ी, लगभग दो मिनट के विचार विमर्श के बाद तय हुआ कि ग्यारह लोग है तो कम से कम पाँच बोतल तो लग ही जायेंगी, बर्फ़ और चकना स्वादनुसार। पाँच बोतल अमर ने आँखें फैलाते हुए बोला, तो पवन-हंस बोले, पता है भैया पाँच बोतल कम है पर कोई नहीं हमलोग एडजस्ट कर लेंगे। उनकी बात सुनकर अमर बोला, "देख लो ऐसा ना हो कि बाद में कोई उल्टी-सीधी करता हुआ घूम रहा है।" अमर की इस बात पर कंचा बोला, "अरे भईया पूरी इंजीनियरिंग में एक ही काम तो परफ़ेक्टली सीखे हैं, अब उस में भी फेल हो जायें तो साला काहे की इंजीनियरिंग।" कंचा की इस बात पर अमर ने पूरी टीम को एक बार तिरछी निगाहो से देखा और मुस्कुराते हुए बोला, "चलो ठीक है, तुम लोग भी क्या याद करोगे!"

पार्टी का मेन्यू फ़ाइनल होने के बाद अब चारों में इस बात पर मंथन शुरू हुआ कि लेने कौन जाये, सब को याद आ रहा था की कौन कितनी बार और कितनी दूर से लेकर आया है। अभी बहस चल ही रही थी कि अमर ने सवाल किया की यहाँ एटीएम कहाँ है आस-पास? जवाब विक्की मोटे ने दिया, भैया यहाँ कैंपस में ही एक एटीएम है, पर या तो वो हमेशा खाली रहता है या ख़राब रहता है, इतना बोल कर उसने अमर से पूछा, आपको क्या काम है एटीएम का? तो अमर बोला, "एटीएम से क्या काम होगा, पैसे ही निकालने हैं, मेरे पास कैश काफ़ी कम है, और तुम्हारी पार्टी इस्पोंसर करने के लिए काफ़ी कैश चाहिए।" पार्टी पर आँच आते देख मोटा बोला, "फिर तो आप को चौक तक जाना ही पड़ेगा, वहाँ 4-5 एटीएम है!" लाइन से और थोड़ा चहकते हुए बोला, "बग़ल में

ही ठेका है।" इस नयी समस्या के समाधान के साथ ही तय हुआ कि कंचा भैया के साथ जायेगा और दारू लेकर आएगा। पर अब एक और समस्या थी, चौक से दारू लाने के लिए बाइक चहिए थी। जब बाइक के जुगाड़ की बात आयी तो सिर्फ़ पवन बोला, बाइक कासिम से ले लेते हैं। कासिम का नाम सुनकर मोटा बोला, "यार फिर उस कटुए को भी पिलाना पड़ेगी, फिर बारह लोग हो जायेंगे, यार पाँच बोतल कम नहीं पड़ेंगी फिर? कहो तो 6 बोतल कर लें।" मोटे की बात पर कंचा एक दम भड़कते हुए बोला, "अबे भैंसे भोसड़ी के कितनी पीयेगा वे, अबे मेरी अभी तक रात की ही नहीं उतरी है, वहाँ वो साला पंडू (प्रेम पाण्डेय उर्फ़ बिहारी की तरफ़ इशारा करते हुए) भी नशे में पड़ा हुआ है, भैंचो पाँच बोतल बहुत है, अबे पीना है कोई नहाना थोड़े ही है और अब अगर सामने वाला तैयार है तो क्या उसकी गाँड ही मार लोगे क्या!" और इतना बोलकर उसने अमर की तरफ़ देखकर बोला क्यों भैया सही कहा ना, कंचा की ये बात सुनकर अमर को तो समझ ही नहीं आया की क्या रिएक्शन दे और इस से पहले की अमर कोई कमेंट करता, मोटा पहले ही कंचा से बोल पड़ा, "अबे ओए गाँडू ज़्यादा ज्ञान मत पेल, अपने बाप को मत समझा, चल पाँच ही मंगा ले। सबको पता है कौन दारू ख़त्म होने पर रंडी रोना करता है।" दुबारा से पाँच बोतल पर डन होने के बाद कंचा ने पवन से बोला, ला बे कटुए को फ़ोन लगा। पवन ने फ़ोन लगा कर कंचा को दे दिया, जैसे ही कासिम ने फ़ोन उठाया, कंचा ने बिना किसी इंट्रोडक्शन के सीधा बोला, दारू लानी है बाइक चाहिए और मजाल है कि जवाब में ना हो जाये, जब सामने इतना बड़ा हो मोटिवेशन तो फिर काहे का इंट्रोडक्शन!

लगभग पंद्रह मिनट बाद अमर और कंचा बाइक पर थे। कंचा ने बाइक के एक्सीलेटर को फुल पर मरोड़ रखा था, उसे ना तो सड़क के खाई नुमा गड्ढे दिखा रहे थे और ना ही सड़क पर चलते हुए दूसरे लोगों। होता है ऐसा कभी-कभी, जब आप हराम की या किसी हरामी की कोई चीज पा जाते हो, तो फिर उसकी ले ही लेते हो। कंचा भी अभी बस यही कर रहा था, पर ताज्जुब ये की अमर को भी कोई फ़िक्र नहीं हो रही थी। फ़िक्र होती भी कैसे, उसे तो शायद अपनी भी सुध नहीं थी, वो तो बस चारों तरफ़ घुर-घुर के देखे जा रहा था, रूबरू हो रहा था अपने सीने में दबी जिंदा यादों से, या यूँ कहें की उन धुंधली सी यादों की तस्वीर से आज की दुनिया का मिलान रहा था, कि कितनी बदल गयी है और कितनी बदलना बाक़ी है। सामने से गुज़रती हर चीज उसे अपनी पहचान याद दिला रही

राहुल शिवहरे

थी अपने पास बुला रही थी, लग रहा था जैसे जानना चाहती हों की कहा थे तुम इतने दिन। अमर तो जैसे भूल ही गया था की वो क्या है, उसे लग रहा था कि वो दस साल पीछे आ गया है वापस इस मस्ती में डूबने को। वो अपने अतीत को दुबारा जी रहा था, उसे कंचा की रैस ड्राइविंग से भी कोई मतलब ही नहीं लग रहा था, और तो और उसे तो मज़ा आ रहा था इस पागलपन में।

कंचा काफ़ी देर से एक सफ़ेद रंग की मारुती 800 को हॉर्न पर हॉर्न दे रहा था, पर ना तो वो गाड़ी तेज चल रही थी और ना ही आगे निकलने को साइड ही दे रही थी, वो मारुती 800 बीस की स्पीड पर एक दम बीच रोड पर चल रही थी। कंचा पाँच मिनट से उस से आगे निकलने की पुरज़ोर कोशिश कर रहा था, पर ना तो दायें से रास्ता मिल रहा था और ना बायें से। तभी एक टी-पॉइंट आया और कंचा ने आव देखा ना ताव फुल पर एक्सीलेटर कर के बिना ब्रेक लगायें गाड़ी को मोड़ा और उस से आगे निकल गया। कंचा ने जब पलट के कार की ओर देखा तो पाया की एक अधेड़ उम्र का आदमी और एक तीस- बत्तीस साल की लेडी गले में बाहें डाले दुनिया जहान से बेखबर चले जा रहे हैं। ये देखकर कंचा की तो सुलग गयी, कंचा ने गाड़ी धीमी की और कार के एक दम बगल में आकर उसको चिल्लाकर कर बोला, "अबे घर के लिए भी कुछ छोड़ दो या सब कार में ही निबटाओगे "भोसड़ी वालो", उस मारुती वाले ने सब सुना और पलटकर कुछ कहा भी पर जब तक वो पूरा कह पाता, तब तक कार और बाइक के बीच का फ़ासला काफ़ी बढ़ चुका था। इसी तरह अपनी धुन में जाते हुए लगभग पंद्रह मिनट के बाद अमर और कंचा चौक पर पहुँच गये। कंचा ने बाइक खड़ी की और अमर ने जैसे ही सिर उठाकर सामने देखा वहाँ एक बड़ा सा बोर्ड लगा हुआ था, "ठेका देसी एवं अंग्रेज़ी शराब, चौक, लाइसेंस नंबर 111/025/2016/ अनुज्ञापी-हरी चरण राय"

ठेका.. कभी सोचा है कि दारू की दुकान को ही ठेका क्यों कहते हैं। किसी और चीज की दुकान ठेका क्यों नहीं होती। आइये जानते हैं।

वैसे अगर देखा जाए तो ठेका एक शब्द नहीं है बल्कि एक शब्द से बनी पूरी परिभाषा है ठेका। ठेका मतलब ज़िम्मेदारी। वो कहावत है ना कि हम ने क्या तुम्हारा ठेका ले रखा है। अर्थात ज़िम्मेदारी ले रखी है। ठीक उसी तरह शराब की दुकान बहुत ही ज़िम्मेदार दुकान है। समय से पहले खुलती है और समय से कई घंटों बाद बंद होती है वो भी आंशिक रूप से। इस पवित्र जगह ने ही दुनिया को

सुचारू रूप से चलाने की ज़िम्मेदारी ले रखी है क्योंकि शराब मानव की परछाई से भी ज़्यादा वफ़ादार होती है। शादी हो चाहे हो किसी के जाने का गम, दोस्त के मिलने की ख़ुशी हो या प्यार की बेवफ़ाई, बर्थडे की पार्टी या किसी की जीत का जश्न, एक शराब ही है जो हर जगह साथ देती है कभी आपका साथ नहीं छोड़ती, चाहेँ आप चाहें या ना चाहें वो हमेशा आप के साथ रहती है और आज के युग में सच्चा आदमी वही है जिसके दोस्त भले ही बदल जाये पर उसका ब्रांड कभी नहीं बदले। ऐसे संजीवनी रूपी द्रव्य की निर्वाध रूप से सप्लाई करने वाली पवित्र जगह को ही ठेके की संज्ञा दी जा सकती है, चाहें आमीर हो या ग़रीब कोई भी ठेके से कभी मायूस नहीं लौटता, ये तो वो दर है कि बंदा जिस भी हालत में आया हो हमेशा मुस्कुराता हुआ ही जाता है!

ठेके पर दिन के समय भी ठीक-ठाक भीड़ थी। पूरे चौक में शायद यही एक दुकान होगी जिस पर सबसे ज़्यादा भीड़ होगी। ठेके से दायीं ओर पाँच दुकान छोड़कर ही एस.बी.आई. आईसीआईसीआई एक्सिस बैंक और पंजाब नेशनल बैंक के एटीएम लाइन से थे, शायद ठेके पर आये लोगों की सुविधा को ध्यान में रखकर ही चारों एटीएम एक साथ लगाए गये थे। एटीएम के दूसरी तरफ़ बायें ओर चार दुकान छोड़कर ही बियर की दुकान थी, जिस पर बड़े-बड़े अक्षरों मैं लिखा था "जिले की सबसे ठण्डी बीयर यहीं मिलेगी"। अमर बड़ी ही बारीकी से पूरे क्षेत्र का निरीक्षण करते हुए एटीएम पर पहुँच गया। चार-पाँच लोगों की लाइन ही थी सभी एटीएम पर। अमर एसबीआई के एटीएम की लाइन में जाकर खड़ा हो गया। इसी बीच अमर ने ध्यान दिया कि वहाँ एक बंदा हर गाड़ी वाले की पार्किंग की पर्ची काट रहा है, पर उसने कंचा की ना तो पर्ची काटी, बल्कि उस से अच्छी खासी डिस्टेंस भी मेन्टेन कर रखी है। अमर सोच ही रहा था कि कंचा ने उसे हाथ देकर इशारा किया की वो ठेके पर खड़ा है, मैं पैसे निकालकर सीधा वहीं आ जाऊ और अमर ने भी हाँ में सिर हिला दिया। तक़रीबन दस मिनट में अमर पैसे निकाल कर कंचा के पास पहुँच गया। वहाँ कंचा आलरेडी अपना माल पाँच बोतल VP की एक गत्ते में पैक करवा चुका था। उसने आँखों के इशारे से अमर को पेमेंट करने के लिए बोला तो अमर ने आगे काउंटर पर जाकर पेमेंट कर दिया। तभी कंचा ने एक और बड़ा सा गत्ता उठाते हुए बोला, "इन बगल वाले संतोष भैया का भी हिसाब कर दो, मैंने चकना पैक करवा लिया है अगर आपकी कोई ख़ास डिमाण्ड हो तो बता दीजिये, वो भी

राहुल शिवहरे

ले लेंगे।" "अरे नहीं-नहीं, ऐसा कुछ ख़ास नहीं, बस एक पैकेट सिगरेट ले लेना अल्ट्रा माइल्ड।" अमर ने कहा। अरे सिगरेट तो ले लिया हूँ आठ पैकेट, बिना सिगरेट के शराब में मज़ा कहाँ कंचा ने जवाब दिया। इस बात पर अमर कुछ बोला नहीं बस मुस्कुरा दिया। दोनों गत्ते कंचा ने ही उठाये हुए थे और उनको अकेले ही उठाकर बाइक तक लेकर आया, कंचा गत्तों को बाइक पर रखते हुए बोला, "भईया आज तो लग रहा है बहुत ही गर्मी है, एकदम दम ही निकला जा रहा है, वो देख रहे हैं बीयर की दूकान, यहाँ सारे जिले की सबसे ठण्डी बीयर मिलती है, बड़ी दूर-दूर से लोग आते हैं यहाँ बीयर पीने, पीने वाले को लिए किसी तीर्थ के प्रसाद से कम नहीं है यहाँ की बीयर, आप कहो तो एक-एक गटक लें, कंचा ने अमर का मन टटोलने की कोशिश की। अमर बोला, "नहीं यार अभी मन नहीं है, अगर तुम्हें पीना है तो ले लो या फिर लेकर चलते हैं वहीं कॉलेज में पी लेना।" इस पर कंचा बोला, "कॉलेज में ले जाने पर घंटा मिलेगा, पीने को मिलेगी दो बूँद ज़िन्दगी की, चाट लो या सूँघ लो।" फिर बोला, "अच्छा रहने दो, वैसे भी मुझे कॉकटेल सूट नहीं करती!" और इतना बोलकर उसने गत्तों को अमर को पकड़ाया और ख़ुद बाइक को पार्किंग से बाहर निकाल कर स्टार्ट करने लगा। अभी कंचा बाइक स्टार्ट कर ही रहा था, कि अमर ने गत्तों को बाइक पर रख कर जिज्ञासा वंश पूछा, "जरा ये बताओ ये पार्किंग वाला सबसे तो पैसे के लिए झिक-झिक कर रहा है पर जब से देख रहा हूँ कि उसने तुम से चार फ़िट की दूरी बना रखी है, आख़िर चक्कर क्या है बॉस?" अमर के इस अचरज भरे सवाल पर कंचा बोला, "अरे भईया बात ये है कि इसने पहले हम लोगों को बहुत ही परेशान कर रखा था, जैसे-तैसे पाई-पाई जोड़कर दारू लेने आते थे और ये साला हर बार बीस रुपये की पार्किंग के लिए नाटक करता था, समझ लो बिना चकने के ही दारू पीनी पड़ती थी, एक दिन दिमाग़ ख़राब हो गया तो भीड़ गये, ये अपने 3-4 लोंडों को बुला लाया, तो हम भी कॉलेज में फ़ोन ठोक दिए, फिर क्या 15-20 मिनट में ही 70-80 लोंडे आ गये कॉलेज से, साला मार पत्थर पूरा सड़क लाल कर दिये, लाल सलाम लिख दिए पूरे शहर में, जो बवाल काटा बस पूछिए ही मत, बस उस दिन से इंजीनियरिंग कॉलेज के लड़कों का जलवा कायम हो गया, समझ लीजिये बस एक दम फुल रिस्पेक्ट।" कंचा की इस ओजपूर्ण वीर रस की गाथा सुनकर अमर जोर से हँस पड़ा और अमर को हँसते देख कंचा बोला, "मुस्कुराइए आप इंजीनियरिंग कॉलेज के लोंडे के साथ हैं।"

दोनों लोग वापसी के लिए चल पड़े। फिर से वही मस्तानी धुन में मस्त सरपट भागे चले जा रहे थे, कंचा को लग रहा था की जल्दी से हॉस्टल पहुँचे और वो पीना शुरू करे, उसका बस चलता तो वो चौक से ही पीना शुरू कर देता, पर क्या करे मजबूरी थी। अभी रास्ते में जा ही रहे थे, कि अचानक कंचा ने अमर से पूछा, "भईया माल फूँकोगे क्या?" कंचा की बात सुनकर अमर ने एक दम से रिएक्ट किया, "क्या यहाँ माल मिलता है?" अमर के इस रिएक्शन पर कंचा को थोड़ी इन्सल्ट-सी फ़ील हुई, तो उसने सोचा अपनी इज़्ज़त बचाने के लिए थोड़ा ढंग से जवाब देना चाहिए। कंचा ने अब बाइक की स्पीड काफ़ी कम कर ली ताकि बात करने में आसानी हो और बोला, "भईया आप नोएडा से आये हो तो हम लोगों को हल्के में ले रहे हो, आप बोलो क्या फूँकोगे भांग, चरस, गाँजा, अफीम, स्मैक, आप बस बोल दो चीज हाजिर, वो भी होम डिलीवरी के साथ।" कंचा की बात सुनकर अमर को बड़ा ही ताज्जुब हुआ कि उसे तो लगा था कि ये तो बड़े शहरों के बड़े लोगों के शौक़ हैं, लेकिन ये महामारी तो यहाँ तक फैल गयी। अमर के मुँह से बस इतना ही निकल सका, सागर ने तो बहुत तरक्की कर ली यार, हम लोगों को तो एक सिगरेट लेने के लिए भी चौक तक आना पड़ता था। अमर की ये बात सुनकर कंचा ख़ुशी से कुप्पा हो गया और थोड़ा हकलाकर इंग्लिश का चीरहरण करते हुए बोला, "अरे भईया, गोन डेट डेज, नो लोन्गर नाउ, इट इज़ नया चाइल्ड।" कंचा की बात सुनकर अमर तेज़ से हँसकर बोला, "लो अभी तो तुमने पी भी नहीं और इंग्लिश बोलना चालू।" अमर की इस बात पर कंचा बोला, "अरे भईया अब लो मत हमारी, तो अमर ने मन में सोचा और जो तुमने इंग्लिश की ली है उसका क्या!"

ख़ैर अब जब माल की बात शुरू हो ही गयी थी, तो कंचा बोला, "भईया आज आपको ए-1 क्वालिटी का गाँजा पिलाते हूँ, आप भी क्या याद करोगे!" कंचा ने अपनी शेखी बघारते हुए कहा।

कंचा की बात पर अमर ने भी तुरंत रिस्पोंस दिया, अच्छा कहाँ का माल है, शिमला या कसोल का? तो कंचा बोला, "अरे भईया देसी माल है यहीं लोकल का, मजा ना आ जाये तो कहना, पीने के बाद एक दम महात्मा बुद्ध वाली फ़ीलिंग आने लगती है।" कंचा के इतने ज़बरदस्त एक्सप्लेनेशन के बाद अमर ने पूछा, "अच्छा लोकल कहाँ से आता है? यहाँ तो कहीं होता नहीं है!"

अमर का सवाल सुनकर कंचा फिर से थोड़े अग्रेसिव मोड में आ गया और

राहुल शिवहरे

फिर उसने अपने एक्सपर्ट कमेंट देना शुरू किये, बोला, "लोकल मतलब यहीं उगाते है लोग, कॉलेज के दो- तीन किलोमीटर आगे जो खेत है वहीं पर ।" फिर आगे बोला, "भईया पहले क्या था कि वो लोग पहले सब्ज़ियाँ उगाते थे, फल भी उगाते थे और यहाँ कॉलेज की तरफ़ हर रोज ही मार्किट लगती थी। अब इस तरफ़ ज़्यादा आबादी तो थी नहीं, तो वो कॉलेज और उसके आस पास के छोटे मोटे गाँवों पर ही निर्भर थे। अब समस्या ये थी कि कॉलेज के लड़के सब्ज़ियाँ ख़रीदते ही नहीं थे और आप तो जानते ही है लड़के पंद्रह सौ रुपये की शराब पी सकते हैं पर इसी शराब के रौ फोर्मेंट अंगूर को डेढ़ सौ रुपये किलो में भी ना ख़रीदें। बड़े बुरे हालात थे यहाँ के किसानो के, बस पूछो ही मत। फिर किसी किसान ने शायद अपनी किसी दवाई या जड़ी बूटी के लिए थोड़ा सा गाँजा उगाया, पता नहीं कैसे लड़कों को पता चल गया, साला गाँजा उगने से पहले ही लोंडे पैसे लेकर खड़े थे, बस फिर क्या था उस दिन का दिन है और आज का दिन है आस-पास के सारे खेतों में ओनली गाँजा, ये समझ लो कि अब वो लोग अपने खाने के लिए भी सब्ज़ियाँ ख़रीद कर लाते है, सब गाँजा उगा रहे हैं, तब भी हमेशा मार्किट में शार्ट रहता है। वो क्या है ना कि आपने डिमाण्ड & सप्लाई वाला कांसेप्ट तो सुना ही होगा, बस वही लागु है यहाँ। एक अपने कॉलेज के लोंडे, फिर यहाँ आगे की तरफ़ भी एक इंजीनियरिंग कॉलेज है, और इसी एरिया में दो पालीटेक्निक भी है, बस ये समझ लो की भरमार है अब उनके ग्राहकों की ।

कंचा से इतनी डिटेल में किसान एम्पावरमेंट की स्टोरी सुनकर अमर ने आश्चर्य से पूछा, क्या पुलिस को कुछ नहीं पता? तो कंचा बोला, भईया कैसी बात करते हो आप भी, पुलिस को इतना तक पता होता है कि उनके एरिया का कौन सा आवार कुत्ता, कौन से खम्बे पर, दिन में कितनी बार मूतता है, तो ये नहीं पता होगा की यहाँ गाँजा उगाया जा रहा है। पुलिस को सब पता होता है और वो अपना भी काम करती है। पुलिस की वजह से ही तो ये लोग ज़्यादा महँगा नहीं बेच पाते, वरना ये साले तो लूट ही मचा दें, अगर इनका बस चले तो ग़रीब आदमी गाँजा भी ना पी पाए। कंचा की इस बात पर अमर ने आगे कुछ नहीं पूछा, पर कंचा भी अब पूरा एक्सप्लेन किये बिना कहाँ मानने वाला था, कंचा आगे बोला, देखिये, पहले किसान लोग सब्ज़ी उगाते थे, पर सब्ज़ी बेचने के लिए मार्किट लगाने का पैसा पुलिस को देते थे, अब वो मार्किट नहीं लगाते, सिर्फ़ उगाने का पैसा देते हैं, तो टेक्निकली सिस्टम में कोई ख़ास चेंज नहीं आया,

बस रेट का फ़र्क़ आया होगा, वो भी ठीक है, क्यूँकि पहले पुलिस वाले पैसे भी लेते थे और सब्ज़ी भी ले जाते थे, पर अब सिर्फ़ पैसे ही लेते हैं, क्यूँकि गाँजा तो फूँकेंगे नही। कंचा ने थोड़ी गहरी साँस और फिर आगे बोला, और इस न्यू कांसेप्ट में पुलिस की भी टू वे इन्कम स्टार्ट हो गयी, क्यूँकि पहले सिर्फ़ बेचने वाले से ही पैसे मिलते थे, अब इस में तो ख़रीदने वाले से भी पैसे वसूल हो जाते हैं, क्यूँकि सब्ज़ी ख़रीदना तो गैरक़ानूनी नहीं है, लेकिन गाँजा ख़रीदना तो है ना, इतना बोल कर कंचा हँसने लगा। फिर आगे बोला, वैसे पुलिस काफ़ी कॉपरेटिव है हफ़्ते में सिर्फ़ पाँच दिन ही चेकिंग होती है, शनिवार-इतवार नो चेकिंग, और चेकिंग में पकड़ने के भी रेट फ़िक्स है, दो लड़के के दो सौ रुपये और तीन लड़कों के ढाई सौ रुपये। एक बार तो में भी पकड़ा गया था गाँजा लाते हुए, उन्होंने मेरी कॉलर पकड़ी तो में भी अकड़ गया, मैंने पुलिस वाले से कहा जब आपको पता है कि वहाँ गाँजा बिक रहा है तो आप उसे बंद क्यों नहीं करवा देते, ना बिकेगा और ना हम ख़रीदेंगे, तो उस पुलिस वाले ने बड़े ग़ौर से मेरी बातों को सुना, प्यार से मेरे सिर पर हाथ फेरा और खींच के एक झन्नाटेदार झापड़ मेरे गाल पर दे दिया, ऐसा की दो मिनट के लिए आँखों के सामने अँधेरा सा छा गया। अच्छा फिर क्या हुआ, अमर के एक दम चौंक कर बोला। कंचा बोला, हुआ क्या कुछ नहीं, मुझे मेरा आंसर मिल गया और इतना बोल कर जोर से हँस पड़ा। पर इस हँसने में अमर ने उसका साथ नहीं दिया, ये सब सुनकर उसके दिमाग़ में बस एक ही बात आयी "लोग कहते हैं कि हवा ज़हरीली हो रही है, पर यहाँ तो ज़मीन ही ज़हरीली हो गयी"!

लगभग दस मिनट और बातों के सफ़र के बाद वो हॉस्टल पहुँच गये। जिस तरह मृगकस्तूरी की ख़ुशबू सारे जंगल को सुगंधित कर देती है, ठीक उसी तरह जैसे ही दारू हॉस्टल में पहुँची, सारा हॉस्टल महक सा गया, जैसे कस्तूरी की ख़ुशबू से सारे जानवर उसकी ओर खिंचे चले आते हैं, ठीक उसी तरह दारू की महक से हॉस्टल के लड़के खींचे चले आ रहे थे। रूम नंबर 216 में अब तक मजमा लग चुका था, ग्यारह लड़कों का एस्टीमेट था, चौदह लड़के आ चुके थे और तीन लड़के ऑन दा वे भागते हुए आ रहे थे। पर सर्वसम्मति से ये डिसाइड हुआ कि जितने आ गये उतने काफ़ी हैं, अब रूम का गेट लॉक कर देते हैं, कोई भी आये अब नो एंट्री! महफ़िल सज गयी थी, पर महफ़िल में सबकी आँखों में बस एक ही सवाल था कि ये नया मेहमान कौन है? और ये दारू पार्टी किस

राहुल शिवहरे

ख़ुशी में, वो भी इतनी महँगी दारू हॉस्टल के हिसाब से। जब सब ने अमर के बारे में पूछा तो मोटे ने अपने नंबर बनाने के चक्कर में बोल दिया कि ये कंचा के कजिन भईया है और हमारे कॉलेज के एलुमनी भी है 2007 बैच के। कॉलेज के एलुमनी का नाम सुनकर लड़के चीयर्स वाले मोड में आ गये। अभी अमर की रिस्पेक्ट होना शुरू ही हुई थी कि मोटे ने बोल दिया कि इस कॉलेज में एडमिशन लेने का आइडिया इन्होंने ही दिया था कंचा को। इतना सुनते ही अमर ने ख़ुद को सभी की नज़रों में एक साथ गिरते हुए देखा। अब अमर भी कहाँ मानने वाला था, उसने भी नहले पर देहला मारते हुए बोला अब इतनी कम नंबर्स में आई आई टी तो मिलने से रहा, एडमिशन के लाले पड़ गये थे, तब ये कॉलेज भी मिल गया तो बहुत ही समझो। अमर की बात सुनकर कंचा ने एकदम डेली शोप वाला रिएक्शन दिया तो ये देखकर सभी लड़के हँस पड़े। अभी माहौल बनाना शुरू हो गया था, इसी बीच सभी लड़कों ने बारी बारी से अमर को अपना इंट्रो दिया। अब चूँकि अमर सीनियर था और कंचा का बनाया हुआ भाई भी था तो इज़्ज़त मिलना तो थोड़ा लाज़मी थी और अगर बॉयज़ हॉस्टल में कोई आपकी बेइज़्ज़ती नहीं कर रहा, तो ये आप की सबसे बड़ी इज़्ज़त है। महफ़िल शुरू हो चुकी थी, पर ये क्या, डिस्पोज़ल गिलास लाना तो हम भूल ही गये थे, पर अब क्या किया जाये, रूम में सिर्फ़ चार काँच के गिलास थे, और उन चारों में से भी एक टूटा हुआ था, पर उसमें एक पैग आराम से बन जाता था इसलिए वो यूज़ वाली कैटेगरी में ही चल रहा था, कुछ पुराने यूज़्ड डिस्पोज़ल गिलास पड़े हुए थे, तो कुछ लड़कों ने उन्हीं को धोकर अपना काम सेट कर लिया था। कुछ ने ख़ाली पड़ी बोतलों को ही जाम बना लिया था, बस किसी तरह सब की व्यवस्था हो गयी थी। अब पैग पर पैग बनना शुरू हो गये, धीमे-धीमे महफ़िल अपने रंग में आने लगी थी, पर अब केवल एक बात ही थी जो लड़कों को बड़ा कष्ट दे रही थी और वो ये कि इतनी महँगी पार्टी किस ख़ुशी में, वो भी उन लोगों को जिन से ना कोई जान ना पहचान। ये बात किसी के गले नहीं उतर रही थी, जैसे-जैसे दारू अंदर जा रही थी, ये बात उतनी ही तेज़ी से बाहर आ रही थी, हर तीसरे घूँट के बाद कोई ना कोई या तो कंचा को या मोटे को उँगली कर ही रहा था। अरे भाई क्या बात है, किस बात की पार्टी है हमें तो बता दो, हम किसी को नहीं बताएँगे वग़ैरह वग़ैरह। आफ्टर काम्प्लिटिंग फ़ाइव पैग, मोटे का सयंम जबाव दे गया, बोला साला में पैग पे पैग मार रहा हूँ तब भी नशा नहीं हो रहा और ऊपर से ये साले

अलग टॉर्चर कर रहे हैं। मोटे को ज़बरदस्त गुस्सा आया और गुस्से में वो उसी पलंग पर चढ़कर खड़ा हो गया जहाँ उनका पाँचवाँ साथी पंडू सो रहा था। मोटा खड़े होकर बोला, सभी चूतियों से निवेदन है कि कृप्या आम खायें, आम की झाँटें ना गिने, अब अगर किसी ने कोई बकचोदी की, की पार्टी क्यों है, किस लिए है, ये वो लौड़ा-लास्सून, तो उसको उठाकर बाहर फेंक दिया जायेगे और इतना बोल कर उसने अपने हाथ में लिया हुआ पैग एक ही साँस में पूरा ख़ाली कर दिया। मोटे की इस चेतावनी का व्यापक असर हुआ और सभी ने उसकी बात का पुरज़ोर समर्थन किया, सभी एक दूसरे से आँखों ही आँखों मैं पूछ रहे थे, किस ने बोला, किस ने बोला और फिर सब इसी नतीजे पर पहुँचे कि फ्री की दारू मिल रही है, दबा के पीयो, क्या फ़र्क़ पड़ता है कि जन्मदिन है या तेरहवीं और इसी सोच के साथ सब फिर से पीने में मस्त हो गये !

पार्टी अब धीरे-धीरे अपने शबाब पर आ रही थी, सबके सात-आठ पैग हो चुके थे। पर इतने पर भी किसी के चेहरे से नशे जैसा कुछ भी नहीं झलक रहा था। और इसी बात से बड़ी आसानी से इनकी कैपिसिटी का अंदाज़ा लगाया जा सकता था। अभी अमर को थोड़ा बोर सा फ़ील हो रहा था। लोंडे दारू में इतना मस्त हो गये थे कि भईया बैठे है या नहीं उनको होश ही नहीं रहा था। तभी अमर ने कहा, यार क्या बोरिंग सी पार्टी हो रही है, चलो कुछ गाना- वाना, शेरो -शायरी ही हो जाये। अमर की इस बात पर उन में से एक लड़का बड़े ही जोश में बोला हाँ भईया हो जाये, गाना- नाचना सब हो जाये और शुरूआत आप से हो। आप ही कोई गाना गा दीजिये, उसके बाद हम सब गायेंगे। उस लड़के की बात सुनकर सब उसकी 'हाँ' में 'हाँ' मिलाने लगे, पर ये अभी अमर को जानते नहीं थे और अमर भी कहाँ मानने वाला था। अमर बोला, यार मुझे गाना नहीं आता और अगर मैंने गाया तो तुम लोगों को जितनी चढ़ी है वो सब उतर जाएगी ! लास्ट में अगर होश रहा तो कुछ शेर शायरी सुना दूँगा, इतना बोल कर अमर ने मन में सोचा,"साला दारू भी मैं पिलाऊँ और गाना भी मैं ही गाऊँ, ये कहाँ का इंसाफ़ है" ! पर अमर के ऐसा बोलने पर लड़कों ने भी गाने की ज़िद छोड़ शायरी की शुरू कर दी, तो अमर ने भी उनकी ज़िद मान कर एक नज़्म सुना दी,

दिल मैं तो मेरे आज भी, रवानी बहुत है

निगाहों में कमबख़्त उसकी, बेईमानी बहुत है

तकाज़ा तो झुरियों का, मेरे चेहरे के साथ है
हौसलों में तो आज भी, मेरे जवानी बहुत है

देखेंगे जो ख़ुद को आईने में, तो अक्स हमारा ही नज़र आएगा
जिस्म पे उनके बिखरी, इश्क़ की हमारी निशानी बहुत है

ये तो मर्ज-ए-इश्क़ था, जो बढ़ता ही गया दवा के साथ साथ
वर्ना दुआयें तो मेरे अजीज़ों की, आज भी रूहानी बहुत है

क़िस्से हैं हज़ारों दिलजलों के, कुछ रुसवाई के कुछ तन्हाई के
अभी से क्यूँ आँखें नम करना, अभी तो कहानी बहुत है

बदले तो उसने ही थे मकाम सारे, चाहत-ए-रहगुज़र के
पर जाने क्यों लोग कहते हैं, वो आज भी मेरी दीवानी बहुत है

नज़्म को सुनकर पूरे रूम में वाह वाह के जयकारे गूँज गये और तुरंत ही इसी तरह की दिल छु लेने वाली दूसरी नज़्म की फ़रमाइश की जाने लगी, तो अमर ने भी चालाकी से दूसरों को भी मौक़ा देने की बात कह कर ख़ुद को बचाया, लड़कों ने भी इस बार ज़्यादा ज़िद नहीं की, शायद अभी इतना भी घुले-मिले नहीं थे की ज़िद करने पर आ जाते! फिर सब ने आपस में ही एक को सॉफ्ट टारगेट बनाया, उसका नाम विशाल था! शायद उसके अंदर से भी सुर बाहर निकलने के लिए तड़प रहे थे, क्यूँकि जैसे ही उसे गाने के लिए बोला गया, वो बिना लाग- लपेट के गाना शुरू हो गया "रूप तेरा मस्ताना, प्यार मेरा दीवाना, भूल कोई हम से ना हो जाये ।ला लालल ला, रात नशीली, मस्त समा है आज नशे मैं सारा जहाँ हैं, हहाँ ये शराबी मौसम दिल को बहकाए ये ये। रूप तेरा मस्ताना" और इसी के साथ एक लड़के ने हाथ में गिलास लेकर नाचना शुरू कर दिया और फिर सभी लोंडे एक सुर मैं रूप तेरा मस्ताना गाना शुरू हो गये। इधर दो लड़कों

ने साथ लाया गाँजा जल्दी से क्रश किया और तीन जॉइंट बना लिए, और पहला कश सम्मान स्वरूप अमर को ऑफ़र किया गया। एक कश मारते ही अमर को समझ आ गया कि गुरु बहुत ही उच्च कोटि का माल है, ये लोग तो रोज वाले है, पर तुम अगर दारू के साथ ज़्यादा फूँक गये तो दो दिन होश नहीं आएगा। अब रूम में एक दम परफ़ेक्ट पार्टी वाला माहौल हो चूका था। शराब गाँजा सिगरेट नाच गाना और सबसे ज़रूरी चीज "दोस्त" सब कुछ अबलेवल था। रूप तेरा मस्ताना ख़त्म हुआ तो बीडी जलइले जिगर से पिया शुरू हो गया। बीडी के बाद लोग कहते हैं मैं शराबी हूँ और इसी बीच एक एक लड़के के अंदर का शायर जाग गया, उसने एक शेर मारा

"मत पूछो इस दर्द का मुझे से वास्ता क्या है

बस एक यही तो हुआ है जो मेरा हुआ है"

सभी ने वाह- वाह, तभी एक और ने गाना शुरू कर दिया, जीयें तो जीयें कैसे बिन आपके, अभी उसने पहली लाइन गयी ही थी कि उसको पीछे से एक चाँटा पड़ा पीठ पर पटाक और एक आवाज़ आई नो मोर रंडी-रोना, ओनली हैप्पी साँग और इतना सुनते ही सब हँस पड़े और इन्हीं ठहाको के बीच कंचा ने एक शेर सुनाना शुरू किया

"झुक- झुककर हम ताउम्र, जिनका इस्तकबाल कर गये।

एक दफा झुक के उठने में देर क्या हुई, वो पीछे से हलाल कर गये।"

और शेर के ख़त्म होते ही पूरा रूम लोंडों के चिल्ला-चिल्ला कर हँसने से गूँज गया। इसी हँसने-हँसाने के बीच अमर ने नोटिस किया कि एक लड़के ने अपने पीने की रफ़्तार कुछ ज़्यादा ही बड़ा दी है, वो बैक टू बैक तीन वॉटम सिप मार गया था और चौथे की तैयारी में था! अमर ने मोटे की तरफ़ देखा और आँखों ही आँखों में इशारा करके पूछा भाई माँजरा क्या है! पर मोटे ने इशारे का जवाब इशारे से नहीं, प्रॉपर चिल्लाकर दिया, बोला बेचारा ग़म में है, अभी ताजा-ताजा ब्रेकअप हुआ है पिछले हफ़्ते और इतना बोल कर जोर से हँसते हुए अपना पैग ख़त्म करने लगा। अच्छा जब दोस्तों मैं किसी का ब्रेकअप हो जाये तो सबसे ज़्यादा दुखी दोस्त ही होते हैं और साला मजे भी सबसे ज़्यादा दोस्त ही लेते हैं। मोटे को हँसता हुआ देख, जिस लड़के का ब्रेकअप हुआ था वो मोटे से बोला, ज़्यादा हँस मत भोसड़ी के मोटे, तुम हरामियों की वजह से ही ब्रेकअप हुआ है।

राहुल शिवहरे

वैसे उस ग़मगीन लड़के का नाम मधुर था और उसे इस समय अपने नाम जैसा होने में क़तई दिलचस्पी नहीं थी। फिर वो आगे बोला, एक तो तुम लोगों से कोई लड़की पटती नहीं है, और अगर कोई दोस्त पटा ले तो जान लगा देते हो उसकी तुड़वाने में, साले गाँडू भोसड़ी के! पर मोटे पर उसकी गालियों का कोई असर नहीं हो रहा था, उल्टा गालियों को सुनकर वो और तेज़ तेज़ से हँस रहा था और हँसते हँसते वही ज़मीन पर ही लोट गया पर फिर भी उसकी हँसी बंद नहीं हो रही थी। उसको इस तरह हँसते देख मधुर भी हँस पड़ा, हालांकि हँसते हुए भी वो उसको गालियाँ ही दे रहा था। ब्रेकअप का नाम सुनकर अमर को मधुर से थोड़ी हमदर्दी टाइप हो रही थी, शायद वो उसे कहीं ना कहीं ख़ुद से जोड़ रहा था पर उसे ये नहीं पता था कि यहाँ तो मामला पूरा उल्टा है।

अभी जब माहौल थोड़ा हल्का हुआ, तो अमर ने मोटे से पूछा, क्या हुआ, मतलब ब्रेकअप कैसे हो गया। अमर के इस सवाल पर मोटा फिर से मधुर की तरफ़ देखने लगा और देखकर फिर से हँसने लगा। मोटा जब हँसता था तो उसका पूरा शरीर हिलता था और उसे देखकर सामने वाले को ना चाहते हुए भी हँसी आ जाती थी। पर इस बार मोटा जल्दी शांत हो गया और बोला अरे भईया कुछ ख़ास बात नहीं है, ये सब इस पांडू की वजह से हो गया और इतना बोल कर वो लड़खड़ाते हुए खड़ा हुआ और पलंग पर लेटे हुए पांडू को एक लात मारी और बोला, अबे पांडू उठ, देख मधुर ढूँढ़ रहा है तुझे कट्टा लेकर एक दम पगला बेताल की तरह। पर पांडू ने कोई रिएक्शन नहीं दिया तो मोटे ने एक और लात मारी। इस बार लात थोड़ी तेज़ थी और लगी भी सीधी पॉइंट पर थी, पांडू एक दम तिलमिला कर उठ गया और चिल्लाया, क्यों बे भोसड़ी के मोटे क्यों जगा रहा है, बोला था ना कि सो रहा हूँ, नो डिस्टर्ब।

"वैसे अगर देखा जाये तो आज के समय में भोसड़ी के इतना मायावी शब्द है की आप बिना परिस्थिति जाने उसका अर्थ नहीं बता सकते।

ये इतना बहरूपिया शब्द है कि जिसकी कोई सीमा ही नहीं! हर बार बोल तो वही होते हैं, पर उनकी प्रवर्ती बदल जाती है, अगर लड़ाई में बोल दो तो गाली है भोसड़ी के, दोस्तों के बीच बोलो तो मनुहार है भोसड़ी के, अपनों के तानो के बीच बोलो तो नाराजगी है भोसड़ी के, ऑफ़िस में एक-दूसरे से बोलो तो चैलेंज है भोसड़ी के, मतलब अपने आप में एक पूरी भाषा है भोसड़ी के, लोगों में भाईचारा लाने में जो योगदान भोसड़ी के शब्द का, शायद ही किसी और शब्द

होगा और जिसने भी ये शब्द कंठस्थ कर लिया, फिर उसे एक सामाजिक प्राणी होने से कोई नहीं रोक सकता" ।

पांडू ने जब अध-खुली आँखों से धुंधलाता हुआ महफ़िल का दृश्य दिखायी दिया तो वो चौंक गया। फिर उसने थोड़ा ढंग से आँखों को साफ़ किया तो देखा सामने महफ़िल सजी हुई है, दारू के पैग चल रहे हैं, पूरे रूम में गाँजे की महक और सिगरेट का धुआँ भरा पड़ा है, और वो इतने हसीन माहौल में सो रहा है। अब उसे थोड़ी बेचैनी सी महसूस हुई, कि पता नहीं ये लोग कितनी पी गये या ये बोलो कि मेरे हाथ से कितनी गयी। अपनी इसी बेचैनी को कम करने के लिए पांडू उठा और उसने मोटे का पैग उठाया, जिसे बना कर अभी अभी मोटा मुतने गया था और एक ही साँस में ख़ाली कर दिया और चटकारा लेकर बोला, भाई कोण सी दारू है एक दम उतरती सी चली गयी अंदर, फिर नज़र घुमाकर कर बोतल देखी BP, तो कंचा से बोला, वाह भैंचो BP चल रही थी और मुझे जगाया भी नहीं। पांडू की इस बात का जवाब मोटे ने दिया जो जस्ट अभी मूत कर आया ही था बोला, तू दारू की ख़ुशबू से नहीं उठा तो हम लोगों को लगा कि तू मर गया है, हम तो तुझे जलाने ले जाने वाले थे कि सोचा चलो एक लात मार के देखते हैं शायद जिंदा हो, तेरी किस्मत थी कि तू उठ गया, वर्ना अपनी चिता पर ही उठता सीधा। पर पांडू ने मोटे की बकचोदी को इग्नोरे किया और एक वॉटम पैग और मार लिया। पांडू एक दम अखण्ड हरामी था। वो जल्दी से अपने छुटे हुए हिस्से को बराबर करना चाहता था। इसी बीच पांडू की नज़र मधुर पर पड़ी तो वो हँस कर बोला और डेरिंगबाज़ ठीक हो। पर मधुर ने पांडू की बात का कोई जवाब नहीं दिया। इस पर मोटा पांडू से बोला, उसे उंगली मत कर फ़ालतू में। इतना सुनकर पांडु बोला, ओके भाई सॉरी और इतना बोल कर हँसने लगा। इस पर मधुर बोला, चुपचाप दारू पी भोसड़ी के। अभी अमर ब्रेकअप स्टोरी के बारे में दुबारा पूछने ही वाला था, कि मोटा पहले ही बोल पड़ा, "भईया आप पूछ रहे थे ना की क्या हुआ, ब्रेकअप कैसे हुआ, तो सुनो क्या हुआ। इन भाई साहब से मधुर की ओर इशारा करते हुए बोला ग़लती से एक लड़की पट गयी "निशा"। वैसे पटी तो तीन-चार और लोंडों से भी थी पर साथ-साथ इन से भी पट गयी। तीन- चार महीने भी हो गये, हाई जानू-हेल्लो जानू भी चालू हो गया था। जानू को खाने का, नहाने का, हगने का, मूतने का हर चीज का अपडेट देना कम्पलसरी हो गया था, जानू जी कब कॉलेज आते-नही आते कुछ पता ही नहीं चलता था।

राहुल शिवहरे

जानू ने घर से एक्स्ट्रा पैसे मगाने के लिए दो फ़र्ज़ी क्लासेज भी लगवा ली थी। अब कॉलेज टाइम में लड़की अफोर्ड करना कोई मामूली बात तो नहीं है, वो भी एक दम माल टाइप लड़की, तो घरवालो को भी तो बहु का थोड़ा तो ख़याल रखना ही पड़ेगा ना। मामला सब सेट चल रहा था, समझ लो एक दम फ़िल्म टाइप। तभी एक दिन उसने इन मधुर भाई साहब को, मतलब हमारे भाई और इतना बोल कर मोटे ने मधुर को एक आँख मारी, फिर आगे बोला, को अपनी एक सहेली के घर पर बुलाया, बोली उसकी सहेली के घर पर कोई नहीं है, सिर्फ़ वो है और मैं हूँ, तुम भी आ जाओ आराम से मस्ती करेंगे। अब सबको पता ही है कि लड़कों के लिए मस्ती का एक ही मतलब होता है ग्रैंड मस्ती। इनविटेशन के साथ साथ उसने मस्ती के सामान मतलब खाने-पीने की लिस्ट एसएम्एस कर दी और हमारे भाई साहब ने उस लिस्ट में कंडोम अपनी तरफ़ से जोड़ कर लिस्ट का सारा सामान ख़रीद लिया और ठीक आठ बजे पहुँच गये उसकी सहेली के घर। वहाँ जाकर देखा तो पता चला इनके साथ तो खेला हो गया है, वहाँ पहले से ही दो लड़के और दो लड़कियाँ और भी थे, मतलब इनको मिलाकर तीन लोंडे और चार लड़कियाँ। वैसे अगर हिसाब लगाया जाये तो एक लड़की ज़्यादा ही थी। वैसे वो सब लोग आपस में फ्रेंड थे और सबको निशा ने हमारे भाई साहब को भी अपना फ्रेंड ही बताया था और वो सब लोग इन भाई साहब का ही इंतज़ार कर रहे थे, इसलिए नहीं कि ये कोई सेलिब्रिटी है, बल्कि इसलिए क्यूँकि मस्ती का सामान तो यही ला रहे थे। "बारह बीयर, चकना, खाना और पता नहीं क्या क्या। बत्तीस सौ रुपये से अपनी मरवाने के बाद भी भाई को कोई ग़म नहीं था और इतना बोला कर मधुर की तरफ़ देखकर बोला, इस साले ने दोस्तों को कभी एक सिगरेट भी नहीं पिलाई होगी और वहाँ ख़ुशी-ख़ुशी बत्तीस सौ से मरवा ली थी। पर मधुर ने मोटे की बात का कोई जवाब नहीं दिया, बस पलट के एक आँख मारी और हल्का सा मुस्कुरा दिया। फिर मोटा आगे बताते हुए बोला, अब खाने-पीने के बाद सब फ्री हो गये, अब क्या करें क्या करें तो डिसाइड हुआ की कोई गेम खेलते है और गेम भी कौन सा, अरे क्या कहते हैं भेंचो उसको, वो झूठ सच वाला गेम मोटा दिमाग़ पर जोर डालते हुए याद करने लगा। तभी एक लड़का जो पी कर ऑलमोस्ट डेड हालत में पहुँच चुका था, हाथ उठाकर बोला अबे गाँडू वो झूठ-सच नहीं, उसे तुरुथ एंड डेयर बोलते हैं। ये सुनकर मोटा बोला हाँ भोसड़ी के मैं भी वही बोल रहा था, बस ग़लती से झूठ- सच निकल गया।

फिर वो अमर की तरफ़ देखकर बोला, भईया आप बताओ, क्या आप ने कभी किसी लोंडे को इस तरह के चूतियापंती के गेम खेलते हुए देखा है, कौन लड़का खेलता है इस तरह के गेम। भेंचो जो खेलने गये थे उसके तो लोड़े लग गये, उल्टा ये तुरुथ एंड डेयर की बकचोदी और शुरू कर दी। फिर मोटा आगे बोला, गेम स्टार्ट हुआ तो सबसे पहले एक दूसरे लड़के का नंबर आया, तो उसको कोई सच बताना था या कुछ डेयर मतलब कुछ अंट-संट करना था, जो भी ये लड़कियाँ कहे। लड़के ने कहा डेयर करूँगा, तो उसको उन्होंने डांस करवाया शर्ट उतरवा कर। पर ये साला डेयर कहाँ था, ये तो उसके लिए मज़ा था, वो मान ही नहीं रहा था, उसको ज़बरदस्ती बिठाना पड़ा। लग रहा था जैसे साले को बीयर चढ़ गयी हो। फिर दूसरा नंबर इनकी मैडम का आ गया, तो उसने कहा मैं तुरुथ लेती हूँ। "अब बताओ लड़कियाँ भी कभी सच बोलती है क्या, पर फिर भी मानना पड़ता है"। उसने कहा तुरुथ और इन्होंने जल्दी से सवाल दाग दिया, कि बताओ मुझ से पहले तुम्हारे कितने बॉयफ्रेंड थे? इस सवाल के पीछे चक्कर ये था, की ये ऑफ़िशियली सबको ये बताना चाह रहे थे कि मैं इसका बॉयफ्रेंड हूँ। पहले तो उसने इनको दो मिनट घूर के देखा, फिर बोली, तुम से पहले मेरा कोई बॉयफ्रेंड नहीं था। पाँच लड़कों ने प्रपोज किया था, लेकिन मैंने सबको मना कर दिया था सिर्फ़ तुमको छोड़कर। उस के इतना कहते ही उसकी दूसरी छम्मक छल्लो टाइप फ्रेंड्स उसकी झूठी सच्चाई पर तालियाँ बजाने लगी, लेकिन ये अलग बात थी कि पिछले महीने ही समीर के फ़ोन में इन भाई साहब ने निशा का आई लव यू का पुराना मैसेज देखा था। पर ये बात तो ये भाई साहब उस समय, या यूँ कहें की कभी भी नहीं बोल सकते थे, क्यूँकि ये तो उम्मीद ही किसी और चीज की लगायें बैठे थे, उस समय तो वो अगर ये भी कहती की मैं पैदा थोड़े हुई थी, मैं तो प्रकट हुई थी, तो भी ये चुपचाप मान लेते। ख़ैर इनकी मैडम के पेट भर-भर के झूठ बोलने के बाद गेम दुबारा शुरू हुआ और इस बार शनि इन पर सवार हुआ और ये फँस गये, ये फँसे तो इनको लगा की इन से भी कोई नाच गाना टाइप ही कुछ करवायेंगे सो हमारे मधुर भाई जी ने आव देखा ताव तुरंत ही डेयर बोल दिया, और फिर इनको जो डेयर दिया गया उसे सुनकर तो इनकी गाँड ही फट गयी। इनको बोला गया कि अपने किसी दोस्त को फ़ोन करो और रो-रो कर नाटक करो की मेरा ब्रेकअप हो गया है। इतना सुनते ही हमारे भाई साहब बोले कि "ये कैसा डेयर है, इसका तो कोई मतलब ही नहीं है।" पर इनकी कहाँ कोई

राहुल शिवहरे

सुनने वाला था, ये जितना मना करते जाते, वो उतना ही अड़ती जाती, अब नौबत ये आ गयी कि अगर ये नाटक ना करते तो सच में इनका ब्रेकअप हो जाता और अंत में जीत तो उसी की होनी थी, सो भाई साहब को मानना ही पड़ा। अब ये मान गये तो समस्या ये थी कि फ़ोन किस दोस्त को लगाया जाये। अब वहाँ भी उसकी मर्जी, कि फ़ोन नंबर लिस्ट देखेगी और जिस फ्रेंड को बोलेगी उसको ही फ़ोन लगा कर ये नाटक करना पड़ेगा। अब इनकी किस्मत इतनी गाँडू थी कि उसने कंचा का नंबर निकल के दे दिया, क्यूँकि इन्होंने कंचा का नंबर कंचा कमीने के नाम से सेव कर रखा था, तो उसको भी लगा जब दो कमीनों के बीच नाटक होगा तो बहुत मज़ा आएगा। उसने जानबूझ कंचा का नंबर निकल कर इन्हें दिया था। अच्छा कंचा का नाम देखकर इनको भी थोड़ा कॉन्फ़िडेंस आ गया, कि कंचा तो अपना भाई है, थोड़ा बहुत नाटक करूँगा और इशारे में कुछ बोल दूँगा, ये तो कमीना है ही तुरंत समझ जायेगा और मैं बच जाऊँगा। पर मैंने पहले ही कहा था की इनपर तो शनि सबार हो गया था! लोग अपने पैर पर कुल्हाड़ी मारते है, इन भाई साहब ने अपने "अंग" (समझ तो गये ही होगे आप) पे कुल्हड़ी मार ली थी! जब इसने फ़ोन लगाया तो यहाँ चल रही थी दारू, इसका फ़ोन देखकर पहले तो हम लोगों ने फ़ोन ही नहीं उठाया, कि अभी दारू का नाम सुनेगा तो भागता हुआ आएगा, पर जब इसकी दो-तीन बार कॉल आयी तो लगा शायद कोई इमरजेंसी हो तो फ़ोन उठाया और फ़ोन उठाते ही ये भोसड़ी के एक दम रोते हुए बोले, "भाई मेरा निशा से ब्रेकअप हो गया है, मैं बहुत परेशान हूँ, समझ नहीं आ रहा क्या करूँ, ये वो लौड़ा-लसून, जाने क्या क्या बकचोदी कर रहा था।" अब हम सब यहाँ शांत हो गये, कंचा ने फ़ोन स्पीकर पर कर दिया। यहाँ कंचा का फ़ोन स्पीकर पर, वहाँ इस का फ़ोन स्पीकर पर। कंचा मार इसको समझाये जा रहा है, भैंचो हमारी सारी दारू उतर गयी और ये भोसड़ी का और एक्टिंग पर एक्टिंग किये जा रहा है। बिल्कुल मान ही नहीं रहा, हम लोग भयंकर टेंशन में आ गये, इतने में अपने पांडू भईया से रहा नहीं गया, ये उठे और इन्होने कंचा का फ़ोन उठाया और चिल्लाकर बोला, "भैंचो अब इतना रो क्यों रहा है मैंने तो पहले ही कहा था रंडी है वो।" पांडू के इतना कहते ही इसका फ़ोन कट गया। सभी लड़के इतना ध्यान लगाकर सुन रहे थे, कि जैसे ही मोटे ने क्लाईमैक्स के ये शब्द बोले, पूरा हॉस्टल लड़कों की हँसी से गूँज गया! लड़कों का हँस हँस के बुरा हाल हो रहा था, सब एक दूसरे पर लोटे जा रहे थे और इस

हँसी में मधुर भी शामिल था। अमर का भी मुँह दर्द होने लगा था हँसते-हँसते। तक़रीबन पंद्रह मिनट लोट-लोट के हँसने के बाद जब माहौल थोड़ा रिलैक्स हुआ तो मोटे ने आगे बोला, हम लोगों को लगा कि शायद इसे बुरा लग गया, सो दुबारा फ़ोन मिलाया तो इसका फ़ोन उठा नहीं, तो हम लोगों ने सोचा कि अभी ख़ुद ही करेगा और फिर से सब दारू पिने में लग गये, पर वहाँ तो इनका खेला ही हो गया था, पता नहीं क्या क्या हुआ होगा इसके साथ। लगभग आधा घंटे बाद इसका दुबारा कॉल आया, तब इसने सारी बात बताई, तो उस दिन से आज तक बस हँस ही रहे हैं। आज लगभग बीस दिन हो गये उसने इस से बात तक नहीं की, और तो और एक बार तो उस से चाँटा खाते-खाते बच गया, लोंडा तभी से ही शांत है। अभी पिछले हफ़्ते ही राघव के बर्थडे पर इसके कंडोम के गुब्बारे सजाये थे उन पर निशा का नाम लिखकर। इतना सुनकर सब फिर से हँस पड़े, पर सिर्फ़ हँसे लोटे नहीं।

पार्टी अब अहिस्ता-अहिस्ता ढलान पर थी। लड़कों ने अजीब-सा मुँह बनाना शुरू कर दिया था। सभी की बॉडी लेंग्वेज भी स्लो होती जा रही थी। कंचा ने जब चार-पाँच लोंडों को थोड़ा ज़्यादा अजीब सा मुँह बनाते देखा तो तुरंत ही तेज़ आवाज़ में एक घोषणा की, अगर किसी ने ग़लती से भी रूम में उल्टी की तो समझ लेना फिर उसी को रगड़-रगड़ के उल्टी साफ़ की जाएगी और रूम में एंट्री पर बैन लगा दिया जायेगा, इसलिए अपनी-अपनी लिमिट में पीयें और दूसरों को भी पीने दें धन्यवाद। कंचा की चेतावनी का व्यापक असर हुआ और तीन लड़कों ने अपने बने हुए पैग को सरेंडर कर दिया, शायद वो एक दम बॉर्डर पर ही थे। अभी किस के कितने पैग हो गये और किसकी कितनी कैपेसिटी है इस का गुणा भाग चल ही रहा था कि दरवाज़े पर जोर से दस्तक हुई, सभी लोग एक दम चौंक गये कि ये कौन आ गया। फिर तुरंत ही दस सेकण्ड बाद दुबारा तेज़ से दस्तक हुई, सब ने आँखों ही आँखों में एक दूसरे से पूछा कौन हो सकता है और आँखों ही आँखों में सर्वसम्मति से इस दस्तक को इग्नोर करने का निर्णय लिया गया। पर जब तीसरी, चौथी और पाँचवी बार दस्तक हुई तो लगा की अब खोलना चाहिए। तभी एक लड़का गेट खोलने के लिए अपनी जगह से उठा और उठते ही गिर पड़ा। उसने गिरते ही दुबारा से उठने की कोशिश की पर कोशिश में कामयाब नहीं हो पाया तो एक दूसरे लड़के ने उसे रोका और ख़ुद खड़े होकर लड़खड़ाते हुए किसी तरह गेट तक पहुँचा और दरवाज़ा खोला। दरवाज़ा खुलते

                                                          राहुल शिवहरे

ही एक लड़का दनदनाता हुआ अंदर आया और सीधा बाथरूम में घुस गया और बिना गेट लगाये ही मूतने लगा, उसके मूतने की आवाज़ से उसके प्रेसर का अंदाज़ा लगाया जा सकता था कि कितनी जोर से लगी थी उसको। पाँच मिनट मुतने के बाद वो थोड़ा रिलैक्स मोड में बाथरूम से बाहर आया और बाहर आकर दुबारा रूम का गेट खोला और लगभग आधा लीटर गुटके की पीक की पिचकारी सामने रखे गमले में मारी। तब जाकर अमर को समझ आया की ये लड़का अभी तक बोल क्यूँ नहीं रहा था, और जैसे ही उसका मुँह खाली हुआ पहली लाइन कंचा की तरफ़ देखा कर क्यूँ वे बेटीचोद गेट काहे नहीं खोलत रहिस, कब से बजा रहे थे वे। तो कंचा बोला, तो बोल नहीं पा रहे थे की मैं हूँ। इस पर वो बोला, अच्छा भैंचों तुम्हारे मैं बोलने के चक्कर मैं हम नयी पुड़िया थूक दें, अभी ही खाए थे साड़े तीन रूपया की समझे। ये लड़का था "मृत्युंजय त्रिपाठी " शोर्ट फ़ॉर्म में ऍमजे, एक दम खलिश कनपुरीया, शक्ल से महाहरामी पर एक दम चीता लोंडा। ऍमजे ने शांति से अपने चारों तरफ़ नज़रें घुमाई, झूमते हुए लोंडों और खाली पड़ी बोतलों को देखकर बोला, वाह भैंचों, यहाँ पार्टी चल रही और हमको ख़बर ही नहीं है। हम तुम लोगों के चक्कर में रेस्टीगेट चल रहिस और तुम लोग यहाँ मार मौज मस्ती कर रहे और बताओ साला हम को बताये भी नही। फिर वो मोटे की तरफ़ देखकर बोला, क्यूँ वे भैंसे तूने कॉल क्यूँ नहीं किया वे। तो इस पर मोटा बोला, अब ज़्यादा रंडी रोना मत कर, अभी भी बहुत दारू पड़ी है आराम से पी और ये बता माल है फूँकने के लिए। मोटे की बात पर ऍमजे बोला, घंटा माल है, जहर खाने के तो पैसे हैं नहीं, मॉल कहाँ से आएगा। ऍमजे ने इतना बोला ही था कि उसकी नज़र वहाँ चेयर पर बैठे अमर पर पड़ी। उसको देखकर तो समझ आ गया था की कोई ख़ास बंदा है, पर कौन है ये जानने के लिए वापस मोटे की तरफ़ प्रश्न वाचक नज़रों से देखा। तो मोटा बोला, कंचा के कजिन भाई है और इस कॉलेज के पुराने स्टूडेंट भी। फिर थोड़ा साँस लेकर बोला और ये पार्टी भी भईया के ही करकमलों से दी जा रही है। अमर की इतनी महिमा सुनकर ऍमजे ने लपक कर अमर के पैर छुए और बोला भईया प्रणाम, हमारा नाम मृत्युंजय त्रिपाठी है बाक़ी सब प्यार से ऍमजे कहते हैं। जब ऍमजे इतनी इज़्ज़त से पेश आया तो अमर ने भी उस से हाथ मिलाया और हाल-चाल पूछा। अमर के हाल चाल पूछने पर ऍमजे बोला, "बस कॉलेज से पिछले एक महीने से रेस्टीगेट चल रहे हैं बाक़ी सब ठीक है भईया जी !" और इतना बोल कर

वो मोटे के बग़ल में जाकर बैठ गया। हालाँकि वहाँ पहले ही चार लोंडे बैठे हुए थे और पैर रखने की भी गुंजाइश नहीं थी। पर ऍमजे बैठा नहीं था, सीधा गिर पड़ा था उन पर और गिरने के बाद वो लोग आटोमैटिक एडजस्ट हो गये थे, जैसे रेत में पानी समा जाता है कुछ इस तरह। ऐसा लगा ही नहीं की वहाँ जगह ही नहीं थी। ऍमजे ने अपनी दर्द भरी दास्तान शुरू की ही थी, कि इस बार कंचा बोल पड़ा, "कितने पैसे माँग रहे हैं कॉलेज वाले, वापस कॉलेज में लेने के?" तो ऍमजे बोला, "बाइस हज़ार।" तो इस पर मोटा बोला, "बस फिर क्या दिक़्क़त है अपने बाप से लेकर दे दो।" इस पर ऍमजे ने चिंगारी भरी आँखों से मोटे की तरफ़ देखा और फिर मोटे का आधा बचा हुआ पैग एक ही साँस में खाली करके बोला, भोसड़ी के मेरा बाप वकील है वकील, वो भी कानपुर का वकील, तुम्हें क्या पता वकीलों के बच्चें कैसे पलते हैं। जिन लोगों को भगवान ख़ुद कोड़े मारना चाहता है वो उनको वकीलों के यहाँ पैदा करता है और फिर बचपन से ही उन बच्चों में कोड़े लगना शुरू हो जाते हैं और जैसे-जैसे उम्र बढ़ती जाती है वैसे ही कोड़ों का क, ल बनता जाता है। ऍमजे ने इतना बोला कर अपना एक पैग बनाया और फिर उस पैग को आधा खाली करके आगे बोला, वो सारी दलीलें जो वो जज को नहीं सुना पाते, उन्हें रोज हम सुनते आ रहे हैं बचपन से, पहले वो बाल की खाल निकालते है और फिर उसी खाल के बाल निकालते है। इस साल की फ़ीस लेने मैं तो मेरी गाँड फट गयी थी साले, अगर ग़लती से भी उनको पता लग गया कि ऐसा कोई सीन है तो मुझे फांसी लगवा देंगे। इतना बोलते बोलते ऍमजे की साँस फुल गयी, उसने एक गहरी साँस ली और अपना बाक़ी बचा हुआ पैग ख़त्म किया। ऍमजे बस शांत हुआ ही था कि इस बार अमर ने उस से पूछा, लेकिन तुमको कॉलेज से रेस्टीगेट किया क्यों गया है? अमर के इस सवाल पर ऍमजे आँखों में दर्द भर कर दूसरे लोंडों की तरफ़ देखकर बोला, इन सब हरामियों के चक्कर में रेस्टीगेट हुआ हूँ मैं। ऍमजे की इस बात पर कंचा बोला, हाँ साले हम ने कहा था नहाने को, डीन से बकचोदी करने को, और इतना बोलते ही दोनों एक- दूसरे से बहस करने लगे। तभी अमर ने दुबारा पूछा, बताओ तो हुआ क्या है, शायद मैं इसमें कुछ हेल्प कर सकूँ, एक बार डीन से बात कर सकता हूँ, पर आख़िर मैटर तो पता चले। अमर की बात सुनकर कंचा ने मैटर बताना शुरू किया, बोला ऐसी कोई ख़ास बात तो नहीं थी जिसके लिए रेस्टीगेट करना पड़े। वो क्या है कि हमारे कॉलेज में जो लैब है, वो काफ़ी बड़ी थी तो उसको दो

     राहुल शिवहरे

पार्ट में बाँट दिया । बीच में एक लकड़ी का गेट लगा दिया, तो एक तरफ़ लैब हो गयी और दूसरी तरफ़ क्लास हो गयी और दोनों की एंट्रेंस अलग-अलग है तो कोई प्राब्लम नहीं । अब हम लोग वैसे भी लेक्चर अटेंड ही कब करते हैं, हम तो क्लास में हमेशा मस्ती ही करने जाते हैं, अब बगल की लैब में क्या चल रहा हमें क्या पता । अब क्या हुआ, उस दिन शनिवार था, तो ज़्यादातर टीचर वैसे ग़ायब ही रहते हैं शनिवार को, सो हम लोग भी क्लास मैं बैठ के मस्ती कर रहे थे और दूसरी तरफ़ लैब में शायद कोई इंस्पेक्शन चल रहा था । बाहर से कोई एग्ज़ामनर आया था तो लैब मे पूरी क्लास लगी हुई थी, कॉलेज का डीन, आठ-दस टीचर, और सौ के आस- पास स्टूडेंट होगें । एग्ज़ामनर शायद किसी टॉपिक पर ज्ञान दे रहा था, जहाँ एक तरफ़ लैब में एक दम पिन ड्रॉप साइलेंस था, और इस दूसरी तरफ़ मार इतना शोर की बस पूछो ही मत । अब इतने शोर में एग्ज़ामनर का लेक्चर कैसे चले, तभी अमर बीच में बोल पड़ा, शोर तो सारे बच्चे कर रहे थे, फिर तुम्हें ही रेस्टीगेट क्यूँ किया । इस पर कंचा बोला, "अरे भईय आगे तो सुने, सब समझ आ जायेगा ।" फिर कंचा ने आगे बोलना शुरू किया, कि "मार एक दम भयंकर शोर हो रहा था, एक दो टीचर भी आकर समझाकर चले गये थे, पर मजाल है की लोंडों पर जरा भी फ़र्क़ पड़ा हो, उल्टा और चीख़-पुकार मचाना शुरू कर दिया, अब इतना शोर सुनकर डीन को तेज़ गुस्सा आ गया, वो बीच वाले लकड़ी के गेट पर आया और बहुत जोर से गेट बजा कर बोला, कौन है, और इतना शोर क्यों हो रहा है, तो इस तरफ़ से ये ऍमजे बहन जी बोलीं, अअरेरेरे, आराम से, गेट तोड़ दोगे क्या, देख नहीं रहे मैं नहा रही हूँ । इतना सुनकर फिर क्या बच्चे, क्या टीचर और क्या एग्ज़ामनर सब का हँस-हँस के बुरा हाल हो गया, इसके बाद तो डीन समझ लो पागल ही हो गया, वो घूम कर के क्लास में आया और फिर उसके बाद उसने जो ली है, बस पूछो ही मत, पहले पाँच लड़कों को रेस्टीगेट किया था, क्यूँकि कोई बताने को तैयार नहीं था की किसने बोला, लेकिन जब पता चल गया की किसने बोला तो बाक़ी तो बच गये, पर हमारे ऍमजे त्रिपाठी जी अभी तक नहा ही रहे हैं, और इतना बोल कर उसने ऍमजे को एक हल्के से लात मारी और बोला, "और नहाओगी ?" इस घटना को सुनकर अमर का भी हँस-हँस के बुरा हाल था, और अमर ही नहीं सब ही हँस रहे थे ।

जब थोड़ी देर बाद सबका हँसना बंद हुआ, तो अमर ख़ुद ही बोला, देखो अगर मेरी डीन या डायरेक्टर दोनों मैं से किसी से भी मुलाक़ात हुई तो तुम्हारे

लिए पक्का बात करूँगा और कोशिश करूँगा की तुम्हारा रेस्टीगेशन वापस हो जाये। ये बात बोलते हुए अमर की आवाज़ में गज़ब का कॉन्फ़िडेंस था, क्यूँकि उसे पता था, कि उसकी प्रोफ़ाइल को जानने के बाद शायद ही वो लोग उसे किसी बात के लिए ना कर पाए, और इसलिए भी की उनके कॉलेज का स्टूडेंट आज इतने बड़े स्तर पर है। अमर की बात ख़त्म होते ही पांडू जो अभी तक चुपचाप बैठा हुआ था बोला, अगर रेस्टीगेशन वापस हो गया तो तुमको ऐसी ही पार्टी देना पड़ेगी जैसी अभी चल रही है, पांडू की इस क्रांतिकारी माँग का सभी लोंडों ने एक सुर में समर्थन किया। इस क्रांतिकारी माँग को सुनकर ऍमजे बोला कि तुम कमीनो को गले तक दारू पिलाने से अच्छा है की कॉलेज के बीस हज़ार भर दूँ, वो ज़्यादा सस्ता पड़ेगा। पर थोड़ी बहस और नेगोशिएन के बाद बीयर की पार्टी पर बात डन हुई। चूँकि पार्टी की बात चल ही रही थी तो ऍमजे ने कहा, आज भईया को ले चले कहीं, अपनी वाली पार्टी में। ऍमजे ने अपनी वाली पार्टी शब्द पर थोड़ा ज़्यादा जोर दिया तो अमर ने भी पूछ लिया, अपनी वाली पार्टी मतलब? कोई ख़ास तरह की पार्टी है क्या। अमर की इस बात का जवाब कंचा ने दिया, बोला भईया आपको क्या लगता है कि ये हॉस्टल का खाना खा कर हम लोग जिंदा है, या ये मोटा एक सौ दस किलो का वेट मेन्टेन कर पा रहा है तो वो क्या हॉस्टल के खाने से। थोड़ी सी साँस लेकर कंचा ने अपनी पार्टी के तिलिस्म को खोला और बोला, अरे भईया ये शहर में इतनी आलीशान शादियाँ किस लिए होती है, इसलिए ताकि हम इंजीनियरिंग के भूखे-बिलखते बच्चे घर से दूर कुछ अच्छा खा सकें।

कंचा आगे बोला, कॉलेज से लेकर चौक तक के रास्ते में सात मैरिज हॉल पड़ते हैं और सब में अपनी गैंग का खाना फ्री है। कंचा ने जब ये सारी बात बताई, तब अमर को समझ आया कि अपनी वाली पार्टी का मतलब क्या है। फिर अमर ने पूछा, तुम लोग बिन बुलाये जहाँ मर्जी शादी में घुस जाते हो, अगर कोई पकड़ ले फिर? अमर के इस सवाल पर कंचा बोला, बहराल आज तक तो ऐसा हुआ नहीं और आगे भी ऐसा होने की कोई संभावना नहीं है, क्यूँकि आपके छोटे भाई भी कोई कच्चे खिलाड़ी नहीं हैं, पूरी सेटिंग रहती है हमारी। सेटिंग रहती है, किस से सेटिंग रहती है, जिस की शादी है ना तुम उसे जानते हो, ना वो तुम्हें जानता है, जब कोई जान-पहचान ही नहीं, तो फिर कैसी सेटिंग, अमर ने कई सवाल एक साथ दाग दिए। इतने सारे सवाल सुन कर कंचा हँसा

राहुल शिवहरे

और बोला, हलवाई, टेंट, केटर्स वालो से सेटिंग, वो भी पक्की वाली सेटिंग। इस पहले की अमर कोई और सवाल पूछता कंचा ख़ुद ही स्टार्ट ही गया, बोला अब कोई शादी बिना हलवाई, टेंट वाले और केटर्स के तो हो नहीं सकती, इसलिए सात-आठ टेंट और केटर्स वाले और पाँच-छः हलवाई हमलोगों के एक दम सेट है, सो हम लोग जहाँ भी जाते हैं, हमारे पास वहाँ की पूरी इन्फ़ॉर्मेशन होती है, किसकी शादी है, लड़का-लड़की कौन हैं, लड़का क्या करता है, उसका उसका बाप क्या करता है, दोनों लोगों के ख़ानदान में कौन कौन है, बारात आ रही है या लड़की वाले बाहर से आये हैं, बस भईया इतना समझ लो की जितना उनके ख़ास रिश्तेदारों को नहीं पता होता, उस से ज़्यादा हम लोगों को पता होता है। शादी में जाते हैं, टेंट वालो के लड़के जानते हैं तो एकदम वीआईपी ट्रीटमेंट मिलता है, दम से खाते हैं मिठाई से लेकर चाट तक, आइसक्रीम पर चाहे कितनी ही भीड़ हो अपना नंबर हमेशा पहले ही आएगा, डीजे पर अपनी पसंद के गानों पर डांस करते हैं, ख़ूब नैन-मटक्का करते हैं और तो और उल्टा हम लोग ही कई बार दूसरों से पूछ लेते हैं कि तुम कैसे आये, दो-तीन घंटे फुल एन्जॉय करते हैं, फिर अपना वापस आ जाते हैं, ये समझ लीजिये की बाक़ी सारे सुख ले लिये बस कोई लड़की नहीं पटा पाये, इतना सब कुछ कंचा ने एक ही साँस में बोल डाला था। मोटा जो बहुत देर से कुछ बोलने की कोशिश कर रहा था आख़िर में बोला और अगर कुछ स्पेशल खाने का मन हो तो हलवाई को बोल देते हैं, तो वो अगली शादी में उसे मेन्यू में डाल देता है, और कई बार तो केटरिंग वाला उल्टा पार्टी पर फ़ोकस बनाने के लिए बोलता है, कि शादी की केटरिंग मैनेज करने के लिए बाहर से होटल मैनेजमेंट के लड़के बुलाये हैं। इतना सब सुनकर अमर की लगभग सभी शंकाओं का समाधान हो गया था, बस एक ही प्रश्न चिन्ह था, जो बाक़ी था, वो ये कि क्यूँ हलवाई, टेंट, केटर्स ये सब लोग इन पर क्यूँ इतना मेहरबान है, आख़िर क्यूँ?

अमर के इस सवाल का जवाब देने का बीड़ा भी कंचा ने ही उठाया और एक गहरी साँस लेकर बोला, छात्रशक्ति भईया छात्रशक्ति, फिर थोड़ा डिटेल में समझाते हुए बोला, ये टेंट वाले, ये हलवाई ये वेटर, इतने हरामी होते हैं कि पूछो ही मत, हर शादी में किसी का किसी का कोई ना कोई लफड़ा तो होता ही है, कभी खाने में कुछ गड़बड़ हो गया, तो कभी जनरेटर फेल हो गया तो दो घंटे लाइट ग़ायब, कभी पता चला की जयमाला की स्टेज टूट गयी, तो कभी

बारातियों ने दारू पीकर वेटरों को कूट दिया, और पता नहीं जाने क्या-क्या, और फिर इन सबका एक ही नतीजा, तगड़ा वाला बवाल वो भी रात में, कभी रात बारह बजे, तो कभी दो बजे, और आपको तो पता ही है कि पुलिस तो फ़िल्मों तक में बाद में आती है, तो रियल लाइफ़ में टाइम पर आने का तो सवाल ही नहीं उठता, फिर इस संकट की घड़ी में क्या किया जाये, तो बस एक ही चीज है जो काम आती है और वो है "छात्र शक्ति" । कंचा आगे बोला, हम लोग तो वैसे भी सुबह चार बजे तक तो जागते ही है, हमारी दस-पंद्रह लड़कों की टीम हमेशा स्टैंडबाय मोड पे रहती है, हाकी डण्डों से लैस, जैसे ही हमारे फ़ूडिंग पार्टनर्स को कोई तकलीफ़ हुई और उसने हमें फ़ोन लगाया और हम लोग तुरंत ही पंद्रह से बीस मिनट में ही पहुँच जाते हैं स्पॉट पर, फिर आप समझ ही सकते हो, हाकी डण्डों से लैस, पंद्रह-बीस लोंडों की गैंग को देखकर अच्छे-अच्छों की गाँड फट जाती है, सामने वाली पार्टी जो अटेकिंग मोड में होती, हम लोगों को देखकर डिप्रेसिंग मोड में चली जाती है, अभी पिछले हफ़्ते ही एक शादी में ग्वालियर से बारात आई थी, गँवार टाइप बाराती थे, सालों ने भयंकर पी ली और फिर लगे डीजे वाले को मारने, एक बोल रहा ये वाला गाना बजाओ, दूसरा बोल रहा ये वाला गाना बजाओ, वो बेचारा क्या करे, अब एक बार में एक ही गाना तो बजेगा, अब जिसका गाना ना बजाये वो मारने लगे, सो उसने गुस्से में डीजे बंद कर दिया, तो उन लोगों ने उसे भयंकर मारा और उसके दो बड़े वाले साउंड भी तोड़ दिए, इतने में कपूर टेंट वाले का फ़ोन आ गया, हम लोग पहुँचे और जो पेला उन भोसड़ी वालो को की पूछो मत, और जो नुक़सान हुआ उसके पैसे अलग लिए दूल्हे के बाप से। अपनी इस वीर गाथा को सुनाने के बाद कंचा ने लगभग पाँच सेकण्ड का पॉज लिया और फिर बोला, भईया सब बस गिव एंड टेक है, हम लोगों की थोड़ी मौज मस्ती हो जाती है, और वो लोग हमारी दम पर एक दम चौड़े होकर बिजनेस कर रहे हैं। कंचा ने हर बात इतने विस्तार और बारीकी से समझा दी थी, की अमर के किसी और डाउट या प्रश्न चिन्ह के लिए कोई स्कोप नहीं रह गया था तो अमर ने भी मुस्कुराते हुए बस इतना ही कहा, सालिड है चालू रखो। शाम के लगभग चार बज गये थे और पार्टी ऑलमोस्ट ओवर ही हो गयी थी, सभी लोग जहाँ बैठे हुए थे, वहीं पर जगह बनाकर लेट भी गये थे, ख़ामोशी बढ़ते देख मोटा बोला, भईया फिर शाम 7: 30 तक तैयार हो जाना, सब साथ में ही चलेंगे और आज वैसे भी पास में ही जाना है तो ज़्यादा

                                                    राहुल शिवहरे

टेंशन नहीं है, आराम से चलेंगे। मतलब उन्होंने मान लिया था कि अमर उनके साथ पार्टी में जा रहा है। जब उन्होंने मान ही लिया था और उनकी बातों से अमर को भी इतना तो कॉन्फ़िडेंस आ ही गया था कि पकड़े जाने या बेइज़्ज़ती वाला कोई सीन नहीं होगा और अब जब वो निकला ही अपने पुराने दिनों को याद करने के लिए तो फिर लड़कपन की कोई सीमाएँ थोड़ी होती है, इतना सोचकर अमर ने भी मामला ओके कर दिया। अमर को भी थोड़ा डाउन होता देख कंचा बोला, भईया आप जाकर थोड़ा आराम कर लो, मैं 7:30 बजे आपको बुलाने आऊँगा, कंचा की बात सुनकर अमर बोला, ठीक है आ जाना और इतना बोल कर वो खड़ा हो गया, अमर को भी अच्छा खासा नशा हो रहा था, उस ने दूसरे लड़कों की तरफ़ देखते हुए इशारे से पूछा, ये सब तो डेड हो गये, ये कैसे रेडी हो पायेंगे ? अमर की इस बात पर मोटा बोला, अरे भईया आप टेंशन मत लो, अभी एक घंटे बाद ही ये सब आप को फ़ुटबॉल खेलते हुए दिखायी देंगे, हमें डाउट तो बस आपका ही है, मोटे की ये बात सुनकर अमर कंचा और मोटा तीनों ही हँस पड़े, और अमर मुस्कुराते हुए ही यादों के शहर से गेस्ट रूम की तरफ़ वापस चल पड़ा। वापस रूम में आकर अमर कपड़े उतार कर आराम से लेट गया, ट्रेन में नींद तो आई थी, पर इतनी नहीं की थकान उतर जाये और ऊपर से शराब का नशा, पूरा माहौल था, तो उसने सोचा कि जरा घंटे भर की झपकी मार ली जाये तो थोड़ा रिफ़्रेश भी हो जायेगा, यही सोचकर उसने आँखें बंद की और लेट गया और पता ही नहीं चला कब उसकी ये झपकी खर्राटों में बदल गयी। अमर बहुत ही गहरी नींद में चला गया था, नींद में ना जाने उसे कैसे- कैसे सपने आ रहे थे, कि वो और सुकन्या भागे चले जा रहे हैं, फिर अचानक वो एक रूम में पहुँच कर बंद हो जाते हैं और रूम अंदर से लॉक हो जाता है, बहुत सारे लोग बाहर से दरवाज़ा पीट रहे हैं, उसके पैर जाम हो गये हैं, वो अपनी जगह से हिल नहीं पा रहा है, और सुकन्या बस अल्पक उसकी तरफ़ ही देखे जा रही है, बाहर दरवाज़ा पीटने की गति और आवाज़ दोनों ही बढ़ती जा रही है, तेज़ और तेज़ बहुत तेज़ और अचानक उसकी आँख खुली तो वो देखता है कि वाक़ई में दरवाज़े पर कोई बहुत तेज दस्तक दे रहा है, और शायद काफ़ी देर से भी। अमर ने उठ कर गेट खोला तो देखा तो सामने कंचा खड़ा था,अमर को आँख मलते हुए देखकर वो समझ गया कि भाई साहब को उसने ही सोते से उठाया है, कंचा बोला, 15 मिनट से नॉन स्टॉप बजा रहा हूँ, और आप हो की एक दम डेड होकर सो रहे हो,

8 बजने वाला है और अभी तक आप तैयार भी नहीं हुए, तैयार क्या सोकर उठे हो अभी तो आप, और इतना बोल कर अमर की तरफ़ देखने लगा, जैसे मन में बोल रहा हो, कि मेरा तो हो गया अब आप की बारी, कंचा को लगा की शायद अमर बोलेगा, बस 5 मिनट में तैयार हो रहा हूँ, बस 5 मिनट दे दो, ऐसा वैसा, पर अमर ने ऐसा कुछ नहीं बोला, अमर गेट से हट कर अंदर आ गया, कंचा भी अमर के पीछे पीछे अंदर आ गया, अमर ने बेड पर बैठते हुए कहा, यार तुम लोग ही चले जाओ, मेरा मन नहीं है, काफ़ी थकान हो रही है, अभी थोड़ा और आराम करूँगा, और इतना बोल कर वो बैठे से लेट गया, पर कंचा जो की उसके साथ बेड पर बैठा था, वो उठकर खड़ा हो गया, और बोला, अरे भईया, ये क्या बात, पहले आपने हाँ बोला था, अब मना कर रहे हो, ऐसा थोड़े हो होता है, बात वाली बात होती है भईया, कंचा उसे थोड़ा उकसाने की कोशिश करने लगा, अभी कंचा ने कोशिश शुरू की ही थी कि इतने में मोटा और पांडू भी वहाँ आ गये, और कंचा से बोले, "साले आधा घंटे से कहाँ फ़रार हो बे, भईया को बुलाने आये थे कि गोद में लेकर आने वाले थे!" जब वो अपनी बात कह चुके, और देखा की कंचा की तरफ़ से कोई रिएक्शन तो वो दोनों भी सोच में पड़ गये कि माजरा क्या है, तभी कंचा ने सस्पेंस ख़त्म करते हुए मोटे की तरफ़ से देखकर, भईया की तरफ़ इशारा किया और बोला, "भाई साहब मना कर रहे हैं जाने के लिए!" इतना सुनते ही मोटा और पांडू थोड़ी देर के लिए चुप हो गये, फिर मोटा एक लंबी साँस खींच कर बोला, "ठीक है फिर हम लोग भी नहीं जाते हैं, चड्ढा कैटरिंग वाले को ख़ास बोल भी दिया था, कि आज हमारे स्पेशल गेस्ट आ रहे हैं और जिस शादी में जा रहे थे, उसके लिए भी सबको मना कर दिया था कि वहाँ कोई नहीं जायेगा, चलो कोई बात नहीं आज भूखे ही सो जायेंगे!" और इतना बोल थोड़ा मायूस टाइप चेहरा बनाकर बैठ गया, उसको ऐसा देखकर अमर को हँसी आ गयी और वो हँसते हुए बोला, "बहुत ही हरामी हो सब के सब, अच्छा 10 मिनट दे दो, बाहर आ रहा हूँ तैयार होकर।" इतना सुनते ही तीनों एक स्वर में बोले, "10 से 11 नहीं होना चाहिए भईया जी.." और इतना बोला कर बिजली की स्पीड से बाहर निकल गये। अमर ने वापस से गेट लॉक किया और ख़ुद से ही बात करते हुए बोला, चलो आज एक और नया एक्सपीरियंस लिया जाये, बिन बुलाये बाराती बनने का। लगभग 15 मिनट बाद अमर तैयार होकर बाहर आया, उसने रूम लॉक किया और गैलरी से बाहर जाने लगा, अभी

मुश्किल से दस क़दम ही चला होगा कि देखा, सामने पूरी गैंग ऑफ़ घोस्ट खड़ी है, अमर उनको देखकर मुस्कुरा दिया और बदले में मुस्कान के साथ साथ थोड़ी छेड़-छाड़ भी रिटर्न में मिली थी, कोई बोल रहा था, भईया क्या सेंट की पूरी बोतल ही लगा ली क्या, जो इतना महक रहे हो, तो कोई बोल रहा, अरे इतना तैयार हो कर जा रहे हो भैयाजी, इरादा तो ठीक है ना, अमर सब कुछ सुनकर बस हल्के से मुस्कुरा देता। हर गुजरते पल के साथ उसे समझ आ रहा था कि कितने ही प्यारे रिश्ते हैं, जो उसकी लाइफ़ से ग़ायब है, इतना प्यार इतना अपनापन जो उसे अभी तक इन अनजाने दोस्तों से मिला था, उसे वो अपना सब कुछ देकर भी नहीं हासिल कर सकता। ऐसे ही आपस में छेड़-छाड़, नोक -झोक करते हुए सभी लोग कैंपस के बाहर मेन रोड पर आ गये, बाहर आकर मोटा अमर से बोला, भईया आज आप के लिए बड़ा ऑटो रिजर्व किया है, वर्ना हम लोग तो टंग के भी चले जाते हैं, और सचमुच रोड के दूसरी तरफ़ एक बड़ा आपे टेम्पों खड़ा हुआ था, अमर सहित बाक़ी 11 लड़के भी टेम्पो में सवार हो गये और निकल पड़े मंज़िल की ओर। रास्ते भर कंचा एक कुशल योद्धा की तरह उन्हे सारी रणनीति समझा रहा था, कि 3-3 के ग्रुप में जाना है, कौन किस के साथ जायेगा डिसाइड हो गया था। वहाँ जाकर क्या-क्या करना है और क्या क्या नहीं करना है सब फ़िक्स कर लिया गया था, 15 मिनट का सफ़र इसी गुणा भाग में निकल गया और पता ही नहीं चला की कब मैरिज हॉल आ गया, ऑटो वाले को पैसे देते हुए पांडू ने उसको साथ चलने का ऑफ़र भी किया, और बोला आओ चचा, तुमको बिरयानी खिलवाते है आज,पर ऑटो वाले ने देरी का बहाना करके टाल दिया। सभी लोग तयनुसार अपने-अपने ग्रुप में बंट गये, मोटा और कंचा ने अमर को अपने साथ ले लिया था। शादी में अंदर जाते हुए, अमर ने ग़ौर से देखा तो पाया कि काफ़ी बड़ा मैरिज हॉल था वो, काफ़ी सजावट भी हो राखी थी, और चारों तरफ़ काफ़ी चहल-पहल भी थी, पार्किंग में सिर्फ़ फोर व्हीलर ही दिखायी दे रही थी, सारी चीज़ों को देखकर पता चल रहा था कि किसी बड़े और संपन्न परिवार के घर की शादी है, मैरिज हॉल के बाहर ही एक बड़ा सा होर्डिंग लगा हुआ था, जिस पर एक तरफ़ बड़े-बड़े अक्षरों में मिश्रा परिवार आपका हार्दिक अभिनंदन करता है लिखा हुआ था, और दूसरी तरफ़ लिखा था म्रगेश परिणय कल्पना। अमर ने दोनों नामो को दो-तीन बार दोहराया, पर पता नहीं क्यूँ उसे लगा ये नाम आपस में कुछ मैच नहीं हो रहे, मगर फिर उसने सोचा, मैच हो

या ना हो उसे क्या मतलब। इधर अंदर जाने से पहले कंचा ने उसको दुबारा से पूरा सिलेबस रिबाईज करवाया, कि केदार नाथ पाण्डेय के लड़के की शादी है, पाण्डेय जी तहसीलदार है जबलपुर में, उनके दो लड़के है, बड़ा लड़का कुलदीप पाण्डेय ठेकेदार है, क्यूँकि जब बाप तहसीलदार हो तो लड़के का ठेकेदार होना तो बनता ही है, और बाप भी पिछले 15 साल से उस क्षेत्र में तहसीलदार हो जहाँ खदाने ही खदाने हो तो फिर किसी और चीज की कोई गुंजाइश ही नहीं रहती, छोटा लड़का म्रगेश पाण्डेय जिसकी शादी है, ये नोएडा में सेमसंग कंपनी में जॉब करता है, और हम लोग आज म्रगेश के ही ऑफ़िसियल दोस्त बने हुए हैं, और जो लड़की वाले है, वो यही सागर के पास के ही है, उनको लोकल ही समझो, लड़की का नाम कल्पना अवस्थी है और उसके पिता का नाम रमाकांत अवस्थी है, एक बड़ा भाई है नीरज, जिसकी शादी उज्जैन में हुई है, एक छोटी बहन भी है, जो वैसे तो छोटी नहीं है, पर कल्पना से छोटी है, अवस्थी जी मास्टर है सरकारी, तो समझो लो हराम की तनखाह ही ली होगी इन ने हमेशा। कंचा ने पूरी इनफ़ॉर्मेशन इकट्टी कर रखी थी, साथ ही साथ कंठस्थ भी कर रखी थी, उसके कमीनेपन में ही उसका टेलेंट झलकता था। कंचा ने अमर को हर बात बहुत ही डिटेल में समझ दी थी, शायद इसलिए भी क्यूँकि आज के खेल में उनकी टीम में वही एक कच्चा खिलाड़ी था। जैसे ही इन लोगों ने अंदर जाने के लिए मेन गेट से एंट्री की, कि मोटे को सामने से "लकी अरोरा" लवली केटर्स के ओनर का लड़का आता हुआ दिखायी दिया, उसने भी इन दोनों को देख लिए था, सो सीधा इन लोगों की तरफ़ ही चला आया, और बहुत ही दोस्ताना तरीक़े से आकर मिला, इन लोगों का भरत मिलाप देखकर अमर को इनलोगों के इतने कॉफिडेंट होने का रीजन समझ मे आ गया था, और इसी भरत मिलाप के बीच कंचा ने अमर का इंट्रो लकी से करवाया, बोला, अपने कजिन भाई है, नोएडा में MNC में बहुत ही सीनियर लेवल पर है, बस यहाँ मिलने आये थे, तो हम ने भी सोचा कि थोड़ा अपना जलवा भी दिखा दें भईया को, कंचा की बात सुनकर लकी अमर से हाथ मिलाते हुए बोला, और क्या सही है, भैंचो अपना ही तो सारा फंक्शन है, और फिर उसने ख़ुद ही अपनी तारीफ़ के पुल बाँधना शुरू कर दिए, बोला, पूरे MP में अपनी लवली कैटरिंग फेमस है, MP तो छोड़ो, UP मैं भी ऐसा कोई शहर नहीं जहाँ अपन ने काम न किया हो, लखनऊ, कानपुर, झाँसी, आगरा, बस आप ऐसा समझ लो, कि बस अपन को ही बुलाया जाता है सारी

                                                        राहुल शिवहरे

टॉप पार्टीयों के यहाँ कैटरिंग के लिए, लकी से उसका इतना बखान सुन कर, अमर ने भी यूँ ही पूछ लिया, दिल्ली में कोई काम नहीं किया ? तो इस पर लवली बोला, नहीं भईया जी अभी नहीं किया, दिल्ली अभी दूर है। लकी का जवाब सुनकर अमर बोला, कोई नहीं अभी अगले महीने ऑफ़िस की एक आउटडोर पार्टी है, क़रीब 300-400 लोगों का फंक्शन होगा, सारा अरेंजमेंट मुझे ही देखना है, कोशिश करूँगा इस बार आपकी दिल्ली भी फतह हो ही जाय। अमर ने इतना ही कहा कि अचानक से लकी की आँखों में एक दम चमक आ गयी, बोला अरे भईया जी आप आये तो हो ही, सारा आरेंजमेंट फ़ूड क्वालिटी सब आराम से चेक करो, आप जैसा कहोगे, ठीक वैसा ही अरेंजमेंट अपन कर के देंगे आपको, लकी का रिस्पांस देखकर अमर ने भी कहा, कोशिश पूरी रहेगी आप की दिल्ली एंट्री की और अगर एक बार में बढ़िया कर दिया, तो फिर MP UP भूल ही जाना, इतना काम मिलेगा आपको दिल्ली में और इतना बोल कर अमर हँस पड़ा, अमर की बातों में वो जादू था, कि लकी तो एकदम गदगद हो गया, उसने तुरंत ही दो साफ़-सुथरे से वेटरों को बुलाया और अमर के साथ लगा दिया, बोला ये सर है और आज इनके पास ही ड्यूटी है, सर को कोई भी परेशानी नहीं होनी चाहिए, अभी वो वेटरों को इंस्ट्रक्शन दे ही रहा था, कि उसका फ़ोन बजने लगा, लकी ने फ़ोन पर नंबर देखा तो अमर से बोला, भैयाजी जी जरा व्यवस्था देख लूँ, जब तक आप एन्जॉय करो, मैं थोड़ी देर में फिर आता हूँ आपके पास, लकी की बात सुनकर अमर ने भी ओके ओके बोला और इतने सम्मान के लिए तहेदिल से उसको धन्यवाद दिया। लकी से इस मुलाक़ात के बाद अब अमर के मन में डर वाली कोई बात ही नहीं रह गयी थी, और इसी कांफिडेंस के साथ बड़े ही रौबीले अंदाज़ में तीनों लोग अंदर पहुँचे और अपनी पार्टी शुरू कर दी। लकी के इंस्ट्रक्शन अनुसार अमर को जो VIP ट्रीटमेंट मिल रहा था, उस से तो मोटा और कंचा को ऐसा लगने लगा कि अमर उनके साथ नहीं, बल्कि वो अमर के साथ आये हैं। अभी बस अंदर का मौक़ा मुआइना करना शुरू ही किया था, की इसी बीच अमर को याद आया की घर पर बात कर लूँ, कल से बात नहीं की है, माँ तो बहुत ही परेशान हो रही होगी, एक माँ ही तो होती है, जो निःस्वार्थ भाव से प्रेम करती है, ख़याल रखती है। अमर ने कंचा और मोटे को बोला कि एक कॉल करना है, यहाँ काफ़ी शोर हो रहा है, तो बाहर जाकर करना पड़ेगा, तो तुम लोग यहीं रुको, एन्जॉय करो, मैं दस मिनट में कॉल करके वापस आता हूँ, और

हाँ तुम लोग इसी जगह पर रहना, वर्ना पता चला मैं तुम लोगों को तलाश कर रहा हूँ और तुम लोग मुझे, और इस बात पर तीनों लोग हँसने लगे और मोटा हँसते हुए बोला, अरे भईया आप चिंता मत करो, हम यहीं पर आपका इंतज़ार करेंगे, चाहे सुबह ही क्यूँ ना हो जाये, हिलेंगे भी नहीं, मोटे की बात सुनकर अमर मुस्कुराता हुआ बाहर आने की लिए मुड़ गया। अमर ने गेट के पास आकर अपने जेब से मोबाइल निकाला और घर का नंबर डायल करने लगा और ऐसा करते हुए वो गेट के बाहर आ गया, जैसे ही वो बाहर निकला, तो देखा एक इनोवा गाड़ी गेट के एक दम ठीक पहले आकर रुकी, और उसमें से तीन-चार ख़ूबसूरत सी लड़कियाँ उतरी, लड़कियाँ ख़ूबसूरत थी या मेकअप करके ख़ूबसूरत बनायी गयी थी कहना मुश्किल था, पर उन सब के बाद लाल जोड़े में जो दुल्हन बाहर निकली तो बस क़यामत सी गुजरी, उसकी तारीफ़ को शायद अल्फ़ाज़ भी कम पड़ जाएँ, वो दुल्हन कम कोई अप्सरा ज़्यादा लग रही थी, बेइंतिहा ख़ूबसूरत और उस पर ये लाल लिबास, जो देखे तो समझ लो क़त्ल ही हो जाये, और शायद यही हाल अमर का भी हो रहा था। मतलब जिस बंदे को ख़ुद सामने से अप्सरा जैसी कन्याओं के प्रपोजल आते हों और वो उनकी तरफ़ देखता भी नहीं, वो भी इस मूरत के सम्मोहन में बंधा सा जा रहा था, उसको देखकर अमर फ़ोन लगाना ही भूल गया, और जहाँ खड़ा था, वहीं खड़ा रह गया, उसे ये भी ध्यान नहीं रहा, कि वो गेट के बीचों-बीच खड़ा है और आते-जाते लोग उसे साइड में होने के लिए बोल रहे हैं, पर उसे होश ही नहीं था, वो तो एक टक बस उसे ही घूरे जा रहा था, और वो ही क्या हर गुज़रती हुई नज़र उस चितचोर काया पर थी और ऐसा लग था कि बस उसे अपनी आँखों में नज़रबंद कर लेना चाह रही थी। अमर उस कल्पना की कल्पनाओं में बंध-सा गया था, पर क्या मजाल जो उसने किसी की तरफ़ आँख उठाकर भी देखा हो, वो तो अपने नवजीवन साथी की आशा में, उसके सपनो में खोई हुई थी, उसे अब किसी और से क्या आकर्षण, अमर जहाँ रुका था, वहीं खड़ा रहा और वो अपनी सखियों के साथ उसके पास से गुजरते हुए अंदर चली गयी, और छोड़ गयी अपने पीछे एक मध्यम सी महक, एक सम्मोहन, कि बस आप खींचे चले जायो, यही एक भारतीय नारी की महानता है या कह लें कि हर नारी अपने साथ गरिमा की एक विरासत लेकर चलती है, और उसे नित् नए- नये आयाम देने की कोशिश करती है और इस कोशिश को अपने समर्पण से हमेशा उसने कामयाब ही किया है। दुल्हन के

राहुल शिवहरे

गुजरने के थोड़ी देर बाद जब अमर कल्पनाओं से वास्तविकता में लौटा, तो उसे थोड़ा गिल्टी फ़ील हुआ, कि यहाँ तो उस लड़की की शादी होने जा रही है, और वो उसे हसरत भरी निगाहों से देख रहा है, पर जब मन और दिल एक साथ काबू से बाहर हो जाएँ, तो ख़ुद को रोक पाना बहुत ही मुश्किल या यूँ कहें की बस नामुमकिन हो जाता है, अमर ने एक बार फिर से पलट कर अंदर की तरफ़ देखा, की शायद एक झलक ही देखने को मिल जाये, पर अमर का बेड-लक ऐसा हुआ नहीं, और अपनी इस हरकत पर वो ख़ुद को डाँटते हुए बाहर आया और थोड़ा सा दूर शांत जगह जाकर घर पर फ़ोन मिलाने लगा। घर पर पापा के नंबर पर फ़ोन लगाया और पहली ही घंटी में फ़ोन उठ गया, शायद फ़ोन हाथ में ही लेकर बैठे होंगे, इस उम्मीद में की कल से फ़ोन नहीं आया तो किसी भी टाइम आता ही होगा, पर पापा के फ़ोन पर माँ थी, माँ की आवाज़ सुनकर जो सुकून मिला उसे शब्दों में ढाल पाना मुमकिन नहीं, माँ काफ़ी नाराज हो रही थी, दो दिन से ना कोई अता-पता और फ़ोन भी स्विच ऑफ़ कर रखा है, ऑफ़िस में बात की तो वहाँ भी किसी को कुछ नहीं पता, बस इतना पता है की कहीं टूर पर गये हो, पर कहाँ गये गए हो, क्यूँ गये हो। कैसे गये हो, किसी को कुछ नहीं मालूम, भला ये क्या बात हुई, माँ के गुस्से में भी इतनी ममता, इतना प्यार होता है, कि समझ ही नहीं आता कोई जवाब भी देना है या बस सुनते ही जाना है, जब माँ बोला कर चुप हो गयी और लगा कि अगर अब मैं नहीं बोला, तो शायद माँ रो पड़े, तो अमर बोला, अरे मम्मा, लवयू, प्लीज गुस्सा मत करो, इतना नाराज मत हो, फिर अमर ने थोड़ा झूठ का सहारा लिया, बोला अरे वो रास्ते में फ़ोन गिर गया था तो ख़राब हो गया, और फिर में भी थोड़ा बिजी हो गया था, कल काफ़ी मीटिंग्स थी, इसलिए भी आपको कॉल नहीं कर पाया, बस और कोई बात नहीं, अभी बस टाइम मिला, तो सबसे पहले आपको ही कॉल किया है, और इतना बोल कर वो फिर से सॉरी मम्मा, सॉरी मम्मा करने लगा, अब माँ तो माँ होती है, गुस्सा भी होती तो कितने देर, जहाँ अमर ने सॉरी मम्मा लवयू मम्मा बोला, माँ पिघल गयी, और फिर बड़े प्यार से पूछा, अच्छा ये बता कहाँ पर गया है तू, माँ के इस सवाल पर अमर को कुछ नहीं सूझा, तो थोड़ी हड़बड़ी में अमर बोला, अरे माँ एक दोस्त की शादी है पूना में, वहीं आया हूँ, अमर के इस जवाब पर माँ थोड़ा अचरज से बोली, अब कौन तेरा इतना ख़ास दोस्त पैदा हो गया, जिसकी शादी के लिए तू सब छोड़ कर पूना चला गया, माँ की बात सुनकर, अमर को

लगा अब फँस गये, अगर कोई ऑफ़िस का काम भी बोल देता, तब भी चल जाता, पर माँ से ज़्यादा झूठ भी तो नहीं बोला जाता, और अगर सच बोल दे तो अलग वबाल, क्यूंकि माँ अच्छे से उसके सारे दोस्तों को जानती है, अमर ने थोड़ा घुमा कर बात सम्हाली और बोला, अरे माँ बिज़नेस एसोसिएट है, पर अच्छा फ़्रेंड बन गया, काफ़ी फ़ोर्स कर रहा था शादी मैं आने के लिए, और बॉम्बे में भी एक-दो मीटिंग्स थी, तो सोचा दोनों काम हो जायेंगे, तो बस यही सोचकर आ गया, अमर के इस जवाब से माँ थोड़ी संतुष्ट दिखी, तो अमर को भी थोड़ा रिलैक्स फ़ील हुआ, पर अगले ही पल माँ ने एक शानदार ताना मारा, बोली, आख़िर कब तक हम लोग सिर्फ़ दूसरों के यहाँ शादी में जायेंगे, कभी उन्हें भी तो मौक़ा दो हमारे यहाँ शादी में आने का, माँ की बात सुनकर अमर जोर से हँसा और बोला ठीक है, इस साल आप लोगों की मैरिज एनिवर्सरी पर दुबारा शादी करवा देते हैं, आपको शादी में बुलाने का मौक़ा मिल जायेगा और लोगों को आने का, बोलो क्या कहती हो। अमर की बात सुनकर, माँ उसे डपटते हुए बोली, तुझ से तो कोई बात कहना, अपना दिमाग़ ख़राब करना है, ले अपने पापा से बात कर, जरा उनको अपना ये प्लान समझा और इतना बोल कर उन्होंने पापा को फ़ोन दे दिया, लड़कों की तो वैसे भी पापा से कट टू कट बात होती है, सो बस अमर ने भी पापा का हाल-चाल लिया और बस 5 मिनट बात होने के बाद अमर ने गुड नाइट की और फ़ोन रख दिया। घर पर बात करके अमर को काफ़ी अच्छा महसूस हो रहा था, लगा जैसे पहले हॉस्टल में रहते हुए बात करता था, ठीक वैसा ही कुछ-कुछ एहसास था आज ! अमर बात ख़त्म करके वापस अंदर जाने के लिए गेट की तरफ़ चल पड़ा, गेट के पास जाकर देखा तो काफ़ी भीड़ दिखायी दी, और एक शोर उसके कानो में पड़ा, अरे स्वागत की तैयारी शुरू करो, बारात आ गयी है, जब अमर ने ये सुना तो वो गेट पर ही रुक गया, जाने क्यूँ उसे दूल्हे राजा को देखने की बड़ी तीव्र इच्छा हो रही थी, शायद वो ये देखना चाह रहा था, कि जिसने उस के दिल के तारों को एक झटके में झकझोर दिया था, उसका जीवनसाथी कौन होने जा रहा था, बारात को देखकर ये बात भी उसके दिल में आयी, कि अगर ये लड़की उस से पहले टकराई होती, तो आज शायद ये उसकी बारात होती।

बारात भी एक दम खलिश देसी बारात लग रही थी, बैंड बाजा, डीजे, घोड़ी और बारातियों का हुड़दंग सब कुछ था बारात में, बारात लगभग गेट तक आ

चुकी थी, पर अभी भी बाराती पूरे शबाब पर थे, कहीं से भी ऐसा नहीं लग रहा था, कि अभी ये जल्दी ही शांत होने वाले हैं, पूरी बारात का बड़ी ही बारीकी से मुआयना करते हुए अमर की निगाहें दूल्हे राजा तक पहुँच गयी, जो बड़ी ही शान से घोड़े पर सवार था, अमर ने जैसे ही दूल्हे राजा को देखा, उसे एक दम से धक्का लगा, और सबसे पहला ख़याल बस ये आया, "कि क्या मजबूरी रही होगी उस लड़की की" लगभग 5 फीट का भुजंग काला लड़का, और उस पर अच्छी खासी तोंद निकली हुई, वो इतना काला था, कि अगर बारात की लाइट उस पर ना पड़े तो उसका चेहरा देखना मुश्किल हो जाये, ऐसा लगे कि कोई सिर कटी लाश जा रही हो और उस पर उसको सफ़ेद रंग का सूट पहनाया गया था, हो सकता कि इसके पीछे मंशा रही हो कि रात के अंधेरे में इसे ढूँढ़ने में कोई परेशानी ना हो, क़सम से ये अगर सौ बार भी मर के जनम ले ले, तब भी ऐसी लड़की ना पटा पाये, जिस से इस की शादी होने जा रही थी, हो ना हो अरेंज मैरिज का कांसेप्ट किसी इसी तरह के बंदे ने शुरू किया होगा। अभी अमर का मन जहर उगल ही रहा था, कि हृदय ने प्रतिवाद किया, क्या सिर्फ़ अच्छा दिखना ही अच्छा होने की गारंटी है, क्या कोई सावंला इंसान किसी का प्रेमी नहीं हो सकता, या उसे कोई प्रेम नहीं कर सकता, कहते हैं भगवान् श्री कृष्ण भी अत्यंत काले थे, तो क्या वो कुरूप हो गये, और एक उम्र के बाद तो सब एक जैसे हो ही जाने है, फिर किस बात का अहंम:, हृदय के इस प्रतिवाद का कोई जवाब नहीं था अमर के पास, सो उसने भी सोचने की दिशा बदली और पॉजिटिव तरीक़े से दूल्हे राजा के मूल्यांकन की कोशिश करने लगा, सोचा हो सकता है वो काफ़ी इंटेलिजेंट और गुणी हो, नेक और उच्च आदर्शों वाला व्यक्ति हो, अभी अमर मूल्यांकन कर ही रहा था, की दूल्हे के दोस्तों ने उसे घोड़े से उतार कर उसे नचाना शुरू कर दिया और नाचने में उसके लड़खड़ाते हुए क़दम बता रहे थे कि वो भूल गया था, कि उसकी ख़ुद की शादी है। दूल्हे ने इतनी पी रखी थी, कि डांस करना तो दूर उस से ठीक से खड़ा भी नहीं हुआ जा रहा था, ये देखकर बारात के दो-तीन बुजुर्ग टाइप लोगों ने हस्तक्षेप करके वापस उसे घोड़े पर चढ़वा दिया। वैसे मेन गेट से लगभग दस क़दम ही दूर होगी बारात, पर शायद किसी पूजा-रस्म के चक्कर में उसको वापस घोड़े पर चढ़ा दिया था, बारात दरवाज़े पर पहुँची ही थी, कि तभी नागिन डांस धुन बजने लगी और दो-तीन लड़के जो शायद दूल्हे के दोस्त होंगे, उन्होंने सड़क पर लोट-लोट कर डांस करना शुरू कर दिया, मतलब

क्या ढंग से सड़क साफ़ हो रही थी, लड़के ऐसे लोट-लोट के डांस कर रहे थे, जैसे इन मे वाक़ई किसी नागिन की आत्मा आ गयी हो, और उन्होंने इतनी अच्छी तरह से सड़क साफ़ थी, कि सड़क ने भी उन्हें दिल से आशीर्वाद दिया होगा। लगभग 15 मिनट के जी तोड़ नृत्य के बाद बारात को किसी तरह ओवर किया गया, और गेट पर बारातियों का स्वागत- सत्कार शुरू कर दिया गया, रिवाज के अनुसार दूल्हे को तिलक किया गया और उसे घोड़े से नीचे उतरने की रिक्वेस्ट की गयी, शायद इस रिवाज के तहत दूल्हे के नीचे उतरने पर लड़की वालो के द्वारा उसे अपनी तरफ़ से कोई नेग यानि गिफ्ट देना होता है, वैसे तो ये लड़की वालो पर डिपेंड करता है कि वो क्या दें, पर प्रक्टिकली सब पहले ही तय कर लिया जाता है कि कब-कब क्या देना है या ये कहो कि सारा सौदा पहले ही सेट होता है, और यहाँ इसी के तहत दुल्हन के पिता ने जेब में से सोने की एक मोटी सी चेन निकली और दूल्हे को पहनानी चाही, पर ये क्या, दूल्हे राजा ने ऑफ़र रिफ्यूज कर दिया और बोला एक बार फूफा जी से बात कर लीजिये। दूल्हे की इस बात पर अवस्थी जी थोड़ा असमंजस में दिखे, उन्होंने दायें-बायें देखा कर दूल्हे के फूफा की पहचान करने की कोशिश की पर समझ नहीं आया की कौन फूफा जी है, सभी तो अकड़ में लग रहे थे, अभी अवस्थी जी प्रयास कर ही रहे थे, कि उनके प्रयत्न को असफल करते हुए फूफा जी स्वयं प्रकट हो गये और उन्होंने अवस्थी जी के कान में कुछ कहा। फूफा जी का गुप्त संदेश सुनते ही अवस्थी जी का चेहरा एकदम लाल हो गया। बोले, "अरे बाबूजी कैसी बात कर रहे हैं आप, सब पहले ही तय था और जैसा पाण्डेय जी ने कहा था, हम तो सब वैसा ही कर रहे हैं, ये चैन दो तोला की है, जैसा आदेश था, सब एकदम वैसा ही है, फिर ये नयी बात कैसे?" अवस्थी जी की इस बात पर फूफा जी चालाक लोमड़ी की तरह बोले, "अब शादी-ब्याह में थोड़ा बहुत तो ऊपर-नीचे चलता ही है, अब कोई ख़रीद-फरोख्त थोड़े ही है कि रेट के हिसाब से भुगतान कर दिया, विवाह है, सबकी भावनाओं का ख़याल तो रखना ही पड़ता है और दूल्हे राजा का तो ख़ास ख़याल रखना पड़ता है।" और इतना बोलकर अकेले ही हँसने लगे। दूल्हे के फूफा की बातें सुनकर अवस्थी जी के माथे पर पसीने की छोटी -छोटी बूँदे साफ़ देखी जा सकती थी। उनकी और फूफा जी की के वार्तालाप ने लोगों का ध्यान अट्रेक्ट किया, कि अचानक क्या बात हो गयी, लोग तुरंत ही "आज तक" वाले मोड में आ गये, लगा की कुछ चटकारा मिलने वाला है, ये सब देखकर

   राहुल शिवहरे

अवस्थी जी थोड़ा हड़बड़ा गये और बोले, "अरे आप कार्यक्रम तो शुरू कीजिये, मैं पाण्डेय जी से बात करता हूँ!" तो फूफा जी बोले, "आप ही देख लो, भई में कुछ नहीं कह रहा, लड़के ने बात कही, तो मैंने आप तक पहुँचा दी।" तो इस बात पर अवस्थी जी बोले, "अरे कोई बात नहीं, मैं अभी पाण्डेय जी से बात-चीत करता हूँ, आप चिंता मत करो। अवस्थी जी का आश्वासन मिलते ही फूफा जी जी ने दूल्हे राजा को इशारा किया और दूसरे ही मिनट में वो घोड़े से ज़मीन पर। द्वार-पूजन की रस्में चालू हो गयी, मंगलगीत गये जाने लगे, पर इन मंगलगीतों में शायद कुछ अमंगल छुपा था, जो कोई सुन नहीं पा रहा था। वैसे भी बेटी के बाप के पास अनुय- विनय से ज़्यादा कुछ होता नहीं है करने को। द्वार पूजन के बाद दूल्हे राजा अपने दोस्तों के साथ स्टेज की तरफ़ चल पड़े और रास्ते में अपने फूफा से बोला, देख लेना फूफा फॉर्चुनर ही लेंगे, फूफा जी ये बात सुनकर कुछ बोले तो नहीं, पर उनकी कुटिल मुस्कान ने सब बोल दिया था। लगभग 10-15 मिनट में सब नार्मल जैसा हो गया, तो लोगों को भी लगा कि ऐसी ही कोई बात रही होगी, तो दुबारा किसी ने उसपर कानाफूसी नहीं की।

इतना सब तमाशा देखकर अब अमर भी अंदर आ गया था, और उसे अब थोड़ी भूख भी महसूस हो रही थी। अंदर आते ही उसकी निगाहें कंचा & टीम को तलाशा करने लगी, लेकिन अभी भीड़ काफ़ी हो गयी थी तो उन लफंगों को ढूंढ़ पाना अब आसान नहीं था। अमर अपनी आँखों के पूरे 720 पिक्सल्स का यूज करते हुए उनको तलाशा करने की कोशिश कर रहा था। अमर की कोशिश रंग लाई और स्वीट के पास उसे मोटा दिखायी दिया, अमर फटाक से उस के पास पहुँच गया, लेकिन वहाँ मोटा अकेला नहीं था, पूरी टीम ही थी, कंचा मोटा, पंडू, MJ और मधुर। अमर को देखते ही कंचा बोला, अरे भईया कहाँ रह गये थे आप, दस मिनट का बोल कर गये थे और अभी 1 घंटे बाद आ रहे हो, हम लोग भूख से बेहाल हो रहे थे, ये बेहाल शब्द उसने मोटे की और देखकर कहा, तो सोचा कि थोड़ा स्नेक्स ही खा लिया जाये, अब खाना तो आपके साथ ही खायेंगे ना। कंचा की बात सुनकर अमर उनके स्नेक्स का मुआयना करने लगा, बाक़ी सब की प्लेटों में 1 या 2 ही आईटम थे, लेकिन मोटे की में 7-8 रसगुल्ले, पनीर टिक्का, 2 -3 समोसे और भी 2-3 आइटम थे, अमर को घूरता देख, मोटा बोला, अरे भईया ये सब मेरा नहीं है, सब खा रहे हैं, मैंने तो सिर्फ़ हाथ में पकड़ा हुआ है, इस पर अमर हँस कर बोला, अरे समझ गया यार, अमर को हँसता देख

बाक़ी लड़के भी हँसने लगे, इस पर मोटा बात को बदलते हुए बोला, अरे भईया आपको हम लोगों को ढूँढ़ने में कोई परेशानी तो नहीं हुई ना? तो अमर बोला, जिस जगह तुम हो वो जगह तो अन्तरिक्ष से भी ढूँढ़ी जा सकती है, ये तो बस एक छोटी सी महफ़िल है, अमर के इतना बोलते ही मोटे की इस टाँग खिचाई पर सब फिर से हँसने लगे, तो मोटा बोला, क्या भईया आप भी, तो अमर बोला, अरे दोस्त नाराज मत हो,बस थोड़ा मज़ाक़ कर रहा था, अमर की इस बात पर मोटा भी मुस्कुरा दिया। अब अमर आगे बोला, कि अगर तुम लोगों का स्नेक्स हो गया हो तो हम खाना खा लें, बहुत तेज़ भूख लग रही है, तो कंचा बोला, हाँ क्यूँ नहीं, हम लोग तो ख़ुद आपका ही इंतज़ार कर रहे थे, चलो खाना खाने चलते हैं, ये स्नेक्स तो चलता ही रहेगा, कंचा की बात ख़त्म होते ही अमर जैसे ही जाने के लिए पीछे मुड़ा तो देखा, वो दोनों वेटर, जो लकी ने उसकी सेवा में लगाये थे, उसके सामने आइस्क्रीम लिए हुए खड़े थे, एक्चुली अमर के बाहर जाने के बाद इन वेटरों से कंचा & गैंग अपनी सेवा करवा रहे थे, अमर ने उनके हाथों में 5 प्लेट आइस्क्रीम देखी, तो वापस मुड़ कर उन लोगों की तरफ़ देखा और इशारे में ही पूछा, किस ने मंगाई 5 प्लेट आइस्क्रीम, तो सब एक दूसरे की तरफ़ इस तरह देखने लगे, जैसे पूछ रहे हो कि तुमने मंगाई क्या, उनके इस तरह के रिएक्शन को देखकर अमर बोला, अब आ ही गयी है, तो फटाफट खा कर ख़त्म करो, फिर खाना खाने के लिए चलते हैं, अमर ने इतना बोला ही था, कि पाँचो जो अभी तक एक दूसरे पर आरोप-प्रत्यारोप लगा रहे थे, आइस्क्रीम पर टूट पड़े, वो खाई ही रहे थे, कि अमर बोला कि खाने के पहले आइस्क्रीम कौन ही खाता है, तो अमर के इस सवाल पर मोटा बोला, अरे भईया आइस्क्रीम और खाने का आपस में क्या रिलेशन, खाना खाने से तो पेट भरता है, पर आइस्क्रीम खाने से आत्मा तृप्त हो जाती है, मोटे के इतना कहते ही सब खिलखिला कर हँस पड़े, तो अमर भी हँसते हुए बोला, तुम्हें देखा कर पता चल रहा है कि तुमने आइस्क्रीम को ही पूर्ण भोजन की मान्यता दे दी है। आइस्क्रीम से निपटने के बाद फ़ाइनली सभी लोगों ने खाने की तरफ़ कूच किया, अहहा, क्या ख़ुशबू आ रही थी खाने के पास से, टीम ने एक सिरे से पूरे मेन्यू का गहन निरीक्षण किया, लगभग 10 तरह की सब्ज़ियाँ, 5-6 तरह की रोटियाँ, 10-12 तरह की मिठाइयाँ, गरम दूध की कढ़ाई, और अनगिनत फास्टफूड, समझ लीजिये अनंत व्यंजन माला, आधा पेट तो देखकर ही भर जाये। सभी लोगों ने अपनी अपनी पसंद का खाना

राहुल शिवहरे

अपनी प्लेट में लिया और एक तरफ़ आकर सभी लोग इत्मिनान से खाना खाने लगे, जिस को जो कुछ भी चाहिए होता, तो वो दोनों वेटरों को दौड़ा देता, खाना काफ़ी टेस्टी था और भूखे पेट इतना टेस्टी खाना अगर मिल जाये तो फिर और क्या ही परम आनंद है। कंचा & पार्टी ने तबीयत से खाना खाया, और तो और मोटे का तो डर ही लगने लगा था कि कही उसका पेट ना फट जाये। जहाँ खड़े होकर ये लोग खाना खा रहे थे, वहीं पास में 3-4 लोग और भी खाना खा रहे थे, उनकी प्लेटों को देखकर ऐसा लग रहा था, कि शायद वो कल में विश्वास नहीं करते, उनको लगा होगा कि अभी जितना खा सकते हो खा लो, पता नहीं कल हो ना हो। उनकी बातचीत और बुराई करने के तरीक़े से लग रहा था कि वो लड़की वालो के कोई ख़ास रिश्तेदार है, उन में से एक साहब बोल रहे थे, कि अवस्थी जी कंजूसी कर गये, इतना पैसा सब होने के बाद भी इंतज़ाम ढंग का नहीं कर पाए, उनकी ये बात सुनकर उनमें से एक दूसरा बोला, क्या बात कर रहे हैं जीजा जी, कितना बढ़िया तो कार्यक्रम है, तो जीजा जी बोले, "खाक बढ़िया है!" तभी उनके बीच में से एक आदमी जीजा जी की बात काटते हुए बोला, "भाई हम तो लड़के वालों की तरफ़ से हैं!" लेकिन उसकी बात को सब ने इग्नोर कर दिया, या ये कहो कि जीजा की आवाज़ ज़्यादा कड़क थी, तो तो उन सज्जन की आवाज़ उस में दब गयी, जीजा जी बोले, "खाना देख रहे हो, कैसा बना है.. गले से नीचे नहीं उतर रहा है.. खाने में कोई स्वाद ही नहीं है! अरे हमारे महेंद्र की शादी में लोगों ने 4-4 बार खाया था, तब भी मन नहीं भरा था।" फिर आगे बोले, "अरे भाई, खाना तो सब खिला सकते हैं, पर हर कोई माल नहीं खिला सकता।" जीजा के इस तरह बोलने पर उन चार में से एक को थोड़ा बुरा लग गया, तो वो बोला, जीजा जी जब खाना ख़राब है तब तो आपकी प्लेट इतनी भरी हुई है कि लग रहा है चार लोग खा रहे हैं, और अगर खाना कहीं टेस्टी हो जाता तो पता नहीं आप क्या करते, इस बात पर जीजा जी को छोड़ कर बाक़ी तीनों लोग हँसने लगे।

"एक्चुली, ये क्रिट्रीक्स होते हैं, जो होते तो आप के रिश्तेदार है, पर ये आपके यहाँ सहयोग देने नहीं बल्कि आप की लेने आते हैं, ये हर चीज का बड़ी ही बारीकी से निरीक्षण करते हैं, हलवाई की तोंद से लेकर नाइन की साड़ी के पल्लू तक सब का, और फिर उसके हिसाब से आपकी फंक्शन की रेटिंग करते हैं, और 99% आपको हर मोर्चे पर फेल घोषित करना ही इनका एक मात्र लक्ष्य होता है, आप पूरे कार्यक्रम में बस इनको ही साधने में लगे रहते हो, आइये

फूफा जी, आइये मौसा जी, आइये जीजा जी और ये हरामी आपको घंटा भाव नहीं देते हैं और भोसड़ी के अपनी औक़ात भूल कर ख़ुद को बादशाह अकबर की औलाद समझने लगते हैं, ये लोग भूल जाते हैं कि परिवार इनके भी है, कल जब इनकी बारी आयगी तब पता चलेगा कि किसी पर उँगली उठाना कितना आसान शायद तब इन्हे अपनी गलतियों का एहसास हो, पर अगर इन लोगों में इतनी ही अक़्ल होती तो फिर ये क्रिट्रीक्स ही क्यूँ होते।"

वो सज्जन, जो बीच में अब तक तीन बार ये बात बोल चुके थे कि हम तो लड़के वालों की साइड से है, पर अभी तक किसी ने भी उनकी बात पर ग़ौर नहीं फ़रमाया था, पर जब उन्होंने चौथी बार फिर से यही बोला, तो उन में से एक बंदे ने पूछ ही लिया, कि आप कैसे लड़के वालों की साइड से है, आप तो लड़की की मम्मी की बुआ के बेटे है, आप तो अवस्थी जी के ख़ास लोगों में हो, फिर लड़के वालों की साइड से कैसे हुए, तो इतनी देर से जो बात वो सज्जन उगलना चाह रहे थे, उगलते हुए बोले कि "वैसे तो केदार पाण्डेय जी से कोई ख़ास रिश्तेदारी तो नहीं है, हमारे पिता जी के मामा के ख़ास चाचा के साले हैं और हमारे पुराने पडोसी रहे हैं और उस वक़्त से लेकर आज तक काफ़ी मानते हैं हमको, सो हमने तो पहले ही बोल दिया था कि हम तो आगे भी यही रिश्ता चलायेंगे, अब चाहे किसी को अच्छा लगे या बुरा !" इन सज्जन का इतना सारा प्रपंच सुनाने का एक मात्र उद्देश्य था कि हम बाराती हैं और हमें VIP ट्रीटमेंट मिलना चाहिए, पर उनके सुनाये इस सरे वृतांत का अन्य तीनों लोगों पर कोई विशेष प्रभाव नहीं पड़ा और उनकी बात पर बिना कोई टीका टिप्पणी किये उन लोगों ने दुबारा से कार्यक्रम की कमियाँ और उनके हर संभव समाधान पर विस्तृत चर्चा शुरू कर दी, आख़िर निंदा में बड़ा रस होता है।

उन लोगों की इतनी हरामीपंती की बातें सुनकर कंचा & कंपनी को काफ़ी गुस्सा आता देख अमर ने कंचा से कहा, बेटा शांत हो जाओ, वो असली रिश्तेदार है और तुम नकली समझे, अमर के इतना याद दिलाने पर ही उनको समझ आ गया की भईया सही कह रहे हैं, इतना समझाने के बाद अमर बोला, हाँ ये अलग बात है कि जाते टाइम अगर ये कहीं बाहर टकरा जाएँ तो, थोड़ा-बहुत समझ लेने में कोई बुराई नहीं है, इतना सुनते ही पाँचों लोंडे मुस्कुरा दिए।

खाना-पानी, मिठाइयाँ, आइसक्रीम और पता नहीं क्या-क्या इत्मीनान से खाने के बाद सारी गैंग 3 ग्रुप में इक्कठा हो गयी, तो तय हुआ कि चलो बाहर चल

राहुल शिवहरे

के एक-एक सुट्टा मार लिया जाये, "इंजीनियरिंग के लोंडे खाना खाने के बाद अगर सुट्टा ना मारे, तो ये वही बात हुई कि "हगने के बाद हाथ नहीं धोये।"

बाहर सुट्टा फूँकते हुए मोटा अमर से बोला, भईया अगर आप चाहो तो इन लोगों के साथ चले जाओ, मोटा दूसरे लड़कों के ग्रुप की ओर इशारा करते हुए बोला, फिर चिल्लाकर एक लड़के को अपने पास बुलाया, ये संजय इधर आ वे, संजय तुरंत आया, तो मोटा उस से बोला, भईया को अपने साथ ले जाना और देखना की कोई परेशानी ना हो, फिर मोटा अमर से बोला, भईया आप आराम से सोना, आज हम लोगों को थोड़ा लेट हो जायेगा, लगभग 1-2 बज जायेंगे, आपको फ़ालतू ही परेशानी होगी, मोटे की बात सुनकर अमर बोला, अरे परेशानी कैसी दोस्त, जब आये थे साथ में तो जायेंगे भी साथ में, अमर की बात सुनकर कंचा आँखें मटकाते हुए बोला, लगता है भईया जी को कोई पसंद आ गयी है इसलिए आज यही रुकने वाले है हमारे साथ, कंचा के इतना बोलते ही सारे लड़के हँस पड़े और अमर भी मुस्कुराये बिना नहीं रह पाया, वो सोचने लगा कि कभी -कभी मज़ाक़ भी कितना सच होता है।

अभी अमर के साथ ये छेड़-खानी लम्बी चल ही रही थी, कि तभी एक मदमस्त ख़ुशबू का झोंका आया और सभी को बहका के चला गया, मुड़कर देखा तो 3-4 लड़कियों का एक ग्रुप जा रहा था, शायद फंक्शन से वापस जा आ रहे थे, MJ और पांडू जो दूसरे ग्रुप में खड़े होकर सुट्टा पी रहे थे, वो भी यही आ गये, लड़कियों को देखकर पांडू तुरंत ही बोला पड़ा 10 आउट ऑफ़ 10 नंबर, तो मधुर उसकी बात काटते हुए बोला, नहीं यार वो सिर्फ़ लाल वाली ही 10 आउट ऑफ़ 10 थी, बाक़ी सब 7 टू 8 थी, इस पर कंचा बोला, क्या यार वो ऑरेंज लहँगे वाली भी 10 नंबर थी, और तो और मेरे हिसाब से से तो 12 नंबर थी, कंचा की इस बात पर सब एक साथ बोले, "अबे साले तेरी चॉइस ही थर्ड क्लास है!" 'वैसे हर ग्रुप में एक बंदा ऐसा होता है, जिसकी की चॉइस इसलिए पूछी जाती है, ताकि उस चीज को ऑप्शन से ही हटा दिया जाये, कंचा इस ग्रुप में वही बंदा था!' इतनी मैथमेटीक्ल लोंडियाबाजी देखकर अमर ने पूछा, "ये क्या नंबरबाजी हो रही है?" इस पर पांडू बोला, "अरे कुछ नहीं भईया, बस दिल बहला रहे हैं.. अब पटना तो कोई है नहीं तो बस रेटिंग कर के ही ख़ुश हो लेते हैं, ये हम लोगों का एक स्टाइल है लड़कियों की तारीफ़ करने का।" पांडू की बात सुनकर अमर बोला, "अच्छा है लगे रहो मंज़िल मिलेगी ज़रूर!" तो MJ बोला,

"भईया आपके टाइम में क्या पैरामीटर थे?" तो अमर बोला, "पैरामीटर तो आदिकाल से यही चले आ रहे हैं, तो हम क्या अलग से आये हैं, सेम पैरामीटर थे हमारे टाइम में भी और अपने कॉलेज में 10 नंबर वाली सिर्फ़ 5-6 लड़कियाँ ही थीं, बाक़ी सब 7-8 नंबर!" अमर के इतना बोलते ही इस बार कंचा बोला, "भईया टेंशन ना लो, अपने कॉलेज में आज भी 4-5 ही दस नंबर हैं बाक़ी सब 6-7 नंबर ही हैं, लेकिन जब कभी कोई पार्टी या फेस्ट होता है, उस दिन सब 10 नंबर लगती हैं.." कंचा के इस रहस्यों उद्घाटन को सुनकर सभी लोग हँस पड़े, अभी हँसी-ठहाका चल ही रहा था, कि मैरिज हॉल के अंदर से कुछ शोर-सा सुनाई दिया, तो मोटे ने तुरंत ही इशारे से एक दूत को अंदर भेजा कि पता करके बताओ क्या सीन है। शोर की आवाज़ थोड़ी सी तेज़ होती जा रही थी, शोर सुनकर मोटा बोला, मुझे तो पहले ही लग रहा था कि कोई पंगा है बाबू आज, क्यूँकि बारात आये डेढ़ घंटा हो चुका है, लेकिन जयमाला का कोई सीन ही नहीं दिख रहा, साला आधे मेहमान तो जा ही चुके हैं और बचे हुए भी आधा-एक घंटे में निकला लेंगे, मोटे की बात सुनकर अमर भी बोल पड़ा, "हाँ जब बारात आयी थी तो उस वक़्त भी कुछ ईशु हुआ था द्वारचारे के टाइम पर, पर उस वक़्त तो मामला ऐसा कुछ लगा नहीं, अभी डिस्कशन चल ही रहा था!" कि मोटे ने जो दूत भेजा था, वो लगभग भागते हुए वापस आया और बोला, "अरे भईया वहाँ तो बड़ा ही वबाल मचा हुआ है, जयमाला चल रही थी, लड़की ने जयमाला डाल दी है, पर लड़का किसी बात पर अड़ा हुआ है, जयमाला ही नहीं डाल रहा.." इतना सुनकर MJ बोला, "अरे क्या बात कर रहे हो, ऐसा कैसे बे, चलो चलकर देखते हैं कि क्या भसड़ मची हुई है!!" कोई काण्ड होने की आशंका को देखते हुए मोटे ने जो लड़के हॉस्टल जाने वाले थे, उनको रोक लिया और बोला, "अभी यहीं रुको, शायद कुछ बवाल हुआ तो फिर आना पड़े, तुम सब यही बाहर रुको, हम लोग देखते हैं कि क्या चक्कर है, अगर ज़रूरत पड़ी तो बुला लेंगे, बस सब लोग यहीं रहना समझे.." और इतना बोल कर मोटा, कंचा, अमर पांडू MJ वाला ग्रुप वापस अंदर आ गया।

अंदर आकर देखा, तो पता चला कि वहाँ तो अलग ही लेवल का ही सीन चल रहा था, दूल्हा स्टेज पर खड़ा है, उसके गले में जयमाला डली हुई है, वो जोर-जोर से चिल्ला रहा है, एक जयमाला, जो शायद उसे दुल्हन को पहननी थी, वो उसने अपने हाथ में लपेट रखी थी, दुल्हन वही स्टेज पर कुर्सी पर बैठ गयी

    राहुल शिवहरे

थी या बैठा दी गयी थी, पता नहीं, उसकी शक्ल देखकर लग था कि उसे बहुत तेज़ से रोना आ रहा था, पर शायद मेकअप धुलने के डर से रो नहीं पा रही थी, 4 -5 लडकियाँ भी उसके साथ खड़ी थीं और सबकी सब ही रुआँसी सी लग रही थीं, इधर दूल्हे का एक दोस्त स्टेज पर ही थोड़ा पीछे की साइड लेट गया, शायद उसे काफ़ी ज़्यादा हो गयी थी, दूल्हे के साथ ही उसके 4-5 दोस्त खड़े हुए थे, जो उसके चिल्लाने में उसका भरपूर साथ दे रहे थे, स्टेज के एकदम सामने ही बवाल हुआ पड़ा था, 10-12 लोग आपस में उलझे पड़े थे और उनकी चीख़ती हुई आवाज़ें आसानी से सुनी जा सकती थी, उन 10-12 लोगों में लड़की का बाप-भाई और 2-3 रिश्तेदार और लड़के के साइड से उसके बाप, जीजा, फूफा और 3-4 रिश्तेदार थे, अब इतनी रात में फ़ॉर्चुनर कहाँ से लायें, अरे भाई 20 लाख कैश कोई रख के थोड़े ही बैठा होता है इस तरह की आवाज़ें आसानी से सुनी जा सकती सकती थी और ये बातें बड़े ही विनीत भाव से कहीं जा रही थी और इसके प्रत्युत्तर में आप जानो आपका काग जाने टाइप की आवाज़ें लगभग चिल्लाने के अंदाज़ में कहीं जा रहीं थी। अभी ये सब माजरा समझने की कोशिश चल ही रही थी, कि तभी MJ बोला, "2 मिनट यही रुको अभी सटीक बात पता करता हूँ और इतना बोलकर वो भीड़ को चीरते हुए बहस वाली जगह के एक दम क़रीब पहुँच गया, इतने टेंस माहौल में भी कुछ लोग खाना इत्मीनान से खाना खा रहे थे, शायद उनको लग रहा होगा कि कहीं कुछ ज़्यादा बवाल हो गया तो हो सकता खाना ही ना मिले और इतनी दूर आना व्यर्थ हो जाये।" MJ जितनी तेज़ी से गया था, उतनी ही तेज़ी से वापस आया और बोलने लगा, यहाँ तो बड़ी भयंकर भसड़ मची हुई है, लड़के वाले 25 लाख कैश या फ़ॉर्चुनर पर अड़ गये हैं, बोल रहे हैं कि कोई स्वागत नहीं हुआ, कोई मान -सम्मान नहीं हो रहा और बाक़ी रस्मे अब तभी होंगी जब 25 लाख कैश या फ़ॉर्चुनर सामने होगी, MJ सारी डिटेल एक ही साँस में बता दी, फिर बोला, "बताओ कैसे-कैसे लोग हैं, इस करिया भूत को इतनी माल लड़की मिल रही और इस भोसड़ी वाले को फ़ॉर्चुनर भी चहिये!" फिर बोला, "भाई इस टाइप के लोंडे से तो हमारे कानपुर में कोई कुतिया भी ना ब्याहे, ये पता नहीं लड़की कैसे ब्याह रहे हैं इस के साथ!" अभी पांडू ने कुछ बोलने के लिए मुँह खोला ही था, कि अमर पहले ही बोल पड़ा, "हम लोगों को चलकर देखना चाहिए, शायद हम कुछ हेल्प कर सकें!" अमर के इतना बोलते ही मोटा बोला, "अरे भईया हम लोग क्या मदद करेंगे इस में,

ना तो अपने पास इतना कैश है और ना ही फॉर्चुनर", फिर आगे बोला, "ये इन लोगों का पर्सनल मैटर है और अपन लोग ना तो बाराती हैं और ना ही घराती, अपना वहाँ क्या काम, हम लोगों को तो बस ये देखना है कि इस लफड़े में अपने लकी भाई का कोई नुक़सान ना हो। मोटे की इस तरह की बात सुनकर अमर दुबारा बोला, हम कोई रिश्तेदार नहीं तो क्या हुआ और वैसे भी हम लड़ने नहीं जा रहे, बस ये देखना है कि क्या हम लोग किसी भी तरह उनकी कुछ भी मदद कर सकते हैं, अब अगर किसी लड़की की शादी मण्डप में ही टूट जाये और हम लोग देखते रहे, तो फिर दूसरों और हम में फ़र्क़ ही क्या है, अमर की इस बात का जबाव तो उन में से किसी के पास नहीं था, पर उनके चेहरे पर उलझन साफ़ दिख रही थी, इस बार मधुर बोला, जो अभी तक एक दम चुप था, भईया चलने की प्राब्लम नहीं है, एक तो मान ना मान मैं तेरा मेहमन वाली बात है और उस पर अगर कोई सीन हो गया तो और बवाल, फिर आगे बोला और आपको तो पता ही है, आजकल हम लोगों के दिन वैसे ही ख़राब चल रहे हैं, इतने में पांडू बोला, साले हमारे नहीं, सिर्फ़ तेरे चल रहे हैं ख़राब, पांडू और मधुर की बहस सुनकर अमर बोला, ठीक है मैं अकेला ही जाता हूँ, और इतना बोलकर वो स्टेज की तरफ़ जाने के लिए मुड़ा ही था कि MJ बोला, अरे भईया हम भी चलते हैं आपके साथ, अभी अमर और MJ चार क़दम ही चलें होंगे कि अमर ने पीछे मुड़ कर देखा तो पूरा ग्रुप ही चला आ रहा था, अमर देखकर बस मुस्कुरा दिया और तेज़ी से स्टेज की ओर लपका।

स्टेज के एक दम नजदीक पहुँचकर अमर ने सोचा पहले सारी बात सुनी जाये और फिर अगर ज़रूरत लगी तभी कोई एक्शन लिया जायेगा, आख़िर बिन बुलाये मेहमान वाला सीन था। अमर ने सुना तो पाया कि जो सज्जन उस झगड़े में पंच बने हुए हैं, और ये वही सज्जन थे जो खाना खाते समय लड़की वालों के ख़ास होते हुए भी ख़ुद को बाराती घोषित कर रहे थे और इस शाही इंतज़ाम के आलोचक बने हुए थे, उनको हर बात में बस कमी ही नज़र आ रही थी, वो सज्जन कुछ इस तरह बोल रहे थे कि मेरे हिसाब से केदार जी की बात एक दम वाजिब है और उनकी हैसियत के हिसाब से उनके लड़के को शादी में फॉर्चुनर तो मिलनी ही चाहिए, उन सज्जन की बात सुनकर लड़की का भाई "नीरज" बोला, "अरे अंकल जी, मिलनी चाहिए, बिल्कुल मिलनी चाहिए, पर इस तरह बीच शादी में कौन डिमाण्ड करता है, और अगर इस तरह की कोई

राहुल शिवहरे

बात थी तो पहले बताना चाहिए था, आप अगर जयमाला के टाइम पर बोलोगे कि फॉर्चुनर चाहिए या 25 लाख कैश, तो कहाँ से लायेंगे, कोई पैदा थोड़े ना कर देंगे !" लड़के का इस तरह का खरा जबाव सुनकर उन सज्जन और केदार बाबू दोनों को ही बुरा लग गया, इस पर वो सज्जन बड़ी ही धूर्तता के साथ बोले, "अब मेरे हिसाब से तो केदार जी ने बोला ही होगा, शायद आप लोगों से ही समझने में कहीं भूल चूक हुई है !" उन सज्जन की इस तरह की बेतुकी बातें सुनकर लड़की के भाई नीरज को थोड़ा गुस्सा आ गया और वो उन सज्जन से बोला, "अंकल प्लीज आप चुप ही रहो, ज़्यादा पंच ना बनो, अगर सही नहीं बोल सकते तो कृपया आप बोलो ही मत !": लड़की के भाई नीरज के मुँह से ऐसी बात सुनकर उन सज्जन के तन बदन में आग ही लग गयी, उनको बड़ी घोर बेइज़्ज़ती महसूस हुई, तो अब वो भी कहाँ चुप रहने वाले थे.. बोले, "बेटा, बोलना बड़ा आसान है, अगर औक़ात नहीं थी तो इतने बड़े घर में रिश्ता ही क्यूँ किया था ! आये बड़े मेरा मुँह बंद करवाने वाले.." उस हरामी बुढ्ढे की बातें सुनकर तो अगर का भी ख़ून खौल रहा था, लेकिन वो ज़ब्त किये था, उसे लग रहा था कि शायद ये लोग आपस में बातचीत करके कोई हल निकाल ले, पर यहाँ तो मामला सुलझने की बजाय और उलझता ही जा रहा था, बात बढ़ते-बढ़ते शायद इतनी बढ़ गयी थी कि किसी भी वक़्त आवाज़ आ सकती थी "आक्रमण", इस रण भूमि में अमर ख़ुद को श्री कृष्ण के रूप में देख रहा था, अगर वो चाहता तो 1 क्या 10 फॉर्चुनर खड़ी कर देता और अवस्थी जी को दण्डवत होने से बचा लेता, पर जिसको दण्ड देना चाहिए अगर वही दण्डवत हो जाये तो फिर न्याय कहाँ ! और अमर का मानना था कि "अगर पापी को सजा ना मिले, तो उसे देखकर दूसरे लोगों में भी पाप करने की प्रबल संभावना हो जाती है," और ऐसे दहेज़ लोभियों को तो ऐसी सजा मिलने चाहिए, जो सबके लिए एक मिसाल बन जाये, क्या पता कल को जाने किस बात पर लड़की को जला ही देते । रण का शंखनाद हो चुका था, हाथापाई भी लगभग शुरू होने ही वाली थी, कि दूल्हा म्रगेश बड़े ही तैश में स्टेज पर अपनी जगह से खड़ा हुआ और अपने पिता केदार जी की तरफ़ चिल्ला कर बोला, "पहले ही बोला था कि इन भिखारियों के यहाँ शादी मत करो ।" म्रगेश का इतना बोलना हुआ और इतनी देर से अपने पिता और परिवार को इस तरह बेज्जत होते देख कल्पना एक दम से खड़ी हुई, अपने गले में पहनी हुई जयमाला को तोड़ के अलग किया और एक जोरदार झापड़ सीधा म्रगेश के गाल पर दे

दिया और बोली अब अगर एक शब्द भी मेरे परिवार के लिए बोला, "तो यहीं तुझ में आग लगा दूँगी, चाहें इस के लिए मुझे ख़ुद को ही क्यूँ ना जलाना पड़े ।" इस समय दिव्या रूपी कल्पना साक्षात चंडी का रूप लग रही थी । इस जोरदार चाँटे से तिलमिलाया म्रगेश स्टेज से निचे उतरा और लड़की के पिता जी यानि रमाकांत जी को लगभग धक्का देते हुए बोला, "अब तो शादी ही नहीं करनी चाहे फॉर्चुनर दो या लैंडरोवर, ये शादी केंसिल ।" उस के इस अचानक दिए धक्के से रमाकांत जी सम्हल नहीं पाए और लड़खड़ाते हुए अपने ठीक पीछे खड़े अमर से टकरा कर गिर गये और साथ ही साथ अमर भी पीछे की तरफ़ गिर गया, पर देखने से ऐसा लगा की दूल्हे ने अमर को धक्का देकर गिरा दिया, बस फिर क्या था, अमर के पास साईड में ही MJ खड़ा था, अमर को गिरा देखकर उसने आव देखा ना ताव, और एक झन्नाटेदार झापड़ दूल्हे म्रगेश के कान पर रसीद कर दिया, वैसे तो MJ सिंगल फ्रेम लोंडा था, पर जो तगड़ा झापड़ उस बंदे ने लगाया था, दूल्हा म्रगेश अपनी धुरी पर कम से कम चार बार घुमा होगा, 2 मिनट में 2 बैक टू बैक चाँटे वो भी दूल्हे को, ये सब देखकर दूल्हे के दोस्तों और दूसरे बारातियों ने MJ को घेर लिया, उनको लगा कि ऐसे ही कोई लोंडा होगा और वैसे भी बाराती, वो भी दारू पीयें हुए ख़ुद को रजनीकांत से कम कहाँ समझते हैं, इस से पहले कि कोई MJ या अमर को छू भी पाता, पूरी गैंग ने बारातियों पर हमला कर दिया, और कुछ लोंडे जो बाहर खड़े थे, उनको भी बुला लिया, कॉलेज के लोंडे लड़ने -भिड़ने में एक्सपर्ट तो होते ही है, देखते ही देखते विवाह भूमि, रणभूमि में बदल गयी, और तो और जो घराती इतनी देर से बारातियों का ये नाटक सह रहे थे, वो भी कूद पड़े और फिर जो मार-कुटाई का सिलसिला शुरू हुआ तो फिर क्या कहने, लोंडों ने जो एक बार पेलना चालू किया तो फिर कौन दूल्हा और कौन दूल्हे का बाप कोई फ़र्क़ नहीं, ताण्डव शुरू हो चूका था, जिसके हाथ में जो आ रहा था, वो उस से या तो मार रहा था या फिर ख़ुद को बचा रहा था, क्या कुर्सी, क्या हलवाई की करछी, प्लेट चम्मच चमचे, सब सामान शस्त्र में तब्दील हो गया था, जो घमासान मचा हुआ था कि उसका शब्दों में वर्णन करना शायद संभव नहीं था । पता नहीं कितने ही बारातियों के सिर फूट चुके थे और कितने ही धर्मपरिवर्तन कर बाराती से घराती बन गये थे, इतना सब हो रहा था, पर किसी को ये ख़याल ही नहीं आया कि पुलिस नाम की भी कोई चीज है, शायद उन्हें लगा होगा कि पुलिस तो फ़िल्मों तक में काण्ड होने के बाद आती है,

राहुल शिवहरे

यहाँ तो लाइव चल रहा है यहाँ क्या घंटा आएगी।

"वैसे पुलिस का जितना नुक़सान हिंदी फ़िल्मों ने किया है, शायद ही आज तक किसी बड़े से बड़े अपराधी ने भी किया हो। फ़िल्मों ने पुलिस को वलवंत राय और कत्या का कुत्ता बना दिया। पुरानी फ़िल्मों को देखो तो ऐसा लगता ही नहीं है कि पुलिस सरकार के लिए काम करती है, पुरानी फ़िल्मों में सिर्फ़ दो ही केस में पुलिस को ईमानदार दिखाया जाता था, पहला जब हीरो ख़ुद पुलिस में हो, और दूसरा जब किसी पुलिस वाले को ईमानदार दिखा कर मारना हो, उसके अलावा पुलिस हमेशा विलेन की बी टीम की तरह ही काम करती दिखायी गयी है, और शायद यह भी एक बड़ी वजह है लोगों में पुलिस की नकारात्मक छवि का, पर पुलिस को इतना भी अंडरस्टीमेट करना सही नहीं है, पुलिस कहने को तो एक वाक्य है, पर वास्तव में यह एक व्यवस्था है, और ये सर्वविदित है कि जहाँ व्यवस्था है, वहाँ उस में झोल होना स्वभाविक है, लेकिन जिस देश में कोस-कोस पर बोली पानी मिट्टी सब बदल जाती हो, वहाँ सिर्फ़ पुलिस ही है जो देश भर में एक जैसी है, ये कहीं नहीं बदलती, या यूँ कहें की पुलिस ने ही सम्पूर्ण देश को एक सूत्र में बाँध रखा है, पुलिस में ईमानदारी तो इतनी है कि बस पूछिये ही मत, राज्यों में टैक्स अलग-अलग हो सकते हैं, पर नो एंट्री की एंट्री का जो रेट कन्याकुमारी में होगा वही रेट कश्मीर में होगा, मजाल है कि कहीं उन्नीस-बीस हो जाये, और भाईचारे का जो लेवल पुलिस ने मेंटेन कर रखा है, शायद ही ये काम देश में कोई और कर सकता है, हमारी पुलिस इनती कूल है कि चोरी-चकारी, पाकेटमार, चेन स्नैचिंग जैसे छोटे-मोटे मामलों को पूर्णता इग्नोर कर देती है, पर वो ऐसा सिर्फ़ मजबूरी में करती है ताकि भाईचारे का माहौल बना रहे, अब आप सोचेंगे कि कैसे? देखिये जब 8-10 घरों में चोरियाँ होंगी, जब किसी की चैन छिनेगी या किसी का पर्स उठाया जायेगा, तब सभी लोग किसी ना किसी तरह पीड़ित होंगे, और जब पीड़ित होंगे तभी वो एक-दूसरे का दुःख-दर्द समझ पाएंगे, सब लोग आपस में अपना-अपना दुःख-दर्द बाँटेंगे तो संग में प्यार भी बाँटेंगे, बस यही पॉइंट है, यही मजबूरी है, इसी भाईचारे को मेंटेन करने के लिए पुलिस इतना त्याग करती है, पर पब्लिक ये बात समझती ही नहीं और वैसे पुलिस का भी अपना कुछ स्टैण्डर्ड होता है, एक विजन होता है, एक लेवल होता है, अब चोरी-चकारी में क्या ही इन्वेस्टीगेशन हो, घूम फिर के वही 10 -12 लोग निकलते है, जिनकी गिनती पुलिस को उँगलियों पर होती है, हमारे

यहाँ UP में थानेदारों का बस नहीं चलता, वरना वो तो थाने के बाहर बोर्ड लगवा दें "कि यहाँ 300 से नीचे की धारा नहीं लिखी जाती।" हमारे देश की पुलिस में धैर्य की भावना भी कूट-कूट के भरी है, ये कभी भी कोई एक्शन ऑन दा स्पॉट नहीं लेती, शायद इसलिए ही एक्शन के टाइम पर स्पॉट पर ही नहीं पहुँचती, हो सकता है ये पुलिस की प्लानिंग का ही एक पार्ट हो, थोड़ा माहौल शांत होने पर पुलिस जाती है और सबको इकट्ठा करके थाने ले आती है, और एक बार अगर आप थाने आ गये तो फिर मामला तो सैटल होना ही है, और क़सम से ये थाना भी बड़ी ही चमत्कारी जगह होती है, यहाँ आकर बड़े-बड़े फसादों का भी 2-3 घंटों में सेटलमेंट हो जाता है, अगर मौक़ा लगे तो एक बार इमरान को भी थाने बुलवा के देख लो, ना मैटर सोल्व हो जाये तो कहना।

"विड़म्बना तो देखिए, जो आदेश देता है वो कभी चौकी पर नहीं बैठा, जो चौकी पर बैठा है वो आदेश नहीं दे सकता, और जो क़ानून बनाता है सारे काले धंधे उसके ही है, और इस चक्रव्यूह में फँसी जनता सोचती है कि मेरा कोई क्या उखाड़ लेगा।"

पर आज थोड़ा कुछ अलग हुआ, रण अपने चरम पर था, और अचानक पुलिस आ गयी, सारा मजा किरकिरा हो गया, 5-6 सिपाही, एक 2 स्टार दरोगा जी, इतनी भारी माला में पुलिस को देखकर जो जहाँ था, वैसी ही स्थिती में स्टेच्यू हो गया, बीच लड़ाई में पुलिस को देखकर जितनी हैरानी लोगों को नहीं हुई, यक़ीनन उस से ज़्यादा हैरानी ख़ुद पुलिस को हुई होगी, इस तरह बीच लड़ाई में आकर लोगों के मनोरंजन में खलल डालने के कारण पुलिस को भी काफ़ी गिल्टी फ़ील हुआ और इसी गिल्टी को कम करने के लिए तीन सामान्य आदमियों के बराबर तोंद लिये दरोगा जी ने जोरदार आवाज़ में चिंघाड़ा, क्या वबाल हो रहा है, जो भी कोई मारपीट कर रहा है, सामने आ जाये, तो सामने वाले 10-12 लोग, जो एक दूसरे का कॉलर पकड़ के खड़े हुए थे, बोले, "अरे दरोगा जी हम तो लड़ाई शांत करवा रहे थे.." और एक के ऐसा बोलते ही सब यही बात बोलने लगे कि हम लड़ाई शांत करवा रहे थे, लोगों को आपस में छुड़वा रहे थे वग़ैरह-वग़ैरह, इतना सुनकर दरोगा जी गरजकर बोले, "जब भोसड़ी के सब छुड़वा ही रहे थे, तो फिर लड़ कौन रहा था? 100 नंबर पर फ़ोन किसने किया था?" अभी दरोगा जी रौ में आ ही रहे थे कि तभी दूल्हे के फूफा जी प्रकट हुए और बोले, "अरे दरोगा जी हम ने किया था फ़ोन, अब जान बचाना मुश्किल हो रहा

राहुल शिवहरे

था तो करना ही पड़ा!" वो बोलते-बोलते दरोगा के पास आ गये थे और अपना परिचय देने लगे, "हम हैं रासबिहारी चौबे, विधायक जी के पर्सनल PRO हैं.." फूफा जी का परिचय सुनकर दरोगा जी के तेवर थोड़े ढीले से हुए और उन्होंने पुलिसिया अंदाज़ में पूछा, "तो बताओ चौबे जी, क्या समस्या आ गयी इतनी रात में और ये शादी में कैसा बवाल हो रहा है?" दरोगा जी की बात सुनकर फूफा जी ने अपनी धूर्ता का परिचय देते हुए बोला, "अब क्या बतायें दरोगा जी, आजकल लोग अपने संस्कार और अपनी मर्यादा ही भूल गये हैं, सम्मान नाम की तो कोई चीज ही नहीं रह गयी है, हम जैसे शरीफ लोगों के लिए आत्मसम्मान से जीना तो अब नामुमकिन ही हो गया है।"

'अच्छा, नेताओं के साथ रहने वाला व्यक्ति भी ख़ुद को नेता से कम नहीं समझता, और उसके ख़ून में भी कमीनेपन का लेवल 100% हो जाता है।'

फूफा जी अपने अभिनय को चालू रखते हुए बोले, "हमारे साले के लड़के की शादी है, बड़े ही उत्साह से बारात लाये थे.. सारा अरेंजमेंट किया था, लड़की वाले भी यही पास के ही अवस्थी जी हैं.. सब कुछ बढ़िया था, बस लड़की को लेकर कुछ अप्रत्याशित बात पता चली, बस उसी सिलसिले में अवस्थी जी से थोड़ा बातचीत करना चाह रहे थे कि ये लोग उग्र हो गये और मारपीट शुरू कर दी, हम लोग बस किसी तरह जान बचा पाये, और तभी किसी तरह 100 पर फ़ोन लगवाया!" फिर आगे दरोगा से बोले, "अब आप ही बताओ, लड़के का, उसके परिवार का, सबके जीवन का सवाल था, तो सब जानना ज़रूरी है कि नहीं?" उन्होंने दरोगे जी के सवाल के जवाब में उन से ही सवाल कर दिया था, उस हरामी फूफा की बेबुनियाद और मनगढ़ंत बातें सुनकर दुल्हन के भाई नीरज के तन बदन में आग लग गयी और वो गुस्से में एक दम तमतमाता हुआ दरोगा के सामने आया और फूफा से बोला, "अबे साले कमीने, कम से कम अपनी उम्र का तो लिहाज करके झूठ बोला कर!" नीरज को इस तरह बोलता देख, एक पल को तो दरोगा भी भौंचक्का रह गया, फिर तुरंत ही तेज़ आवाज़ में नीरज से बोला, "ऐ लड़के हमारे सामने कैसे बात कर रहा है!" तो नीरज उतनी ही तेज़ आवाज़ में पर गुस्से को थोड़ा कम करते हुए बोला, "तो आप ही बताओ, क्या बोलूँ? इन धूर्त लोगों को, बीच शादी में फ़ोर्च्युनर कार या 25 लाख कैश माँग रहे थे, नहीं तो शादी नहीं हो रही थी, और इसी बातचीत में पिता जी को धक्का-मुक्की भी करने लगे, ये झगड़ा तो इन लोगों ने ही शुरू किया, हम तो बस हाथ जोड़ कर

विनीत ही कर रहे थे ।" नीरज आगे बोला, "अब आप ही बताओ, बीच शादी में कोई लड़की वाले मारपीट करेंगे, उल्टा हम तो इनके स्वागत में बिछे-बिछे जा रहे थे और इन लोगों ने तो हमारा मज़ाक़ ही बना दिया !" नीरज की तर्क पूर्ण और विश्वास से भरी बातें सुनकर दरोगा जी सहमत हुए ही थे, कि फूफा ने दूसरा तीर छोड़ा, "अच्छा बहाना है, पहले फँसाने की कोशिश करो और पकड़े जाओ तो दहेज़ की कहानी बना दो, लड़की वाले हैं समझ कर लोग यक़ीन कर ही लेंगे ।" फिर आगे बोले, "अरे हमें क्या फ़ोर्चुनर की ज़रूरत, घर में पहले से ही दो गाड़ियाँ हैं और लेने को अभी के अभी 4 फ़ोर्चुनर उठा लें, भला तुम से काहे माँगेंगे, वो भी बीच शादी में !" अपने कुटिल तर्कों से फूफा जी भी कहीं ना कहीं ख़ुद को गेम में बनाये हुए थे ! अब दरोगा जी कोई जज तो है नहीं, कि अदालत लगायी और सच-झूठ का फ़ैसला कर दिया, उनकी ड्यूटी है उपद्रव को शांत कराना और गुनाहगारों को पकड़ना, तो उपद्रव तो उन्होंने शांत करा दिया था और गुनाहगार के लिए वो सबको ले जाने वाले थे थाने, अब वहीं पर असली मुजरिम की शिनाख़्त होगी ! अच्छा कोई कितना भी तुर्रम खां क्यूँ ना हो, पुलिस से फटती सबकी है, गला सबका सूखता है ! जैसे ही दरोगा जी ने अपनी जोरदार आवाज़ में कहा, सब लोग थाने चलेंगे ! दरोगा जी की बात सुनकर और ख़ुद को फँसता देख कई लोगों दायें-बायें होने की कोशिश करने लगे, तो दरोगा जी ने चिल्लाकर कहा, अगर किसी ने भी भागने की कोशिश की तो यहीं मार-मार के सुजा दूँगा ! दरोगा जी की धमकी का व्यापक असर हुआ और सारे बाराती और घराती थाने जाने के लिए एक कतार में खड़े हो गये ! लगभग 90-100 के आस पास मेन लोग होंगे, जिन को थाने चलने के योग्य समझा गया था, जिस में से 40-50 बाराती, 20-30 घराती और 15-20 आज के ख़ास मेहमान और उनकी टीम यानि अमर और उसकी कॉलेज के लोंडे ! अब समस्या ये थी, कि इतने लोगों को एक साथ थाने लाया कैसे जाये, तो जिस बस से लड़की वाले आये हुए थे, उसी बस में सबको बिठाया गया और कहीं कोई भाग ना जाये इस लिए 100 लोगों पर 2 सिपाही भी बस में बैठ गये और दरोगा जी ने बस को सीधा थाने में लैंड कराने की हिदायत के साथ रवाना किया ! फूफा जी ने दरोगा से अकेले में कुछ बात कि और वो उस के साथ ही पुलिस जीप में बैठ गये और जीप बस के पीछे चल पड़ी ।

अमर, कंचा, मोटा, MJ, पांडू और सारी गैंग एक दम शांत बैठी हुई थी,

राहुल शिवहरे

उनको समझ नहीं आ रहा था कि ये हो क्या रहा है, और टेंशन थाने जाने की नहीं थी, टेंशन थी कि जब पूछा जायेगा कि तुम कौन हो, तो क्या बोलेंगे? क्या बोलेंगे के सवाल के पर मोटे ने आँखों ही आँखों में पांडू और कंचा की तरफ़ देखकर पूछा, भाई बता क्या बोलेंगे? तो पांडू बोला, "वही बोलेंगे जो हमेशा बोलते हैं कि होटल मैनेजमेंट के स्टूडेंट है, इंटर्नशिप कर रहे हैं लकी केटर्स के यहाँ, चाहो तो पूछ लो उस से!" पांडू के जबाव पर MJ बोला, "अबे झाँटू ये पुलिस है कोई चौकीदार नहीं, साले हम बीटेक कर रहे हैं और तो और भैंचो होटल मैनेजमेंट तो हमारे कॉलेज में है ही नहीं, भाई आज तो पक्का अपने L लग गये और इतना बोल कर उसने शर्ट के अंदर अपना मुँह छुपा लिया!" हालाँकि इस सब में अमर को ज़्यादा टेंशन नहीं थी, उसे पता था कि अगर ज़रूरत पड़ी तो उसके एक फ़ोन पर ही सारा मैटर शार्टआउट हो जायेगा, पर अब शायद अमर के दिमाग़ में कुछ और ही आ गया था, कुछ प्यार टाइप का।

इधर कॉलेज गैंग अमर के रूआब से बेखबर कुछ तिकड़म लगाने की जुगाड़ कर रही थी, यक़ीनन उनको ख़ुद से ज़्यादा चिंता अमर की थी! और अमर के चेहरे पर कोई टेंशन ना देखकर उनको और भी टेंशन हो रही थी! सभी कुछ ना कुछ जुगाड़ सोच ही रहे थे, कि कंचा चुटकी बजा कर बोला, "अबे राघव को फ़ोन लगाते है, उसका बाप SI है, अभी मिर्ज़ापुर में पोस्टिंग है, याद है पिछले साल में राघव और प्रशांत तीनों माल के साथ पकड़ लिए गये थे, भाई उसके बाप का एक कॉल आया और हम लोग आज़ाद, हमारी तो उस दिन फट ही गयी थी, लगा था कि गये 2-3 साल के लिए अंदर और वो तो काफ़ी सीरियस मैटर था, ये तो कुछ भी नहीं है, तुरंत ही छुट जायेंगे!" "पर भाई अभी हम फँसे हैं राघव नहीं, उसका बाप हमारे लिए फ़ोन क्यूँ करेगा, इस कंडीशन में हमारा ख़ुद का बाप फ़ोन ना करे, दूसरे की तो बात ही छोड़ दो, और फिर वो मिर्ज़ापुर UP में हैं और ये सागर, MP है, घंटा कोई मानेगा उनकी!" पांडू ने इतना प्रपंच एक ही साँस में बोल दिया! पांडू की बात सुनकर कंचा बोला, "अबे चूतिये जैसे चोर-चोर मोसेरे भाई होते हैं, वैसे ही पुलिस-पुलिस बुआ के लड़के होते हैं, एक मम्मी के साइड वाले, एक पापा की साइड वाले! कल इनका कोई काम उनके एरिया में पड़ेगा तो वो वहाँ निपटा देंगे और ऐसे ही काम चलता है समझा!" अभी पांडू कुछ बोलने ही जा रहा था, कि मोटा बोल पड़ा, "और अभी बहुत एहसान पेंडिंग हैं राघव पर हमारे, वो भी कॉल करेगा और उसका

बाप भी !", फिर आगे बोला, "लेकिन अभी लगभग 2 बज रहा है, कहीं सो तो नहीं गया होगा !" तो कंचा बोला, "घंटा सो गया होगा, BF देख रहा होगा और आज तो वैसे भी शनिवार है कौन सोयेगा ही आज, सब सुबह ही सोते हैं, चल तू टेंशन ना ले, उसको फ़ोन लगा, मैं बात करूँगा !" मोटे ने फ़ोन लगाया, घंटी जाती रही, एक दम लास्ट में उसने फ़ोन उठाया और उठाते ही बोला, "भाई मेरे पास बिल्कुल भी पैसे नहीं हैं माँगना मत, कुछ और है तो बोल !" पर दूसरी तरफ़ से मोटे की जगह कंचा की आवाज़ सुनकर वो चौंक गया, बोला, "हाँ भाई बोल क्या हो गया?" तो कंचा ने उसको पूरा सीन बताया, सीन सुनकर राघव बोला, "भाई फ़ोन तो बापू का आ जायेगा, पर एक कंडीशन है, कि मुझे भी साथ में बंद होना पड़ेगा क्यूँकि सिर्फ़ दोस्तों के लिए तो मेरा बाप फ़ोन करने से रहा, तो भाई आ जाओ मुझे लेने के लिए।" बात तो राघव की लॉजिकल थी, फिर आगे बोला, "वहीं थाने से फ़ोन लगा दूँगा, हाथ के हाथ बात करवा के बरी हो जायेंगे !" तो कंचा बोला, अबे अगर हम लेने आ सकते तो यहाँ से निकला नहीं लेते, भाई तू कुछ जुगाड़ कर ले और जो मैरिजहॉल वाला थाना है वहाँ आजा.." तो राघव बोला, "भाई मेरे पास आने का अभी कोई जुगाड़ नहीं है, अब देख लो अगर कुछ बन जाए या किसी को भेज सको तो भेज दो, यहाँ मेरा लैंडलॉर्ड भी बहुत हरामी है, बेटीचोद 9 बजे से ताला लगा देता है, दीवार फाँद कर आना पड़ेगा और वैसे भी इस काण्ड के बाद मेरा बाप मेरी मार ही लेगा !" फिर आगे बोला, "भाई मैं इंतज़ार कर रहा हूँ, अगर कोई आ रहा हो तो 10-15 में बता दो, तब तक में निकलने का इंतज़ाम करता हूँ ! ओके" और कंचा ने भी ओके बोल कर फ़ोन रख दिया ! 'स्कूल-कॉलेज की दोस्ती भी कितनी गहरी और सच्ची होती है, कि ज़रूरत पड़ने पर दोस्तों के लिए जान देने और जान लेने में भी कोई कशमकश नहीं होती !' फ़ोन रखकर कंचा ने जब सारी बात बताई तो सभी एक दूसरे का मुँह देखने लगे, कि अब क्या किया जाये, कौन जाये राघव को लेने ! अभी विचार विमर्श चल ही रहा था कि पांडू बोला, साला ये कहीं पास में रहता तो हॉस्टल से ही किसी को भेज देते, लेकिन ये रहता भी तो लंका की. में है, अब वहाँ कौन जाये इतनी रात में ! तभी मोटा बोला, "अब एक ही बंदा है, जो जा सकता है, पर वो बहुत ही मादरचोद है क़तई नहीं जायेगा !" तो कंचा बोला, "कटुए की बात कर रहे हो क्या?" तो मोटा बोला, "और किसके पास बाइक है जो इतनी रात में जा पाए !" "पर वो कटुआ जायेगा नहीं !" तो कंचा बोला,

                                          राहुल शिवहरे

"जायेंगे तो उसके फ़रिश्ते भी, बस एक बार फ़ोन उठा ले.." और इतना बोल कर उसने जावेद को फ़ोन मिलाया, पूरी घंटी गयी, लेकिन फ़ोन नहीं उठा, पर कंचा भी कहाँ मानने वाला था, उसने कॉल पर कॉल करना शुरू कर दिया, लगभग 7-8 बार कॉल करने पर भी कॉल नहीं उठी!

इधर जावेद ने जब इतनी रात में इन लोगों का फ़ोन देखा, तो ना उठाना ही बेहतर समझा, क्यूँकि अगर एक बार फ़ोन उठा लिया और बात हो गयी, तो फिर जो भी सीन हो करना ही पड़ेगा, फ़ोन ना उठाया तो सोने का बहाना किया जा सकता है! पर इधर फ़ोन लगातार बजता ही जा रहा था, तो जावेद ने सोचा कि जैसे दिन में दारू का सीन था, शायद रात में भी पार्टी चल रही हो, दारू लाना हो और बाइक की ज़रूरत पड़ी हो, शायद इसलिए ही कॉल की जा रही है, और दारू के नाम पर मुँह में जो पानी आया तो फिर रुक पाना मुश्किल था, इस बार रिंग बजी और जावेद ने पहली ही बार में फ़ोन उठा लिया और ऐसे दिखाया जैसे बहुत ही गहरी नींद में था और इस लगातार कॉल करने से ही उसकी नींद खुली हो! इधर जैसे ही जावेद ने फ़ोन उठाया, कंचा बोला, "भाई बहुत पंगा हो गया है, हम सब 15 -20 लड़के यहाँ सदर थाने में बंद हैं, तू बस इतना कर दे, मिशन कॉलोनी से राघव को यहाँ थाने ले आ!" इतनी सारी बात कंचा ने एक ही साँस में बोली और इस तरह से बोली की जावेद का ना उसके गले में ही अटक गया, वो समझ गया था कि मैटर सीरियस है और अब अगर वो नहीं गया तो कॉलेज में रह नहीं पायेगा, और अब तो फ़ोन भी उठ गया और बात भी हो गयी, मरता क्या ना करता, जावेद बस इतना ही बोल पाया, ओके भाई, फिर बोला, "अच्छा राघव का नंबर नहीं है उसका नंबर दे दो, बस उस से बात करके अभी निकलता हूँ 5 मिनट में!" कंचा ने भी ओके बोला और फ़ोन रख दिया, जावेद को सेट करके कंचा को ऐसी फ़ीलिंग आ रही थी, जैसे सहवाग ने शोएब अख्तर की गेंद पर छक्का मार दिया हो! कंचा ने तुरंत ही राघव का नंबर जावेद को मैसेज किया और कन्फर्म करने के लिए राघव को कॉल किया और बोला, "भाई रेडी रहना, वो जावेद आ रहा है 10 मिनट में तुझे लेने!" जावेद का नाम सुनकर राघव को थोड़ा झटका लगा, बोला, "भाई पक्का वो कटुआ आ रहा है, वो अखण्ड हरामी चीज है, चूतिया बनाने में बहुत ही माहिर है!" राघव की शंका का निवारण करते हुए, कंचा बोला, "भाई टेंशन ना लो, वो आएगा, उसने बोला है वो आएगा, और अगर नहीं आया तो कॉलेज में कल उसका आख़िरी दिन

होगा"! फिर कंचा ने पूछा की पापा को फ़ोन किया क्या? तो राघव बोला, "नहीं अभी नहीं किया, वहीं आकर करूँगा, क्यूँकि अगर मैंने फ़ोन लगाया और उन्होंने बोला जरा बात करवाओ तो यहाँ किस से बात करवाऊँगा!" "ओके-ओके" कंचा ने बोला और कहा, "जब वहाँ से निकले तो फ़ोन करना और इतना बोल कर कॉल काट दिया।"

इतनी सैटिंग बिठा कर कंचा & कंपनी थोड़ा रिलैक्स फ़ील कर रहे थे! तभी MJ कंचा से बोला, भाई जरा एक फ़ोन लगा, तो मोटा बोला किस को लगा रहा, तो MJ बोला अपने बाप को लगा रहा, तगड़ी जान पहचान है उनकी, और यार पुलिस वालो के डंडे खाने से अच्छा है उनकी चप्पल ही खा लूँ, पर इतना तो पक्का है कि कोई ना कोई जुगाड़ कर ही देंगे वो! MJ की बात सुनकर मोटा बोला, "तो तू अपने फ़ोन से क्यूँ नहीं लगा रहा?" तो MJ बोला, "बैलेंस नहीं है मेरे फ़ोन में, और हो सकता है मेरा फ़ोन देखकर उठाये ही नहीं!" MJ ने मोटे को नंबर बताया और मोटे ने डायल कर दिया, घंटी जा रही थी, पर घंटी से भी तेज MJ की दिल की धड़कनें बज रही थी! पहली घंटी में फ़ोन नहीं उठा, अभी दूसरी बार मिलाया ही था कि सिपाही ने जोर से चिल्लाया, चलो सब एक-एक करके नीचे उतरो और अगर किसी ने भी दायें-बायें होने की कोशिश की तो सोच लेना! पुलिस ने बस को थाने के अंदर ही लैंड करवाया था और मेन गेट पैर तीन बंदूकधारी तैनात हो गये थे, ताकि कोई ग़ायब होने की कोशिश भी ना करे! इधर MJ बस से उतर ही रहा था कि उसके पापा का रिवर्स कॉल आ गया, MJ ने काँपते हाथों से फ़ोन उठाया तो दूसरी तरफ़ से पिता जी की चीख़ती सी आवाज़ सुनाई दी, हेल्लो कौन?

वैसे भी वकील आदमी बेचारे को नींद कहाँ आती है, उस को तो हर समय अपने क्लाइंट का इंतज़ार रहता है! वकील इतना पॉजिटिव इंसान होता है, कि वो आपको कभी किसी काम के लिए मना नहीं करेगा, अगर आप बोलो कि मुर्दें को जिंदा करना है, तो वकील साहब कहेंगे हो जायेगा, कल बस्ते पर आकर मिलो!

पिता जी के हेल्लो का जवाब MJ ने चरण स्पर्श पिता जी करके दिया, तो पिता जी पहचानते हुए बोले, "मृत्युंजय?" तो MJ उनको कन्फर्म करवाते हुए बोला, "हाँ पापा हम हैंइन, चरण स्पर्श पापा!" तो वकील साहब बोले, "तूने रात के 02:00 बजे चरण स्पर्श करने के लिए कॉल किया है!" तो MJ अपने डर

को दबा कर बड़ी हिम्मत कर के बोला, "अरे नहीं पापा, वो कुछ प्रॉब्लम हो गयी थी तो आपको फ़ोन करना पड़ा गया.." और इतना बोल कर MJ ने 30 सेकण्ड का पॉज लिया, तो उसके पिता जी बोले, "अबे का काण्ड कर दिस, जो इतनी रात में फ़ोन मिला रहे हो? अब जल्दी बोलो, हम को सोना भी है, सुबह एक तारीख़ है बहुत ही ज़रूरी!" और इतना बोल कर वो चुप हो गये! पर यहाँ MJ के मुँह से आवाज़ ही ना निकले.. बड़ी हिम्मत कर रहा था बोलने कि लेकिन फट इतनी रही थी कि मुँह से शब्द ही ना निकले! MJ के ना बोलने पर पिता जी भड़क से गये.. बोले, "हम जा रहे हैं सोने और अब डिस्टर्ब ना करना, जो काण्ड करे हो सो निबटो समझे!" और इतना बोल कर फ़ोन रखने ही वाले थे, कि MJ बोला, "अरे पापा हम थाने में हैं अभी.." और इतना बोल कर MJ फिर से चुप हो गया! पर थाने का नाम सुनकर वकील साहब का पारा हाई हो गया.. बोले, "अबे क्या कर दिया है बताता क्यूँ नहीं, दारू पी कर कहीं पड़ा था या कहीं लड़की छेड़ दिए, जो पुलिस उठा लायी?" तो MJ बोला, "अरे ऐसा कुछ नहीं है पापा, हमारे एक दोस्त की बहन की शादी थी, वही गये थे!" "तो पुलिस क्या बारात में आई थी?" वकील साहब बीच में ही बोल पड़े, तो MJ बोला, "थोड़ा सुन तो लीजिये, फिर बोल लेना!" MJ की बात सुनकर वकील साहब चुप हो गये, तो MJ ने आगे बताना शुरू किया कि "दोस्त की बहन की शादी में गये थे, वहाँ जयमाला के टाइम पर अचानक लड़के वालों ने फार्च्यूनर की डिमाण्ड कर दी और बिना 25 लाख या फार्च्यूनर के शादी से मना कर दिया, तो बस वही इस पर झगड़ा हो गया, मारपीट हुई तो पुलिस ज़बरदस्ती उठा लायी हम सब को!" MJ की सारी स्टोरी सुनकर वकील साहब ने जिरह कर सवाल दागा, "तुमने मारा या नहीं?" अरे पापा MJ ने कुछ बोलना चाहा, तो वकील साहब ने फिर रिपीट किया, "मेरे सवाल का जवाब दो, तुम ने मारा या नहीं!" तो MJ ने जवाब दे ही दिया, हाँ मारा, बहुत मारा, थोड़ी गुस्सा आ गयी थी इसलिए बस!" MJ का जवाब सुनकर अब वकील साहब ने 30 सेकण्ड का पॉज लिया और बड़ी ही शांत आवाज़ में बोले, "तुमको एक बात बतायें?" MJ अपने बाप के तापमान में हुई इस गिरावट से काफ़ी हैरान हो गया, और उतने ही शांत आवाज़ में बोला, "बताइए!" तो वकील साहब बोले, "तुम्हारी छोटी बुआ की शादी में भी ऐसा ही कुछ हुआ था!" पापा की बात सुनकर MJ एक दम चौंकते हुए बोला, "क्या पिंकी बुआ की शादी में? छोटे फूफा जी तो ऐसे नहीं लगते!"

पर वकील साहब ने MJ की बात को नजरअंदाज़ करते हुए बोला, "हाँ, तुम्हारे छोटे फूफा भी फेरे के टाइम अड़ गये थे, वो और उनके बाप दोनों, बोले हमारा स्वागत सत्कार सही नहीं हुआ और चालीस हज़ार नकद की माँग कर दी, इतनी बड़ी रक़म सुनकर तो हम लोगों के हाथ-पैर ही फूल गये, उस टाइम 40 हज़ार, चार लाख के बराबर थे। अब भोर के चार बजे चालीस हज़ार कहाँ से लाते! पर वो लोग तो अड़ ही गये थे, फिर किसी तरह कर करा के पच्चीस हज़ार की व्यवस्था की, फूफा और उनके बाप के तमाम हाथ-पैर जोड़े, तब जाकर कहीं पच्चीस हज़ार में मामला निपटा!" फिर वकील साहब ने एक गहरी साँस ली और बोले, "पर इनको ढंग से सबक सिखाने की बात दिल में बैठ गयी थी, उसी समय तीन बदमाशों की ज़मानत कराई थी बड़ी मुश्किल से! कई वकीलों ने हाथ खड़े कर दिए थे, पर हमने थोड़ी व्यवस्था बना कर किसी तरह ज़मानत करवा दी थी, बस तभी से बड़ा मानते थे वो! शादी के चार दिन बाद ही हमने तुम्हारे फूफा की फील्डिंग लगवाई उनके ऑफ़िस के पास, बस बोल दिया था कि कोई हाथ पैर ना टूटे, पर ऐसी कुटाई हो की जीवनभर याद रहे इनको! बस फिर ये समझ लो कि उन लोगों ने उनकी ऐसी रेल बनायी कि बीस दिन एडमिट रहे अस्पताल में, जो शादी की चैन और अंगुठियाँ पहने थे वो अलग उतरवा ली और अस्पताल में भी 10-15 हज़ार लगे होंगे वो अलग! जब इतना सब करवा लिया तब थोड़ा सुकून मिला।" और इतना बोल कर उन्होंने एक गहरी साँस ली और बोले, "अरे हम भी वकील हैं, वो भी कनपुरिया!"

अपने पिता जी से उनकी शौर्यगाथा सुनकर MJ भावविभोर हो गया और बोला, "क्या बात है पापा, अपने तो एक दम गां.. ही.. फाड़, तभी उसे अपना भावनाओं में बह जाने का एहसास हुआ और उसने तुरंत ही बात सम्हालते हुए बोला, "गजब ही कर दिया और इतना बोल कर शांत हो गया!" ख़ैर पिता जी लोंडे की भावनाओं को समझ तो गये थे, लेकिन अनजान बनते हुए बोले, "डरो मत, तुमने कुछ ग़लत नहीं किया है, जो किया बिल्कुल सही किया.. और पेलना चाहिए थे इन दहेज़ लोभियों को। चलो तुम चिंता ना करो, करता हूँ कुछ व्यवस्था!" फिर आगे पूछा, "अच्छा कौन से थाने में हो" तो MJ बोला, "ये कॉलेज वाली रोड पर ही एक मैरिज हॉल है शहनाई गार्डन, उसके पास ही सदर थाना है, वहीं पर है!" थाने का पता लेकर वकील साहब ने Ok बोल कर फ़ोन रख दिया! MJ फ़ोन करने के बाद जब वापस इन लोगों के पास पहुँचा तो उसके

                                              राहुल शिवहरे

चेहरे पर एक अलग ही कॉन्फ़िडेंस था, बोला, "भाई, मेरे बाप ने तो बोला है कि तुम ने कुछ ग़लत नहीं किया, अब पुलिस की माँ का झोपड़ा, जो होगा अब देखा जायेगा।" 'पिता के चंद शब्दों ने उसे गीदड़ से शेर बना दिया था! कितना जादू होता है अपनों के सपोर्ट में!'

इधर जावेद अपनी बाइक लेकर मिशन कॉलोनी पहुँच गया था, उसने राघव से बात करके एड्रेस तो पूछ लिया था, पर आवाज़ साफ़ ना आने की वजह से वो ठीक से सुन नहीं पाया था और अभी लगभग 15 मिनट से वो इस गली से उस गली में घर को ढूँढ़ रहा था पर राघव उसे कहीं दिखायी नहीं दे रहा था! राघव ने कहा था कि वो बाहर ही मिलेगा! घूम-घूमकर परेशान होकर जावेद ने दुबारा फ़ोन लगाने की सोची और बाइक को एक साइड में लगाकर उसने राघव को फ़ोन लगाया, राघव फ़ोन उठाते ही बोला, "अरे कहाँ रह गये भाई, मैं कब से घर के बाहर खड़ा हूँ!" राघव की बात सुनकर जावेद बोला, "भाई तुम्हारा घर मिल ही नहीं रहा है!" तो राघव ने पूछा, "अभी कहाँ पर हो?" तो जावेद बोला, "अंदर पूरा घूम कर बाहर मेन गेट पर आ गया हूँ, अब बताओ यहाँ से कहाँ आना है!" तो राघव बोला, "बी-261" जावेद को फिर से ठीक से सुनाई नहीं दिया, शायद नेटवर्क की कोई समस्या होगी, बोला, "C-61" राघव ने फिर से करेक्ट किया, "अरे बी-261" फिर से जावेद बोला, "E-261!" इस बार जब जावेद को समझ नहीं आया तो राघव खीझ के बोला, "B- 261, B फॉर भोसड़ी के!" इस बार जावेद को तुरंत समझ आ गया, बोला, "B -261, ओके चलो आता हूँ गार्ड से पूछकर!" तो राघव ने बताया मेन गेट से सीधे आओ, तीसरा लेफ्ट लेकर फर्स्ट राइट है, मैं बाहर ही खड़ा हूँ, ओके बोल कर जावेद ने फ़ोन रखा और वापस गाड़ी घुमाकर उसके बताये हिसाब से चल पड़ा।

इधर थाने में सारी बारात इकट्ठी हो चुकी थी! थाना काफ़ी बड़ा था! बड़े से मतलब, काफ़ी बड़े एरिया को कवर करता था! अभी अभी किसी को कहते सुना था, कि काफ़ी महँगा थाना है, 40-50 लाख से कम में नहीं मिलता! थाना चाहें कितना ही बड़ा या छोटा क्यूँ ना हो, होता खण्डहर जैसा ही है! सिपाहियों को बेसिक सुविधाओं के भी लाले रहते हैं, वैसे अगर इंचार्ज चाहे तो पूरा थाना किसी कॉर्पोरेट ऑफ़िस जैसा हो जाये, पर ऐसा करने पर उसकी ख़ूबसूरती तो बढ़ जाएगी, पर शायद उसका ख़ौफ़ कम हो जायेगा! थाने में घुसते ही सामने एक जर्जर इमारत थी, ये मेन कार्यालय था, सिपाहियों के लिए, इसी इमारत में

एक तरफ़ छोटी सी जेल थी, इमारत के बायें तरफ़ थोड़ा मैदान जैसा था, जहाँ पर मोटरसाइकिल और दूसरी गाड़ियों का कबाड़ पड़ा हुआ था, थाने के पीछे की तरफ़ कुछ क्वार्टर बने हुए थे, जिस में सिपाहियों के परिवार रहते थे! इमारत के दाएँ तरफ़ दो कमरों का कुछ नया सा एक और कार्यालय बना हुआ था, शायद ये थानेदार (SO) साहब का ऑफ़िस और शयनकक्ष दोनों ही था! ख़ैर, चूँकि हल्की गर्मियाँ थी, तो SO साहब के कार्यालय के बाहर ही उनका दरबार लगा हुआ था! दरबार में एक सिंहासन टाइप कुर्सी थी, उसके सामने एक मेज पड़ी थी और मेज के दूसरी तरफ़ प्लास्टिक की दो कुर्सियाँ जनता के लिए थी, जनता मतलब कोई एक दम आम आदमी नहीं, आम आदमी के बीच का कोई गणमान्य व्यक्ति, जैसे मोहल्ले का कोई छुटभैया नेता या साफ़ छवि का कोई गुंडा, जिनका साहब के साथ हफ़्ते का उठाना बैठना हो, बाक़ी जो कोई भी हो, वो इन कुर्सियों के पीछे खड़ा रहे, इस तरह दरबार की पूरी व्यवस्था थी!

दरबार सजा हुआ था, SO अपने सिंहासन पर विराजमान थे, और फ़ोन पर किसी से बातें कर रहे थे! सामने पड़ी दोनों कुर्सियों में से एक पर लड़का म्रगेश और दूसरी कुर्सी पर उसका फूफा रासबिहारी चौबे जो MLA का PA बना घूम रहा था, बैठ गये और बाक़ी के लोग उनको चारों तरफ़ से घेरकर खड़े हो गये! सभी की निगाहें SO साहब पर थी, कि उनका फ़ोन कट हो और आगे की कार्यवाही शुरू हो! लगभग 2-3 मिनट बाद SO साहब ने बस 10-15 मिनट में आता हूँ बोलकर फ़ोन रख दिया, और जो दरोगा इन सब को उठाकर लाया था, उसकी तरफ़ देखकर बोले, "अरे यादव जी, क्या मसला है? ये इतनी भीड़, क्या हुआ है!" तो यादव जी ने SO साहब के कान में आकर कुछ ही शब्दों में सारी कहानी बयाँ कर दी! कहानी सुनने के बाद SO साहब ने सामने कुर्सी पर विराजमान दोनों लोगों से उनका परिचय पूछा, "हाँ भाई आप लोग कौन?" तो दूल्हे ने परिचय की जगह इंट्रो दिया, आई ऍम म्रगेश, आई ऍम ग्रूम! इसके बाद संग बैठे फूफा जी ने अपना परिचय दिया दिया कि में इस दूल्हे का फूफा हूँ और विधायक जी का पर्सनल PA हूँ, फूफा जी परिचय दे ही रहे थे, कि SO साहब बीच में ही बोल पड़े, "अरे लड़की वाले कौन हैं!" SO साहब की बात सुनकर, अवस्थी जी प्रेजेंट सर की तरह हाथ उठाते हुए बोले, "हम हैं!" तो SO साहब ने फूफा को उठने को बोला और अवस्थी जी को बोला, "आप आइये यहाँ सामने!" SO साहब म्रगेश को भी उठा सकते थे, पर उसने इंग्लिश में इंट्रो दिया

 राहुल शिवहरे

था, तो इतना सम्मान तो उसका बनता ही था! फिर SO साहब ने पूछा दूल्हे के पिताजी कहाँ है, तो केदार बाबू भी भीड़ में से प्रकट होकर सामने आ गये, और मय परिवार के अपना पूरा परिचय दिया, ताकि SO पर कुछ दबाब बना सके, आख़िर तहसीलदार हैं भाई! केदार जी ने एक-दो बार म्रगेश की तरफ़ देखा भी, पर म्रगेश ने उनको बैठने के लिए कुर्सी ऑफ़र नहीं की, बेचारे खड़े ही रहे! अब SO साहब बोले, देखो केदार जी, जो बात आप बोल रहे हो कि लड़की ऐसी है और वैसी है, और वो भी जयमाला के टाइम पर, तो ये बात तो हजम होने वाली नहीं है, और लड़की पक्ष इतनी दूर से आया है, सब व्यवस्था की है, तो वो तो कभी नहीं चाहेगा कि बीच शादी इस तरह का कोई भी अमंगल हो! अब अगर आप बीच शादी में फ़ार्चुनर या 25 लाख कैश की माँग कर दोगे तो दूसरे पक्ष के लिए तो ये बड़ी समस्या वाली बात हो गयी ना! SO साहब अब थोड़ा समझाने वाले अंदाज़ में बोले, देखिये आपका आपस का शादी ब्याह का मामला है, आपस में बैठ कर बातचीत से सलाह मशविरा करके ख़त्म कीजिये, नाहक ही आप लोग परेशान हो रहे हो और अगर ज़्यादा ही बात बिगड़ी तो बदनामी होगी सो अलग! फिर SO साहब आगे बोले, "देखिये केदार जी और अवस्थी जी, मेरी तो सलाह यही है, अगर ठीक लगे तो देख लो वर्ना फिर FIR कर दो, देखेंगे क्या किया जाये!" अभी SO ने बात ख़त्म भी नहीं कर पाई थी, कि उनकी बातें सुनकर म्रगेश को जोश आ गया और वो फिर से इंग्लिश में शुरू हो गया! हाउ डेयर यू टू ट्रीट अस लाइक दैट, We didn't came here to listen your advice, we came here to file the complaint against them & you are forc Ing us to compromise with them, it can not be possible MR. chahuhan, वो SO के नाम प्लेट पर लिखा उनका नाम पढ़ते हुए बोला और इसी लास्ट लाइन की वजह से SO साहब को समझ आया की इसने मुझ से ही कुछ कहा है अंग्रेज़ी में! म्रगेश की अंग्रेज़ी सुनकर SO ने पलट कर पूछा, "क्यूँ कितनी पी है!" SO के इस सवाल पर म्रगेश एकदम भड़क कर और थोड़ी ऊँची आवाज़ में बोला, "What rubbish you are asking to me!" अब SO के इस सवाल में कुछ ग़लत नहीं था, यहाँ तो कोई 4-5 पैग अंदर जाने के बाद ही इंग्लिश बाहर आती है, तो SO को भी लगा कि एक तो ये इंग्लिश बोल रहा और वो भी थाने में बैठकर, तो मतलब कुछ ज़्यादा ही पी ली है! पर यहाँ तो कुछ उल्टा ही हो रहा

था, म्रगेश तो SO पर एक दम चढ़ ही गया था ! "अच्छा छोटे शहरों में क्या है कि अगर कोई फर्राटेदार इंग्लिश में बात कर ले तो उसे सर्वसम्मति से ज्ञानी मान लिया जाता है !" अभी SO साहब को तगड़ी बेइज़्ज़ती फ़ील हो गयी थी कि एक तो ऊँची आवाज़ में बात और वो भी अंग्रेज़ी में, ऐसे तो ना चल पायेगा ! अब धीरे -धीरे SO के चेहरे का रंग बदलने लगा था, उन्होंने जलती हुई आँखों से केदार जी की तरफ़ देखा, तो केदार जी देखते ही समझ गये कि अगर म्रगेश का मुँह बंद नहीं करवाया तो अभी ये यहाँ भी पिटवायेगा और अगर यहाँ पिटाई चालू हो गयी तो फिर किश्तों में ही घर जा पायेंगे ! शायद होना भी यही चाहिए था ! अब अगर पुलिस अंग्रेज़ी में बात करने लगेगी तो लोगों में उसका क्या ही डर रह जायेगा, क़तई नहीं ! ऑफ़िसियल 22 में से किसी भी भाषा में आप बात करोगे तो आपको पुलिस से पूरा सहयोग मिलेगा, और अगर आप ने 23 वी भाषा का प्रयोग किया तो पुलिस आपकी इंग्लिश भी सूजा सकती है, इसलिए इस बात का सदैव ही विशेष ध्यान रखे ! दुल्हन से पिटे म्रगेश ने तो सीमाओं से परे जाकर SO से बदतमीजी कर दी थी, और वो भी इंग्लिश में ! "इतने सीनियर अफसर से अंग्रेज़ी में बात करना आपको ऑटोमेटिकली जघंन्य अपराध की श्रेणी में खड़ा कर देता है"। अभी SO साहब कड़क आवाज़ में कुछ बोलने जी रहे थे, कि इतने में भीड़ को चीरते हुए अमर रजनीकांत स्टाइल में एंट्री करता है और म्रागेश की तरफ़ देखकर लगभग चीख़ते हुए बोलता है, "and how dare you to ruined someone heart, how you can make hell someone life like this, you were demanding more dowry in mid of your marriage & blaming others to spoil this, just shame on your self!" अरे ये कौन, सब अचानक से अमर को देखने लगे और उस से भी ज़्यादा इस बात से अचरज में थे कि उनके बीच में कोई अंग्रेज़ी बोलने वाला भी था और उनको पता ही नहीं था ! SO साहब तो ऐसे प्रसन्न हो गये कि बात ही क्या, उनको ये तो समझ नहीं आ आया की अमर ने बोला क्या, पर उसके तेवर देखकर उनको ऐसा लगा कि वो उनके शब्दों का नहीं, उनके भावों का ट्रांसलेशन कर रहा हो ! SO साहब इत्मीनान से अपनी पीठ कुर्सी से टिकाकर बैठ गये और इस शास्त्रार्थ का आनंद लेने लगे, क्यूंकि उनो पता था, कि उनके पास वो लठमार शक्ति है, जो किसी को भी चंद मिनटों में एलियन बना सकती है !

                                                                राहुल शिवहरे

म्रगेश कुछ ज़्यादा ही तिलमिलाया हुआ था ! अभी कुछ घंटों पहले तक जो लड़की वरमाला लिए उसका इंतज़ार कर रही थी, और वही लड़की उसको भरी महफ़िल में कूट दे तो रोना तो बनता ही है वन्दे का।

इधर अमर भी अपनी पूरी रौ में आ गया था, और लड़की पक्ष को पूरी तरह से इंग्लिश में डीफ़ेड कर रहा था ! अमर बोला, "just look your self, you don't even think to marry a girl like a kalpana, इस बात पर म्रगेश तिलमिला कर बोला, "you just setup, who the hell are you busterd !" पर इतना बोलते बोले म्रगेश की जबान कई बार लड़खड़ा गयी और वहीं अमर एक दम फर्राटेदार लहजे में उसको जवाब दे रहा था ! म्रगेश की गाली का अमर ने तीखा जबाव दिया ! "I am the men, who can fuck you now, so be ing your limt got it !" पास खड़े सारे लोगों को इस डिस्कशन का 5% भी समझ नहीं आया होगा, लेकिन सभी लोग एक दूसरे से आँखों ही आँखों में पूछ रहे थे, कि तुमको समझ आ रहा, मुझे तो पूरा समझ आ रहा है ! इस बार जनता ने शब्दों के नहीं, लय के आधार पर समझ लिया था कि अमर म्रगेश पर भारी पड़ रहा है ! अभी शास्त्रार्थ अपने चरम पर था, कि फूफा जी SO साहब की तरफ़ मुख़ातिब होकर बोले, "ये आप ने सही नहीं किया, हम आपसे न्याय की उम्मीद कर रहे थे और आप।" आगे के शब्द फूफा जी के मुँह में ही रह गये ! फूफा की बात सुनकर SO बोला, "मैंने तो अभी कुछ किया ही नहीं है ! फिर SO साहब ने अपना मोड चेंज किया और आप से तुम पर आकर बोले, तुम ज़्यादा चौधरी ना बनो समझे ! अभी SO ने इतना बोला ही था, कि उसके मोबाइल फ़ोन महामृत्युंजय मंत्र की रिंगटोन के साथ बजने लगा। 'वैसे एक स्टडी के अनुसार, जो जीतने बड़े के हरामी व्यक्तित्व का स्वामी होता है, उसकी रिंगटोन उतनी ही अधिक धार्मिक होती है ! वैसे ये हमारी पर्सनल स्टडी है !' SO साहब ने फ़ोन उठाया और उठाते ही बोले, "बस आ रहे हैं 10-15 मिनट में !" फिर उस तरफ़ से कुछ कहा गया, फिर उन्होंने यही बात दोहराई, और लगभग 5 मिनट तक बस वो यही बात दोहराते रहे कि बस आ रहे हैं, पर शायद दूसरी तरफ़ से लगातार अनसुना किये जाने के कारण अचानक खीज कर बोले, "यहाँ इतना वबाल हो रखा है थाने में, सब छोड़कर आ जायें क्या, सरकारी नौकरी है, कोई दुकान नहीं है कि बंद की और आ गये !" फिर थोड़ा शांत होकर बोले, "सम्हालो बिटिया को, थोड़ी देर में आ रहा हूँ !" और

इतना बोल कर फ़ोन काट दिया ! फ़ोन काटने के बाद SO साहब थोड़ा बेचैन से दिख रहे थे, और इसी बेचैनी में SO साहब अपनी कुर्सी से खड़े हुए और दरोगा से बोले, "एक काम कीजिये यादव जी, ज़रा लड़की को भी बुलवा लो, एक बार आमने-सामने से बात हो तब ही मामला समझ आये ।" और फिर बोले हम ज़रा घर तक जा रहे हैं, बिटिया बीमार है, एक बार देखकर आता हूँ, काफ़ी परेशान कर रही है !" और इतना बोलकर SO साहब जाने लगे ! SO को जाता देखकर म्रगेश बोल पड़ा, "where are you going Mr. Chauhan !" 'going' शब्द सुनकर SO साहब समझ गये कि ये हमारे जाने के बारे में ही पूछ रहा है और उसके इस सवाल का जवाब SO साहब की ज़ुबान ने नहीं, उनकी आँखों ने दिया ! उन्होंने जलती हुई आँखों से केदार जी की तरफ़ देखा और आँखों ही आखों में कहा, कि "क्या चूतिया लोंडा पैदा किया है, पुलिस थाने में बैठकर पुलिस से ही पूछ रहा है कि कहाँ जा रहे हो, समझा लो और इसकी अंग्रेज़ी भी बंद करवा दो, अगर हम अपनी पर आ गये तो अभी ये तमिल बोलेगा !" SO साहब केदार जी को घूरते हुए आगे बढ़ गये ! SO साहब के जाते ही केदार जी म्रगेश की तरफ़ लपके, शायद वो समझ चुके थे कि अगर इसका मुँह बंद नहीं करवाया, तो शादी में तो कम पिटे हैं, यहाँ बहुत पीटेंगे और कोई बचाने भी नहीं आएगा ।

इधर यादव जी ने अवस्थी जी को लड़की को थाने बुलाने का फरमान सुना दिया, और साथ में ये भी बता दिया कि जल्दी से बुला, वर्ना हम पुलिस जीप में लेने जायेंगे तो अच्छा नहीं लगेगा ! अवस्थी जी ने हाथ जोड़ कर उनकी इस हिदायत के लिए धन्यवाद दिया और 15 -20 मिनिट में लड़की के आ जाने का आश्वासन भी दे दिया ! अवस्थी जी ने तुरंत ही नीरज को बोला, "जाओ और जाकर कल्पना को ले आओ !" तो नीरज बोला, "मैं फ़ोन कर देता हूँ वहाँ अनुज (नीरज की पत्नी का भाई) है, वो कल्पना और अंजू (नीरज की पत्नी) को ले आएगा, यहाँ अकेली लड़की ठीक नहीं लगेगी ! नीरज की बात सुनकर अवस्थी जी ने कुछ कहा नहीं, बस हाथ से इशारा किया, कि जैसा ठीक लगे । नीरज ने मैरिज हॉल में अपनी पत्नी अंजू को फ़ोन किया और कल्पना को जल्दी से थाने ले आने के लिए बोल दिया !

इधर धीरे-धीरे थाने का माहौल कुछ ज़्यादा ही तनाव पूर्ण हो रहा था, और सबसे ज़्यादा टेंशन रमाकांत जी को हो रही थी ! क्यूँकि विपक्ष से ज़्यादा आवाज़ें

ख़ुद के पक्ष के लोगों की आने लगी थी! रमाकांत जी के छोटे भाई और कुछ ख़ास रिश्तेदारों के हिसाब से ये सब अच्छा नहीं हुआ और जो हो रहा है, वो भी अच्छा नहीं हो रहा! उनके हिसाब से कल्पना को म्रगेश पर हाथ नहीं उठाना चहिये था, चाहे म्रगेश और उसके परिवार वाले कितनी भी बत्तमीजी करते, कितनी भी बेइज़्ज़ती करते, आख़िर वो लड़के वाले थे। रमाकांत जी के भाइयों को लग रहा था, कि इस सबसे उनकी नाक नीची हो गयी, उनकी इज़्ज़त चली गयी, अब इसकी भरपाई कैसे हो!

इधर जैसे ही नीरज का फ़ोन अंजू के पास आया और उसने कल्पना को थाने लाने के लिए बोला, तो यहाँ मैरिजहॉल में कोहराम ही मच गया! सबकी जुबां पर बस एक ही बात, कल्पना को क्यूँ बुलाया है! "वो कहते हैं ना कि एक औरत ही औरत की सबसे बड़ी दुश्मन होती है, एकदम सच कहा जाता है"! पूरे लड़की पक्ष में एक भी औरत ऐसी नहीं थी जो खुल कर बोल सके की कल्पना ने सही किया! एक लड़का जो सबके सामने उसके बाप की बेज्जती कर रहा, उसके सपनों को रौंध रहा, अगर उसने उसको उसकी औक़ात बता दी, तो वो ग़लत हो गयी! पर कल्पना को पता था कि वो ग़लत नहीं है, और जब वो ग़लत नहीं है तो उसे किसी से डरने की ज़रूरत भी नहीं है, फिर चाहे थाने हो या अदालत कोई फ़र्क़ नहीं पड़ता! बस एक अंजू उसकी भाभी ही थी, जो उसके साथ थी और कोशिश कर रही थी कि कोई कल्पना को कुछ उल्टा सीधा ना बोल सके! अब वो ख़ानदान की बहु थी, तो खुलकर तो कल्पना का पक्ष नहीं ले पा रही थी, पर उसका पक्ष कमजोर भी नहीं होने दे रही थी! कल्पना को सबसे ज़्यादा खतरा किसी और से नहीं, बल्कि अपनी दादी से ही था! वो दादी कम डायन ज़्यादा थी! उसका कल्पना से 36 का आंकड़ा था! जैसे दादी ने सुना की कल्पना को थाने बुलाया गया है, उन्होंने अपने विलाप का लेवल बढ़ाया और अपनी छाती पीटना शुरू कर दिया! कहने को तो उनके पैर कब्र में लटक रहे थे, पर जुबान इतनी तीखी और तेज़, कि अगर चिल्लाये तो आवाज़ दो किलोमीटर तक सुनाई दे! बुढ़िया छाती पिटती हुई बोली, हाय ये लड़की ही मनहुस है, नाक कटवा दी बाप की, अब हमारे घर की औरतें थाने जायेंगी, बस यही दिन देखना को रह गया था, हाय ये सब देखने से पहले में मर क्यूँ नहीं गयी! कुछ साथी महिलायों ने उनको समझाने की नाकाम कोशिश की, पर दादी अब कहाँ मानने वाली थी, वो तो अपना वॉल्यूम बढ़ाती ही जा रही थी, बोली, कितनी मुश्किल से बाप ने रिश्ता

तय किया था, और इस लड़की ने सब में आग लगा दी! जब बड़े सब व्यवस्था कर रहे थे, तो इसे बीच में आने की क्या ज़रूरत थी, बन गयी झाँसी की रानी, मार दिया चाँटा लड़के को! अब हे भगवान क्या हो, ये सब कैसे निपटे और पता नहीं क्या-क्या वो नॉनस्टॉप बोले जा रही थीं!

इसी सब के बीच अंजू ने अपने छोटे भाई अनुज को बुलाया और बोला, "हम लोगों को थाने ले चलो, वहाँ बुलाया गया है! तो अनुज बोला, ठीक है आप लोग गेट पर आ जाओ, में तब तक गाड़ी निकलवाता हूँ!" और इतना बोल कर वो बाहर गेट की ओर चला गया! अनुज के कहे अनुसार अंजू और कल्पना भी गेट की ओर चल पड़ी! अंजू और कल्पना को जाता देख कल्पना की माँ शारदा जी बोली, हम भी चलेंगे, अकेले ना जाने देंगे तुमको! शारदा जी की बात सुनकर अंजू बोली, अरे मम्मी जी आप परेशान ना हो, में जा रही हूँ साथ में, और वहाँ भी सब लोग है, आप चिंता मत करो, कोई समस्या नहीं होगी! पर माँ का दिल तो माँ का होता है, वो चलने की ज़िद करने लगी तो उनका चलना भी तय हो गया!

गाड़ी गेट पर लग गयी थी और कल्पना, उसकी भाभी अंजू और शारदा जी गाड़ी की ओर चल पड़ी! जितनी तेज़ी से कल्पना गाड़ी की तरफ़ बढ़ रही थी, उतनी ही तेज़ी से उस चुड़ैल दादी सा की आवाज़ तेज होती जा रही थी! वो बस लगातार कल्पना को ही कोसे जा रही थी! बाप ने बिगाड़ा है, मैंने तो मना किया था मत पढ़ाओ इतना, पर मेरी एक नहीं सुनी, लो आज बाप का ही मुँह काला कर दिया, हम सब की नाक कटवा दी, इससे से अच्छा तो मर ही जाती और ना जाने क्या-क्या, पर कल्पना पूरे धैर्य के साथ सारी गालियों को झेलते हुए अपनी माँ के हाथ को जोर से भींचें हुए गाड़ी की तरफ़ चली जा रही थी! जैसे ही उसने पहला क़दम गाड़ी में रखा, तो उसके कानों ने कुछ ऐसा सुना कि उसने वो पहला क़दम वापस खींच लिया "ये चुड़ैल जैसे अपने भाई को खा गयी, वैसे ही अपने बाप को भी खा जाएगी" इन शब्दों को सुनकर कल्पना का दिमाग़ कुछ पलों के लिए सुन्न सा हो गया, और इसी कुछ पलों में उसकी आँखों के सामने उसके भाई के मरने का सारा सीन फ़्लैश बैक में चमक गया! उस दिन उसकी तबीयत काफ़ी ख़राब थी, पापा जी भी घर पर नहीं थे, बड़े भाई नीरज इंदौर में रह कर पढ़ाई कर रहे थे, दोनों चाचा लोगों से मम्मी ने कई बार बोला, कि "डॉ. को बुला दो या दवाई ला दो, कल्पना की तबीयत काफ़ी ख़राब है, बच्ची को बहुत तेज बुखार

राहुल शिवहरे

है!" पर किसी के कान पर जूं तक नहीं रेंगी! तो उसका छोटा भाई मयंक उस सर्द रात में अपनी साइकिल से उसकी दवा लेने गया था, जो फिर कभी वापस लौट कर नहीं आया! कोई ट्रक वाला उसे टक्कर मार कर चला गया था! अभी फ़्लैश बैक चल ही रहा था, कि उसकी माँ ने उसे झकझोरा, बैठो गाड़ी में खड़ी क्यूँ हो, पैर वापस क्यूँ निकाल लिया गाड़ी से! पर कल्पना ने कोई जवाब नहीं दिया, बिना बोले ही वो पलटी और अपनी दादी की और चल पड़ी! वो समझ गयी थी कि उसे आज एक और मर्दन करना है, आज उसे उस कहर का भी अंत करना है, जो सालों से उस पर और उसकी माँ पर टूटता आया है! कल्पना क़दम दर क़दम दादी की ओर बढ़ रही थी और बैक ग्राउंड में फ़ील देने के लिए अम्बुजा सीमेंट का म्यूजिक ट्रैक "धा-धा धिन्ना धिनक" चल रहा था! कल्पना की चाल और हाव-भाव देखकर, उसकी दादी का वॉल्यूम भी काफ़ी डाउन हो गया था, और उसे इस तरह अपनी ओर आता देख उन्हें अब थोड़ी से बेचैनी सी होने लगी थी! कल्पना एक दम उनके सामने जाकर खड़ी हो गयी, और उसे इस तरह देखकर दादी अपना रोना ही भूल गयी, दादी को चुप देखकर कल्पना बोली, अरे आप चुप क्यूँ हो गयी, पीटो छाती, मनाओ मातम, अब जरा मैं भी देखूँ कि आपके अंदर कितना दर्द भरा है, आज तुम्हारा सारा दर्द निकल कर ही दम लूँगी! लगभग एक मिनट तक कल्पना ऐसे ही खड़ी रही, बिना कुछ बोले, एक दम भाव शून्य! कल्पना को देखकर अब दादी को मन ही मन लगा रहा था, कि उस लोंडे की तरह कहीं गुस्से में मुझ में भी एक झापड़ ना मार दे! अब उन्हें अपने मातम पर थोड़ी सी खीज आ रही थी! इस पूरे द्रश्य को देखकर ऐसा लग रहा था, जैसे किसी डेलीसोप का कोई सीन शूट हो रहा हो! अचानक कल्पना ने अपनी चुप्पी तोड़ी, एक शांत लेकिन चुनौती भरे लहजे में उसने दादी से सवाल किया "क्या वाक़ई आप एक औरत हैं, या सिर्फ़ देह ही औरत की पायी है" कल्पना ने दादी से सिर्फ़ एक सवाल ही नहीं किया था, बल्कि उनके औरत होने के वजूद को चुनौती दी थी! दादी को कल्पना की इस बात का कुछ जवाब नहीं सूझ रहा था, शायद वो इस ललकार के लिए तैयार नहीं थी, पर फिर भी उन्होंने मोर्चा सम्हालने की कोशिश की और बोली, मुझे, तुझे बताने की ज़रूरत नहीं की मैं कौन हूँ, और क्या हूँ! लेकिन क्या तू बता पायेगी, कि क्यूँ तूने अपने बाप का मुँह काला कर दिया! दादी ने सवाल के जवाब में सवाल तो कर दिया था, पर आज उनकी बात में वो दबंगाई नहीं थी जो होती थी! उनके तेवर थोड़े ढीले पड़

गये थे! वो ख़ुद सोच रहीं थी कि जिस लड़की की, लड़की तो छोड़ो, उसकी माँ तक की आज तक उनके सामने खड़े होकर बात करने की हिम्मत नहीं हुई, आज वही लड़की यूँ सबके सामने उन से बदज़ुबानी कर रही थी! अब दादी ने बिना कल्पना को मौक़ा दिए अपना वार किया और बोली, में वो हूँ, जिसने आज तक अपने ख़ानदान की इज़्ज़त को बनाये रखा, परिवार के मान सम्मान की रक्षा की, आज तक हम पर कोई उँगली भी नहीं उठा पाया, फिर थोड़ी विषेली सी मुस्कान के साथ बोली, पर तुम क्या जानो ये सब, तुमको 4 क्लास क्या पढ़ा दिया, तुमने तो अपने बाप की ही पगड़ी उछाल दी, ये भी नहीं सोचा कि एक छोटी बहन भी है, बन गयी झाँसी की रानी, मार दिया चाँटा, अब बैठ के रो ज़िन्दगी भर! दादी ने बैक तो बैक अटैक किये! पर आज उनका दिन नहीं था, आज उनका मुक़ाबला उनके इतने साल से किये गये शोषण से था, जो उबलते-उबलते आज ज्वालामुखी बनकर के फट रहा था! उनकी इन कड़वी बातों से कल्पना के चेहरे पर कोई भाव नहीं आया, वैसे भी ये बातें उसकी रोज की साथी थी, पर आज ऐसी हर एक बात आग में घी का काम कर रही थी! कल्पना लगभग चीख़ते हुए बोली, मैंने इज़्ज़त लुटाई नहीं है, अपनी इज़्ज़त बचाई है! फिर आँखों में उमड़ आये आँसुओं को ज़ब्त करते हुए आगे बोली, आपको कोई फ़र्क़ नहीं होगा कि कोई आपके बेटे की बेइज़्ज़ती करे, पर मेरे लिए मेरे पिता का सम्मान सबसे पहले है! एक शख़्स, जो मेरे सपनों को मेरे ही सामने रौंद देता है, भरी महफ़िल में मेरी सोदेबाजी कर रहा हो, और मेरा बाप उसके सामने हाथ जोड़कर गिड़गिड़ा रहा है, विनीत कर रहा है, वो अपनी बेटी भी दे रहा है, और दहेज़ के नाम पर अपनी जीवनभर की कमाई भी, और फिर भी उसके बाद कम है, तो लानत है ऐसे रिश्ते पर! इस दहेज़ की भूख ने तो इस पवित्र रिश्ते को ही तार-तार कर दिया! जिस रिश्ते की बुनियाद ही लालच पर हो, वो रिश्ता भी कहाँ तक चलता, और जो आज मेरी नीलामी में कमी रह जाती, तो बची क़ीमत ज़िन्दगी भर मुझ से वसूली जाती! और अगर इस समाज का सिस्टम यही है, इसी को आप लोग सभ्यता कहते हैं, तो थू है ऐसे समाज पर और उसकी सभ्यता पर, और थू है आप जैसे लोगों पर, जो सब देखकर, जान कर के भी मुझ से ही सवाल कर रहे हैं, पूछ रहे हैं कि क्यूँ मैंने समर्पण नहीं किया, क्यूँ ख़ुद को उन भेड़ियों के हवाले नहीं किया, ताकि एक-दो साल तक वो मुझे नोचते और फिर किसी दिन ख़बर आती, कि मैं आग लगा कर मार दी गयी! "लोग सिर्फ़ कोंख में ही

राहुल शिवहरे

नहीं लड़कियाँ मारते, कुछ लोग ऐसे भी मारते है दूसरों की बेटियों को" इतना बोलते-बोलते कल्पना का गला भर आया और उसकी आँखों से गाल पर गिरते हुए आसूँ साफ़ देखे जा सकते थे ! पर इतने पर भी दादी को शांति नहीं मिली थी, वो फिर बोली, ये तुम नहीं तुम्हारी अकड़ बोल रही है, जो अपने बाप की ज़िद की वजह से थोड़ा बहुत पढ़ लिख गयी हो, तभी औक़ात के बाहर चली गयी हो, आज तुम्हारे बाप को उसकी ज़िद की और हमारी बात ना मानने की क़ीमत का अंदाज़ा हो गया होगा, इतना बोलकर दादी ने एक बहुत की कुटिल मुस्कान दी और चुप हो गयी ! पर इस बार कल्पना ने ईंट का जवाब पत्थर से देते हुए बोली, शुक्र करो की पढ़ी-लिखी थी, तो सिर्फ़ चाँटा ही मारा, अगर कहीं गँवार होती, तो काट ही देती, उसे भी और तुम्हें भी ! कल्पना के मुँह से इतने तेजोमय शब्द सुनकर सब अवाक हो कर उसकी तरफ़ देखने लगे, कल्पना तेज़ी से पलती और गाड़ी की ओर वापस आने लगी, और वापसी में फिर से बैकग्राउंड में अम्बुजा सीमेंट का ट्रैक बजने लगा !

वहाँ थाने में एक अलग ही तरह की भसड़ मची हुई थी ! किसी ने सच ही कहा है, कि आजकल इंसान चुनौतियों से नहीं चुतियों से परेशान है, और परेशानी तब और बढ़ जाती है, जब अपना ही कोई चूतिया हो जाता है ! 'जिस से समाधान की उम्मीद करो, साला वही समस्या बन जाता है !' यहाँ कल्पना के चाचा और रमाकांत जी के छोटे भाई, महावीर अवस्थी उर्फ़ ठेकेदार साहब ने अजीब समस्या खड़ी कर दी थी ! वो अचानक से खुलेआम अपने बड़े भाई के ख़िलाफ़ हो गये थे, उनके हिसाब से शादियों में तो ऊँच-नीच होती ही रहती है, और लड़के वालों ने शायद डिमाण्ड इस लिए बढ़ा दी, कि उनको लगा होगा की A क्लास PWD कांट्रेक्टर महावीर अवस्थी के ख़ानदान में रिश्ता हो रहा है तो 20 -25 लाख कौन सी बड़ी बात है ! पर यहाँ छोटे भाई महावीर की दगा बाजी की असल वजह ये थी, कि अगले तीन महीने बाद ही उनके बड़े लड़के की शादी थी, और उनके होने वाले समधी भी बारात की तरफ़ से आये हुए थे, इस वजह से उनको अपनी डील पर आँच सी आती दिखायी दी, उन्हें लगा कि कहीं ऐसा ना हो कि इस मैटर की वजह से वो दहेज विरोधी साबित हो जायें और जो लड़के की शादी की डील है, वो कहीं सस्ते में ना निपट जाये, और इसी के साथ ही साथ एक सरकारी बिल्डिंग के ठेके के लिए उन्होने केदार जी के बड़े बेटे के साथ मिलकर कुछ सेटिंग की भी थी ! इन्हीं सब समीकरणों को ध्यान में

रखकर जब उन्होंने मूल्यांकन किया, तो स्वार्थ के पलड़े के सामने भाई के रिश्ते का पलड़ा बहुत हल्का हो गया, और इसलिए ही अचानक ही उन्हें सारी ग़लती अपने बड़े भाई और भतीजी की नज़र आने लगी थी! महावीर जी के इस तरह के व्यवहार से दूसरे लोगों को भी यही मैसेज जा रहा था कि शायद कहीं ना कहीं रमाकांत जी और उनकी बेटी कल्पना की ही कोई ग़लती है, या जो आरोप लड़के वालों की तरफ़ से लगाये गये हैं, कहीं वो सच तो नहीं! जब आपका सगा छोटा भाई ही आपके ख़िलाफ़ हो सकता है, तो फिर औरों से उम्मीद ही क्या की जा सकती थी! इन्हीं सब बातों को ध्यान में रखते हुए रमाकांत जी ने एक बार अपने छोटे भाई महावीर को समझाने की कोशिश की तो महावीर सबके सामने ही बिफर गया, वो शायद ये बात सबको जताना चाह रहा था, कि वो उनके साथ नहीं है, क्यूँकि उन लोगों ने कुछ ग़लत किया है और इस वजह से वो शर्मिन्दा हो रहा है! सबके सामने ही महावीर ने बोलना शुरू कर दिया, कि अगर कुछ 19-20 था तो आप मुझे बताते, इस तरह से मेहमानों का अपमान करने की क्या ज़रूरत थी! अरे वो रिश्ता आपकी नहीं, मेरी हैसियत देखकर किया था उन्होंने! अरे कम से कम अपनी नहीं तो मेरी इज़्ज़त का तो ख़याल करते, 20-25 लाख कौन-सी बड़ी बात थी मेरे लिए, पर आपको और आपकी बेटी को कोई अक़्ल हो तब ना! महावीर की इतनी घटिया बातें सुनकर रमाकांत जी शर्म के मारे एक दम ज़मीन में गड़े जा रहे थे! उनको सूझ ही नहीं रहा था, कि वो महावीर की बातों का क्या जवाब दें! महावीर की इस तरह की बातें सुनकर दूसरे लोगों में भी कुछ-कुछ कानाफूसी शुरू हो गयी थी! अपने चाचा की इस तरह की ऊल-जुलूल बातों को सुनकर और अपने पिता को इस तरह अपमानित होता देखा कर नीरज का ख़ून खौलने लगा! नीरज अपने चाचा महावीर अवस्थी को बीच में ही रोक कर बोला, "महावीर अवस्थी जी उर्फ़ ठेकेदार साहब!" नीरज के मुँह से अपना नाम महावीर अवस्थी भौचक्के रह गये! जिस लड़के की उनके सामने जबान नहीं खुलती थी, आज वो उन्हें उनके नाम से बुला रहा है! इतना महावीर अवस्थी को अचंभित करने के लिए काफ़ी था! नवीन आगे बोला, "भगवान राम का साथ देने के बाद भी लोग आज भी विभीषण का नाम गाली के तौर पर इस्तेमाल किया जाता है, तो आप समझ सकते हैं कि अपने भाई से कपट कितनी बड़ी बात होगी, और फिर ना तो केदारनाथ जी राम है और ना आपके भाई कोई रावण! और जो इतने लोगों के सामने अपने बड़े भाई की

इज़्ज़त उछाल रहा है, उसकी ख़ुद कितनी इज़्ज़त होगी, ये तो आप अंदाज़ा लगा ही सकते हैं। और रही बात A क्लास कांट्रेक्टर होने की, तो महावीर अवस्थी जी लड़कियाँ सप्लाई करके तो दलाल भी बहुत कमा लेते हैं, जिस दिन अपने काम के दम पर कोई ठेका ले पायो तो बताना, और अब अगर दुबारा अपना मुँह खोला, तो मेरा ऐसा मुँह खुलेगा कि घर में बीबी-बच्चों से लेकर पूरे शहर में मुँह नहीं दिखा पाओगे आप Mr. महावीर अवस्थी उर्फ़ ठेकेदार साहब !" नवीन के इस तरह के तेवर देखकर महावीर जी की कस के फट ली और उन्होंने वहाँ से खिसक लेना ही ठीक समझा ! अमर & कंपनी ये सारा सीन देख रही थी, और इस सब को देखकर अमर को रमाकांत जी & फ़ैमिली के काफ़ी कमजोर होने का अंदाज़ा भी हो गया था ! अमर ने तुरंत ही अपनी टीम को नवीन के चाचा महावीर अवस्थी पर नज़र रखने का काम दे दिया था, इस हिदायत के साथ कि अगर कुछ भी अटपटा लगे तो तुरंत रिपोर्ट करना !

इधर जावेद और राघव बाइक को चला कम उड़ा ज़्यादा रहे थे, कई बार तो राघव के मन में ख़याल आया की जावेद को बता दे कि बाइक उसकी ही है, पर थाने पहुँचने की जल्दी इतनी थी तो सब ठीक ही लग रहा था ! जावेद ने आगे जाती हुई बेहद ही धीमी स्पीड की एक कार को ओवरटेक किया और बडबड़ाते हुए बोला, "भोसड़ी के जब पैदल ही चलना है तो लोग कार क्यूँ ले लेते हैं !" उस कार के पीछे काँच पर एक बड़ा सा L बना हुआ था, तो उस L को देखकर राघव ने जावेद से पूछा की ये L का मतलब क्या होता है ! तो जावेद बोला, "यार पक्का तो नहीं पता, पर मेरे हिसाब से L का मलतब होगा, कि अगर हमसे टकराओगे तो तुम्हारे L लग जायेंगे !" जावेद की बात सुनकर राघव हँसते हुए बोला, "इस हिसाब से तो अपनी बाइक पर G लिखवा लेते हैं, अगर हमसे टकराओगे तो तुम्हारी G फाड़ देंगे !" और इतना सुनते ही राघव और जावेद दोनों ही हँस पड़े !

लगभग 20 मिनट में बाइक उड़ाते हुए वो दोनों थाने पहुँच गये, वहाँ देखा तो पूरा मजमा लगा हुआ था, इतने लोगों को देखकर राघव बोला, हिन्दुस्तान में लोग कितने चूतिया है तमाशा देखने के लिए नींद छोड़कर भागे चले आ रहे हैं ! राघव बाइक से उतरा, जावेद राघव से बोला, "अच्छा अब मेरा काम ख़त्म, तो मैं निकलू, तो राघव बोला, क्यूँ वे अंदर नहीं चलोगे क्या, कैसे दोस्त हो, यहाँ सबकी लंका लगी है और तुमको हॉस्टल जाने की पड़ी है !" राघव की इस धिक्कार से जावेद को थोड़ी सी ग्लानि महसूस हुई, तो वो बोला, "अच्छा

ठीक है, तुम चलो मैं एक सुट्टा मार के आता हूँ!" तो राघव बोला, "अच्छा सुट्टा पड़ा है, तो जला लो मैं भी फूँक लेता हूँ, फिर दोनों साथ ही चलेंगे!" राघव की बात सुनकर जावेद ने मुस्कुराते हुए सुट्टा जला लिया और दोनों लोग बड़े ही सांप्रदायिक सैहार्द के साथ सुट्टा पीने लगे, वैसे भी "दोस्ती ख़ुद ही अपने आप में एक मजहब है" सुट्टा पीते हुए राघव ने जावेद से पूछा, तुम कब से सिगरेट पीने लगे वे, तो जावेद बोला, "तबसे, जबसे तुमको अपने पजामे का नाड़ा बंधना भी नहीं आता होगा तब से!" अच्छा, राघव ने आँखें टेढ़ी करते हुए बोला और आगे पूछा, "और तुम्हारे घर पर पता है की तुम अंगूठा चूसने के टाइम पर सुट्टा फूँकते थे!" राघव के इस सवाल पर जावेद हँसते हुए बोला, "अबे अगर पता होता तो अभी तक घर से ही नहीं इस्लाम से भी बेदखल करवा देते मेरे अब्बा जान!" फिर आगे बोला, "पूरा स्कूल टाइम में सिगरेटें पी पर मजाल है जो कभी पकड़ा गया हूँ, लेकिन जब कॉलेज आये तो एक बार बस पकड़ते-पकड़ते किसी तरह बच गया था! हुआ यूँ की जब पहली बार कॉलेज से घर गया तो ख़ुशी के मारे भूल गया की बैग में सिगरेट रखी हुई है, और यहाँ अम्मी ने बैग खाली करना शुरू कर दिया, अब्बू भी सामने थे, इस से पहले की अम्मी के हाथ डिब्बी लगती, मैंने ख़ुद ही कुछ तलाश करने की एक्टिंग की और ख़ुद ही सिगरेट की डिब्बी निकली और अब्बू के सामने आँखों में आँसू लाकर बोला, देखो अब्बू किसी ने मेरे बैग मैं क्या रख दिया, और इतना बोलकर तेज़ से रोने लगा, मुझे इस तरह रोता देख उन को भी यक़ीं हो गया की किसी ने मुझे परेशान करने के लिए मेरे साथ ऐसा किया है, उन बिचारों को एक बार भी नहीं लगा कि मैं भी सिगरेट पी सकता हूँ, ये सिगरेट की डिब्बी मेरे भी हो सकती है! फिर उस शाम मेरे अब्बू ने मुझे क़रीब दो-ढाई हज़ार चीज़ों के बारे मैं बताया, जो मेरे लिए हराम थी, और उस दिन मुझे पता चला कि मैं कितना चूतिया हूँ, अभी कितना कुछ एक्स्प्लोर करने के लिए रह गया है और में अभी तक सिर्फ़ सिगरेट पर ही अटका हूँ! अपने अब्बू की भावानयों से इस तरह खेलते हुए मुझे दुःख तो काफ़ी हो रहा था, फिर तभी अचानक याद आया, कि ये खेल शुरू किसने किया, मैं भी तो स्केच आर्टिस्ट बनना चाहता था, और बस इतना याद करते ही मेरी गिल्ट ग़ायब!" जावेद की कहानी सुनने के बाद राघव ने बस इतना कहा, भाई तू सिर्फ़ शक्ल से हरामी नहीं दिखता, तू वाक़ई में हरामी है! राघव के इतना बोलते ही जावेद जोर से हँसा और बोला, "चलो अभी अंदर चलते हैं!"

राहुल शिवहरे

राघव और जावेद जब थाने के अंदर जाने लगे तो, बाहर गेट पर तैनात सिपाहियों ने उनको रोका और पूछा, कहाँ घुसे चले जा रहे हो! सिपाही की बात सुनकर राघव ने बड़ी ही चालाकी से बात बनायी, अभी थोड़ी देर पहले ही तो अंदर से बाहर आये थे, टॉयलेट जाने के लिए, आप थे या कौन था गेट पर, पहले तो बोला था कि भाग मत जाना और अब ख़ुद ही अंदर नहीं जाने दे रहे, मुझे क्या कोई शौक़ है जो थाने में घुसने के लिए ज़बरदस्ती करूँगा, राघव की बात लॉजिकली ठीक थी, तो सिपाही ने भी दोनों को अंदर जाने दिया "ग्राहक भगवान् का रूप होता है, और इस बात में पुलिस का अटूट विश्वास है"! राघव को देखकर पूरी गैंग की जान में जान आ गयी, MJ, पांडू, मोटे सब ने गले लगा लिया, फिर MJ बोला, "अबे इतनी देर कहाँ लगा ली, तुम्हारा फ़ोन भी नहीं लग रहा था!" तो राघव बोला," ये जावेद को घर ही नहीं मिल रहा था, इस चक्कर में लेट हो गये!" राघव की बात सुनकर पांडू बोला, "अभी ये फ़ालतू की बकचोदी बंद करो, और फटाफट अपने बाप को फ़ोन लगाओ!" पांडू की बात का सभी ने समर्थन किया, तो राघव बोला, "मरो मत लगा रहा हूँ!" और इतना बोल कर वो अपने पापा को फ़ोन लगाने लगा! एक घंटी गयी पर फ़ोन नहीं उठा, दूसरी घंटी गयी, फ़ोन नहीं उठा, जब तीसरी घंटी में भी फ़ोन नहीं उठा तो राघव थोड़ा परेशान सा होने लगा, बोला, "यार पापा का तो फ़ोन ही नहीं उठ रहा है, अब क्या करूँ!" बात तो वाक़ई चिंता वाली थी, क्यूँकि अभी तक तो बस यही प्लान था, की राघव के बाप से फ़ोन करवा कर छुट जायेंगे, पर यहाँ तो उसके पापा का फ़ोन ही नहीं उठ रहा था! राघव ने हिम्मत करके चोथी बार फ़ोन मिलाया, क्यूँकि पापा ने ख़ास मना किया था, की अगर एक या दो बार में फ़ोन ना उठे तो दुबारा मत मिलाया करो, कहीं किसी ऑफ़िसर के साथ या किसी केस मैं फँसे होते हैं तो नहीं उठा पाते! इस बार फ़ोन उठ गया, लेकिन फ़ोन पर उसके पापा नहीं थे, उसने जैसे ही हेल्लो बोला, दूसरी तरफ़ से आवाज़ आयी, साहब अभी राउंड पर गये हैं, फ़ोन चार्जिंग पर लगा छोड़ गये हैं, काफ़ी देर से फ़ोन बज रहा था तो उठा लिया, अगर कुछ इमरजेंसी हो तो वायरलेस करवा दूँ, इतना सुनते ही राघव डर कर बोला, "नहीं अंकल, में उनका बेटा बोल रहा हूँ, ऐसा कुछ एमरजेंसी नहीं है, मैं बाद में बात कर लूँगा!" और नमस्ते बोल कर राघव ने फ़ोन काट दिया! फ़ोन काटने के बाद राघव को कुछ कहने की ज़रूरत नहीं थी, उसका उतरा हुआ चेहरा बता रहा था कि भाई आज तो लग गये सबके!

अभी यही सब चल ही रहा था, कि अचानक थाने में हलचल तेज़ हो गयी, देखा तो पता चला कि SO साहब वापस आ गये हैं! आते ही उन्होंने यादव जी से पूछा, लड़की थाने आ गयी? तो SO साहब के सवाल पर यादव जी बस इतना ही बोल पाये, कि बस रास्ते में है, पहुँचने ही वाली है! इतना सुनकर SO साहब का पारा हाई हो गया, वो गुस्से में बोले, "अरे यार यादव अभी तक एक लड़की को नहीं बुला पाये, पता नहीं कैसे ड्यूटी करते हो!" यादव जी की फ़ज़ीहत होते देख नवीन बीच में ही बोल पड़ा, "बस सर आ गयी, यही चौराहे पर ही है, अब माहौल ही ऐसा है तो थोड़ा समय लग गया आने में!" नवीन की बात सुनकर SO साहब कुछ नहीं बोले, उन्होंने अपने सिंहासन को थोड़ा पीछे खिसकाया और उस पर आराम से विराजमान हो गये, और ये इस बात का संकेत था कि दरबार लग चुका है! SO साहब की तेज़ी देखकर लग रहा था कि वो इस मामले को जल्दी से निपटाकर वापस घर जाना चाह रहे हैं! 'भारत में सिर्फ़ पुलिस की नौकरी ही एक ऐसी नौकरी है जिसका कोई टाइम टेबल नहीं है 24 x 7 x 365 डेज़ वर्किंग।'

SO साहब के बैठते ही फिर से मजमा लग गया, इस बार लोग और नये चेहरे कुछ ज़्यादा ही थे! शायद बारात के पीटने की ख़बर आस-पास फैलने लगी थी, ये ख़बर जितने सनसनीख़ेज़ थी, उतनी ही मनोरंजक भी, सो भीड़ इकट्ठा होना लाज़मी था। अभी केदार जी कुछ बोलने ही जा रहे थे, कि ठीक सामने से तेज़ रौशनी करती हुई एक स्कार्पियो थाने में दाख़िल हुई! सभी की नज़रें गाड़ी की तरफ़ ही टिक गयीं! गाड़ी के रुकते ही नवीन और रमाकांत जी गाड़ी की और लपके! लगभग 2 से 3 मिनट बाद वो कल्पना, उसकी भाभी और अपनी पत्नी के साथ लौटे! भीड़ में सबसे ज़्यादा क्रेज कल्पना को देखने का था, अपनी ही शादी में दूल्हे को स्टेज पर ही कूट दे, ऐसी लड़कियाँ कम ही पाई जाती हैं! कल्पना ने अभी चेंज कर लिए था, जो लाल जोड़ा कई दिनों से उसके ख़यालों का हिस्सा था, आज वही लाल जोड़ा उसकी ख़ुशियों के ख़ून से लाल था! उसने कोई दूसरी, ऐसी ही सादा-सी कोई साड़ी पहन ली थी और अपनी चुनरी को ही शॉल की तरह ओढ़ लिया था! मेकअप भी सारा धो लिया था या आँसुओं से धुल गया था पता नहीं, पर चेहरा एक दम उजला-सा लग रहा था! अमर तो कल्पना की इस सादगी पर ख़ुद को एक दम छलनी ही महसूस कर रहा था!

कल्पना SO साहब के ठीक सामने, सामने रखी कुर्सियों के पीछे खड़ी हो

राहुल शिवहरे

गयी ! कल्पना के दायें तरफ़ रमाकांत जी और बायें तरफ़ नवीन खड़ा था और नवीन के जस्ट पीछे अमर खड़ा हुआ था ! आगे पड़ी दोनों कुर्सियों पर भ्रगेश और केदार जी जमे हुए थे ! SO साहब ने बिना किसी लाग-लपेट के थोड़ी कड़क आवाज़ में कल्पना से सवाल किया, क्या तुम ने इस लड़के को मारा, इस पर अटैक किया ? SO साहब के सवाल का कल्पना ने कोई जवाब नहीं दिया, तो लगभग 30 सेकण्ड के पॉज़ के बाद SO साहब ने थोड़ी और तेज़ आवाज़ में फिर से अपना सवाल दोहराया, तो कल्पना बोली, आप के क़ानून के अनुसार शाम 6 बजे के बाद आप किसी भी महिला को थाने में नहीं रख सकते, और दिन में भी किसी महिला सिपाही का होना अनिवार्य है, तो आपने ने रात के 2 बजे मुझे यहाँ पेशी के लिए क्यूँ बुलाया है, इस बात पहले आप जवाब दे, फिर में जवाब देती हूँ ! अपने सवाल के जवाब में सवाल सुनकर SO साहब थोड़ा साइलेंट हो गये, उन्हें समझ नहीं आ रहा था, कि बोलें भी तो क्या बोलें, बड़ा ही तार्किक और वाजिब सवाल था, और फिर SO साहब को याद आया, कि अगर ये बात ग़लती से भी ऊपर तक पहुँच गयी तो सस्पेंशन तो पक्का ही है ! इतना सोचकर SO साहब ने बड़ी ही कातर निगाहों से रमाकांत जी की ओर देखा, जैसे कहना चाह रहे हो कि बिटिया को समझाओ, हम तो आपकी ही साइड है, अब ड्यूटी है तो थोड़ी बहुत पूछताछ तो करनी ही पड़ेगी ! शायद रमाकांत जी भी SO साहब की मन की बात भांप गये, सो उन्होंने धीमे से कल्पना का हाथ दबा दिया ! कल्पना ने भी थोड़ा समझदारी से काम लिया, SO साहब की शक्ल देखकर वो समझ गयी थी, कि अब फ़ालतू का कोई सवाल नहीं पूछा जायेगा ! अब कल्पना ने ख़ुद ही आगे बोलना शुरू किया, मैंने कोई अटैक नहीं किया, सिर्फ़ अपना बचाव किया है, अपने आत्मसम्मान की रक्षा की है, अपने पिता का मान बचाया है, और अपने वजूद पर उठने वाली हर उँगली को तोड़ा है ! तोड़ा है शब्द सुनकर SO साहब बीच में ही बोल पड़े, मतलब आप ने मार-पीट की है इन लोगों के साथ, आप मानती है इस बात को ? SO साहब की बात सुनकर कल्पना 10 सेकण्ड के लिए चुप होकर फिर बोली, हाँ मानती हूँ, और बताइए इस बात को रफ़ा-दफ़ा करने का कितना पैसा लेंगे आप । कल्पना की इस बात को सुनकर सभी लोग एक दम भौंचक्के रह गये, अमर भी एक दम सकपका गया ! इस से पहले कोई कुछ बोलता, कल्पना ने अपनी बात फिर से दोहरा दी, बताइए कितना लेंगे ! रमाकांत जी कल्पना का हाथ पर हाथ दबाये जा रहे थे,

कि लड़की क्या बकवास किये जा रही है, चुप हो जा, पर कल्पना तो बोल चुकी थी जो उसे बोलना था ! कल्पना की ये बात सुनकर SO साहब एक दम आग-बबूला हो गये, और भड़कते हुए अपने स्टाफ़ से बोले, "एक अलग FIR करो इनके नाम पर सरकारी अफसर को सरेआम घूस देने की और इन सब के नाम डालो उसमें !" SO साहब गुस्से से एक दम लाल-पीले हुए जा रहे थे, कि जो देखे आकर बेजज्जती किये जा रहा है, वो लौंडा इंग्लिश झाड़ रहा था, एक लड़की रिश्वत दे रही है, वो भी सबके सामने, हो क्या रहा है ये भैंचो । इधर SO साहब के इस रूप को देखकर म्रगेश और केदारजी बेहद ख़ुश थे, कि चलो अब डबल केस लगेगा इन पर ! अभी SO साहब का गुस्सा चरम पर ही था, कि कल्पना ने फिर बोलना शुरू किया बेहद ही शांत लहजे में, सर, मैंने चंद अनजान लोगों के सामने आपके ईमान की क़ीमत पूछी तो आप कितना गुस्से से भर गये, बस इतनी से बात आपको कितना आघात कर गयी, और इन लोगों ने उसने म्रगेश & फ़ैमिली की तरफ़ इशारा करके बोली, मुझे भरी शादी में मेरे अपनों के बीच, मेरे जिस्म की, मेरे वजूद की, मेरी ख़ुशियों की, मेरे अहम् की बोली लगायी थी, मुझे ऐसा लग रहा था कि जैसे मुझे नीलाम किया जा रहा हो, मेरे पिता हाथ जोड़ कर इनसे गिड़गिड़ा रहे थे, मेरी ख़ुशी और अपनी इज़्ज़त को बचाने की गुहार लगा रहे थे, पर इन बेशर्म लोगों पर कोई फ़र्क़ नहीं पड़ रहा था, क्यूँकि ये शादी नहीं सौदा कर रहे थे, और उसकी क़ीमत थी पच्चीस लाख रुपये या एक फ़ार्चुनर गाड़ी ! इतना बोलते-बोलते कल्पना की आवाज़ भारी और आँखें नम हो गयी, उसके गाल पर मोती से बहते आँसू साफ़ दिख रहे थे ! कल्पना आगे बोली, मैंने तो सिर्फ़ 2-4 चाँटे ही मारे, अगर मेरा बस चलता तो में इन राक्षसों का ख़ून कर देती ! कल्पना की बात सुनकर सभी लोग एक दम मौन हो गये, क्यूँकि ये वो हक़ीक़त थी जिसका दंश सभी ने कभी न कभी महसूस किया था ! अभी तक जो SO साहब गुस्से से पागल हुए जा रहे थे, वो भी कल्पना की सारी सच्चाई जानकार एक दम शांत हो गये थे ! कल्पना का रोना अब भी जारी था, कल्पना को इस तरह देख SO साहब ने रमाकांत जी को इशारे से अपने पास बुलाया और बोला, कि "लेडीज लोगों को आप घर भेज दो, अब इनका कोई काम नहीं है !" SO साहब के इतना कहते ही रमाकांत जी ने नवीन को इशारा किया और इससे पहले कि कुछ और पूछताछ हो नवीन ने तुरंत ही अनुज को बोलकर गाड़ी निकलवाई और तीनों लेडिज को उस में बिठाकर मैरिज हॉल के

लिए रवाना कर दिया !

कल्पना के ख़िलाफ़ कोई एक्शन ना होता देख, और उसको वापस जाता देख म्रगेश & फ़ैमिली शोर करने लगे ! "अब ये तो सर्व विदित है की हमारे देश का क़ानून कितना चूतिया है, उसकी आँख पर पट्टी तो इसलिए बाँधी जाती है, ताकि लोगों को लगे की क़ानून सिर्फ़ अंधा है"! चूँकि कल्पना ने इक़बालिया बयान में कहा था कि उसने म्रगेश को मारा, तो जब वो क़बूल कर रही तो कार्यवाही तो होना ही चाहिए ! सारी सच्चाई जानकार SO साहब का मन नहीं हो रहा था कि रमाकांत जी के ख़िलाफ़ कोई कार्यवाही करने का, और देखा जाये तो उनके ख़िलाफ़ कोई कार्यवाही बनती भी नहीं थी ! पर म्रगेश & फ़ैमिली कार्यवाही को लेकर काफ़ी दबाव बनाने लगे थे ! इधर SO साहब के मन में था कि कह दें कि तुमने बीच शादी में अनावश्यक दहेज़ की माँग की, तो लड़की वालों ने कूट दिया, बात बराबर, अब घर जाओ, पर वो ये बात बोल नहीं पा रहे थे और लड़का पक्ष उन पर हावी होता जा रहा था, अभी बहस चल ही रही थी कि म्रगेश के फूफा जी भीड़ को चीरते हुए एक दम से प्रकट हुए और SO साहब के हाथ में एकदम ज़बरदस्ती से अपना मोबाइल थमाते हुए बोले, "ये लीजिये विधायक जी से बात कीजिये !" विधायक का नाम सुनकर लड़की पक्ष लोग थोड़ा डरे की शायद अब हमें भी कुछ सोर्स लगाना पड़ेगा ! अमर जो अभी तक पीछे से सब देख रहा था और मन ही मन सारा कैलकुलेशन कर रहा था कि क्या क्या हो सकता है, और तब उसे क्या करना होगा ! कल्पना के जाते ही वो फिर से फ्रंट पर आ गया और मोर्चा सम्हाल लिया ! इधर SO साहब ने फ़ोन कान से लगाया और बोले, "नमस्कार विधायक जी कैसे है आप?" तो वहाँ से विधायक जी की थोड़ी ग़ुस्से में और नींद भरी आवाज़ सुनाई दी.. "अब आपके होते हुए कैसे होंगे !" फिर बोले, "हमारे आदमी सुबह तीन बजे परेशान हैं, इतना वबाल हो गया, मारपीट सब और आप आरोपियों पर कोई कार्यवाही नहीं कर रहे ! अभी SO साहब बात कर ही रहे थे कि सामने मेज पर रखा उनका फ़ोन बज पड़ा, स्क्रीन पर घर लिखा हुआ आ रहा था, उन्होंने फ़ोन डिसकनेक्ट कर दिया और विधायक जी की बात पर कॉन्सन्ट्रेट करने लगे, और बोले मामला इतना सिंपल नहीं है, अब ज़बरदस्ती तो किसी पर कार्यवाही कर नहीं देंगे, इन्होंने बीच शादी में फ़ोर्चुनर गाड़ी की डिमाण्ड कर डाली और ना देने पर शादी से इंकार कर दिया, अब आप अगले पक्ष की भी स्थिती भी तो समझिये, ये जो भी बवाल

हुआ है वो कोई एक तरफ़ा का विवाद नहीं है, तो विधायक जी बीच में बात काटते हुए बोले, कि "दहेज़ लेना तो रिवाज है परम्परा है, लेकिन इस तरह पूरी बारात पर कातिलाना हमला करना सरासर जुर्म है!" अभी विधायक जी शुरू हुए ही थे कि SO साहब का फ़ोन फिर से बज उठा, और इस बार उन्होंने तुरंत ही काट दिया, इस डिसट्रैक्शन में विधायक जी पता नहीं क्या-क्या बोल गये, SO साहब ने बीच में से कुछ सुना और बीच में से ही कुछ जवाब दे दिया! पर SO साहब के चेहरे पर झुंझलाहट और घर से बार-बार फ़ोन आने से बेचैनी, दोनों साफ़ देखी जा सकती थी! अब जब तीसरी बार उनका फ़ोन बजा, तो SO साहब ने विधायक जी से बोला, "आप निश्चिंत रहिये, जो भी न्यायसम्मत कार्यवाही होगी में करूँगा!" इतना बोल कर फ़ोन रख दिया और तुरंत ही घर का फ़ोन उठाया, वहाँ से शायद उनकी वाइफ़ ने बताया की बच्ची का बुखार तेज है, और काफ़ी रो भी रही है, आपको बुला रही है! इतना सुनकर SO साहब फ़ोन पर ही बिफर पड़े, बोले, "अब हम कोई डॉक्टर या जादूगर तो है नहीं कि छड़ी घुमाकर बिटिया की तबीयत ठीक कर देंगे, आपको बोला है 1-2 घंटे में आ रहे हैं, थोड़ा इमरजेंसी है तो आप से बिटिया को सम्हाला नहीं जा रहा, आता हूँ आधा-एक घंटे में, तब तक ध्यान रखिये उसका!" और बोल कर फ़ोन काट कर मेज पर पटक दिया, पर उनकी पत्नी के शब्द कि बच्ची काफ़ी रो रही है और आपको बुला रही है उनके कानों में गूँज रहे थे! बच्चे के दर्द को महसूस करते हुए एक बाप की तड़प को इस वक़्त उनके चेहरे पर साफ़ देखा जा सकता था!

SO साहब केदार जी से बोले, "अब आप बताइए क्या चाहते हैं इन लोगों से, अब पहले ग़लती आप की भी थी और फिर बाद में जो हुआ वो इन लोगों से हुआ, आप दोनों एक दूसरे के ख़िलाफ़ FIR करवा रहे हैं, अब शादी तो होने से रही, तो जो भी है अपना बातचीत से निपटा लो, अगर कोई समाधान निकल सके तो ठीक, वरना फिर क़ानूनन कार्यवाही की जाएगी!" SO साहब अभी अपना सुझाव दे ही रहे थे कि मिस्टर फूफा एक दम गरम हो गये और फिर से SO पर रौब झाड़ने लगे.. बोले, "आप तो उनकी तरफ़ से पैरवी कर रहे हो, अभी विधायक जी से भी बात करवाई, फिर भी आप कोई कार्यवाही नहीं कर रहे, आपके सामने लड़की ने भी कुबूल किया है कि हमला किया है।" फूफा ने चाटों को हमला क़रार देते हुए कहा। और फिर से SO पर दबाव बनाने की कोशिश की! पर इस बार अमर फ्रंट पर था, और वो भी अब आर-पार के मूड

  राहुल शिवहरे

में आ गया था।

अमर ने SO साहब से बोला, "सर सही बात है कार्यवाही तो हो ही नहीं रही है, और आपको ऐसा क्यों लग रहा है कि आपस में बातचीत से मामला सुलझा लेना चाहिए, सर बातचीत से मसले सुलझते हैं, अपराध नहीं! फिर आगे बोला, "कितना बड़ा जुर्म किया है इन लोगों ने, इनको तो इसका आइडिया नहीं हो रहा, कम से कम आप तो समझिये!" SO साहब ने अमर की बातों पर पूरा अटेंशन दिया, आख़िर जो बंदा उनके लिए इंग्लिश में फ़ाइट कर सकता है, कम से कम उसकी बात को ध्यान से सुनना तो बनता है! और इधर अमर भी अपनी पूरी रौ में आ गया था, वैसे भी उसने 3-4 दिन से कोई प्रेजेंटेशन नहीं दी थी, तो उसने इसे अब एक प्रेजेंटेशन ही मान लिया था! 'अमर प्रेजेंटेशन भी फाड़ देता था, और प्रेजेंटेशन में भी फाड़ देता था!' अमर बोला, "सर एक लड़की की ज़िन्दगी ख़राब हुई है, और सिर्फ़ लड़की ही नहीं, उसके परिवार के हर सदस्य को गहरी चोट पहुँची है, कितना आसान है यहाँ लोगों की ज़िंदगियाँ, उनके सपनों के साथ खेलना और ख़ुद को बचाने के लिए उसको बदनाम कर देना, इन लोगों को क्या फ़र्क़ पड़ेगा, आज कल्पना तो कल कोई और लड़की! लेकिन यहाँ कुछ ज़िंदगियाँ बर्बाद हो जाती हैं, पूरी ज़िंदगी इसी अवसाद में गुज़र जाती है कि हमारी ग़लती क्या थी, और कितना आत्मसमर्पण करना रह गया था! आप उस असहाय बाप की ओर देखिये.." अमर ने रमाकांत जी की तरफ़ इशारा करते हुए बोला, "इस बाप पर क्या गुज़र रही होगी, जिस बेटी को जन्म से अभी तक इतने नाज़ों से पाला, अपने ख़ून से सींचा और जिस समय उस की डोली उठाने का सपना सजोया, उसी समय वो अपनी बेटी के लिए आपके थाने में आप से इंसाफ़ माँग रहा है, सोच रहा है कि जिसे वो शादी समझ रहे थे वो तो सौदेबाजी थी!" अमर थोड़ा रुक कर आगे बोला, "सर आज आपकी बेटी को बुखार है, जो शायद कल तक ठीक भी हो जायेगा, लेकिन फिर भी आप अपनी बेचैनी देखिये, आप हो यहाँ पर आपकी आत्मा आपकी बच्ची में ही लगी हुई है, तो अंदाज़ा लगाइए आज अपनी बेटी को इस हालात में देखकर इन पर क्या बीत रही होगी, एक बार एक बाप की तरह सोचकर देखिये सर, आप दहल जाओगे। आज आपका एक निर्णय, एक मिसाल बन सकता है, आज आपके पास मौक़ा है किसी बेटी के पिता का सिर ना झुकने देने का। अगर आज ऐसा नहीं हुआ, तो हो सकता है कि कल जब आप की बेटी बड़ी हो और उसकी शादी में भी अगर

कुछ ऐसा हुआ तो आप भी कुछ नहीं कर पाओगे और न्याय के लिए फिर किसी चौहान साहब के सामने इसी तरह सर झुकाकर आँखों में आँसू लिये खड़े होगे !" अमर ने अपनी बातों से SO साहब पर एक दम वशीकरण-सा कर दिया था, वो ख़ुद को रमाकांत जी फ़ील करने लगे थे, अभी अमर कुछ और बोलने ही जा रहा था कि SO साहब बहुत तेज़ से चिल्लाये, "अरे यो प्रजापति लॉकअप खोल, आज सब पवित्र कर देंगे।" और उसके बाद जो हुआ वो अकल्पनीय था म्रगेश & फ़ैमिली के लिए, लगभग एक घंटे तक थाने के कोने-कोने से म्रगेश और उसकी फ़ैमिली के लोगों की मंगल चीख़ें गूँज रही थी, अब कौन दूल्हा और कौन दूल्हे का बाप, सब बुरी तरह पेले जा रहे थे, SO साहब स्वयं म्रगेश के फूफा को स्पेशल ट्रीटमेंट दे रहे थे, जो फूफा अभी तक SO साहब पर प्रेशर बना रहे थे, अब उनको ख़ुद का प्रेशर रोकना मुश्किल हो गया था ! पुलिस जब अपने ओरिजनल गेटअप में आती है तो मुर्दे भी खड़े होकर सलामी देने लगते हैं, ख़ैर ये तो जिंदा राक्षस थे, इनकी क्या ही औक़ात, और उस एक दिन एक बात और पता चली कि देश में पुलिस ही सबसे ऊपर है ! घंटे भर तक कूटने के बाद जब SO साहब थक गये, तो केदार जी ने जान बचाने के ख़ातिर अपनी सारी ग़लती क़ुबूल कर ली और रमाकांत जी का सारा शादी का ख़र्च का तुरंत भुगतान करने की हामी भी भरी, और साथ ही उन्होंने एक शर्त भी रखी कि बाक़ी सब को छोड़ दो, बस म्रगेश के फूफा को सुबह तक पेलो, क्यूँकि ये सब आग इनकी ही लगायी हुई है ! मामला निपटाने के लिए SO साहब ने रमाकांत जी और केदार जी को आमने-सामने बिठा दिया, बिठा क्या दिया, बैठे तो सिर्फ़ रमाकांत जी थे, केदार बाबु तो ठीक से खड़े भी नहीं हो पा रहे थे बैठना तो भूल ही जाओ ! केदार जी ने अपने इस कृत्य के लिए काफ़ी क्षमा याचना की और दस लाख रुपये का तुरंत ही नगद भुगतान करवाया, बाक़ी SO साहब से जो भी सेटेलमेंट रहा हो वो अलग ! SO साहब तो बाप के करेक्टर से बाहर ही नहीं आ रहे थे, उन्होंने केदार जी से लिखित में ले लिया था, कि या तो अपने लोंडे की शादी नहीं करोगे और अगर करोगे भी तो बिना दहेज़ के करोगे ! "केदार जी को आज समझ में आया होगा, कि पुलिस सिर्फ़ मारती नहीं है, मार लेती है !"

थाने से अब तमाशबीन लोग जा चुके थे, अब काफ़ी कम ही लोग बाक़ी थे, कुछ वो लोग जो सुबह तक हिलने की स्थिति में नहीं थे, कुछ रमाकांत जी के साथ वाले और अमर & गैंग ! गैंग के भी आधे लड़कों को कॉलेज वापस

भेज दिया था और बोल दिया था की अलर्ट रहना, अगर कुछ लफड़ा हुआ तो बुला लेंगे !

सारा मामला सेटल होने के बाद रमाकांत जी ने अब थाने से विदाई लेना ही उचित समझा ! उन्होंने बहुत ही आत्मीय तरीक़े से SO साहब से गले मिलकर उनको धन्यवाद दिया और बोले, "ऐसी स्थिती थी कि भाई ने भी मुँह मोड़ लिया, आज अगर आपका सहयोग नहीं मिलता, तो पता नहीं क्या हालत होती हमारी !" इस पर SO साहब बोले, "पुलिस के कर्तव्य के साथ-साथ एक पिता ने दूसरे असहाय पिता का साथ दिया है, इसलिए कि आज आपकी बेटी, तो कल मेरी बेटी ख़ुश और सुरक्षित रहे !" दो मिनट के भरत मिलाप के सीन के बाद रमाकांत जी, उन का बेटा नवीन, उनके रिश्तेदार, उनके पीछे अमर और अमर के पीछे गैंग सब थाने के बाहर निकल आये !

अभी गैंग थाने से बाहर निकली ही थी कि राघव के पापा का कॉल आ गया, राघव ने कॉल देखा तो उसको टेंशन होने लगी, कि अब जब सब निपट गया तो क्यूँ फ़ालतू मैं पूरी कहानी बताऊँ ! राघव को कॉल ना उठाता देख मधुर बोला, "तूने फ़ोन क्यों नहीं उठाया अपने पापा का !" तो राघव बोला, "यार मैटर तो सोल्वे हो ही गया है, तो फिर क्यूँ एक लाइफ़ लाइन ख़राब की जाये, पता नहीं कब फिर दुबारा ज़रूरत पढ़ जाये, अभी बताने का तो कोई फ़ायदा है नहीं, उल्टा सौ सवाल करेंगे वो अलग !" राघव की इस बात का पूरी गैंग ने पुरज़ोर समर्थन किया, आख़िर पता नहीं कौन कहाँ फँस जाएँ और कब लाइफ़ लाइन की ज़रूरत पढ़ जाये ! अभी बात चल ही रही थी, की राघव का फ़ोन फिर से बजा ! अभी थोड़ी देर पहले तक जिस फ़ोन के ना उठने से समस्या थी, अब उसी फ़ोन के आने से समस्या होने लगी थी ! इस बार भी राघव ने फ़ोन नहीं उठाया, अभी उधेड़बुन चल ही रही थी, कि फिर से कॉल आ गया, तो राघव सब से बोला, "तुम लोग चलो मैं थोड़ा शांत जगह मैं खड़े होकर बात करके आता हूँ !" और इतना बोलकर थोड़ा साइड में आकर राघव ने फ़ोन उठाया, फ़ोन उठाते ही उसने एक गहरी जम्हाई ली और ऐसे हेल्लो बोला, जैसे बहुत ही गहरी नींद से जागा हो ! राघव के फ़ोन उठाते ही उसके पापा ने सीधा सवाल दागा, तुम ने फ़ोन किया था दो-तीन बार, क्यूँ? राघव भी इतनी देर मैं सोच चुका था, कि उसको क्या बोलना है, बोला, "अरे पापा कुछ ख़ास नहीं, वो मैं बागवान फ़िल्म देख रहा था, तो उसमें अमिताभ बच्चन के साथ उसके लड़के कितना बुरा करते हैं, वो उनके

लिए कितना कुछ करता है कितनी मेहनत करता है, और उनके साथ कितना बुरा होता है बस यही सब देखकर मुझे आपकी याद आ गयी, तो मैंने आपको कॉल कर लिया, मैं तो अपने माँ-बाप के साथ कभी ऐसा नहीं कर सकता और इतना बोल कर राघव चुप हो गया!" राघव की बातें सुनकर, दो मिनट को तो उसके पापा भी नहीं समझ पाए कि इस बात पर क्या रिएक्शन दें, और ना वो ये पूछ पाए की तुम इतनी रात तक जाग के फ़िल्म देख ही क्यूँ रहे थे! दिन भर बड़े-बड़े क्रिमनलों से तोते की तरह सच उगलवाने वाले राघव के पिता जी अभी तक ये तय नहीं कर पा रहे थे की उनका लौंडा कितना सच बोल है और कितना झूठ, ख़ैर बाप तो बाप होता है, उन्होंने बड़े ही प्यार से राघव से पूछा, पक्का और कोई बात तो नहीं थी, कोई और परेशानी हो बता दो, पर राघव ने फिर से अपनी वही इमोशनल बात दोहरा दी! राघव की बात सुनकर पिता जी तो बस एक दम गदगद ही हो गये, पता नहीं उसकी कितनी ही पेंडिंग माँगों को पूरा करने का आश्वासन दे दिया, उस से भी बड़ी बात ये थी कि उनको उसकी सभी डिमाण्डस याद थी! राघव को इस तरह अपने पापा की भावनाओं के साथ खेलना बहुत ही ख़राब लग रहा था और उसका मन कर रहा था, की सब सच बता दे, अभी वो ये सब सोच ही रहा था, की तभी उसको याद आया कि उसको भी तो क्रिकेटर बनना था, और इतना याद आते ही राघव बस मुस्कुरा दिया!

वो कहते हैं ना कि जब कोई तूफ़ान गुज़रता है तो अपने पीछे एक तबाही का मंज़र छोड़ जाता है, और अभी इस तबाही की आग की तपिश को रमाकांत जी बख़ूबी महसूस कर रहे थे! वो सभी लोग थाने से निकलकर सामने की तरफ़ सड़क किनारे एक चाय और पान के कॉमन स्टाल पर आकर बैठ गये! चाय वाला भी रात के 3 बजे एक साथ इतने ग्राहक देखकर काफ़ी ख़ुश हो गया, और उसकी ख़ुशी इस लिए भी ज़्यादा थी, कि इन सब में कोई पुलिसवाला नहीं था, मतलब जितनी गिलास चाय उतने पैसे!

चूँकि ये तो सर्व विदित है कि चाय वाले और पान वाले अपने राजनीतिक ज्ञान और किसी भी बिषय पर व्यख्यान पेलने की विलक्षण प्रतिभा के धनी होते हैं, और अगर ये UP के हो तो फिर कहना ही क्या, बस ऐसा समझ लीजिये जितना गूढ़ राजनीतिक ज्ञान साउथ के किसी कद्दावर नेता को नहीं होता होगा, उस से ज़्यादा UP के पान वाले और चाय वालो को होता है! रमाकांत जी & फ़ैमिली टी-स्टाल पर पड़ी कुर्सियों पर बैठ गये, साथ में अमर भी वहीं बैठ गया,

राहुल शिवहरे

कंचा & गैंग थोड़ा-सा साइड में जाकर खड़े हो गये ! सभी लोग एकदम शांत थे, लगभग पाँच मिनट तक जब किसी ने आर्डर नहीं दिया, तो स्टाल वाले सज्जन ने ख़ुद ही पूछ लिया, हाँ जी भईया "कै ठो चाय" और उनके ये पूछते ही समझ आ गया कि भईया पूरबाईया है ! अमर ने सब को गिनकर बोला, "16 चाय", तो रमाकांत जी बोले, "हम नहीं पियेंगे !" फिर आगे बोले, "कन्यादान करना था सो व्रत और इतना बोलते बोलते उनकी आवाज़ रुंध गयी और आँखों से आँसू बहने लगे, तो नवीन उनको शांत करने के कोशिश करने लगा, बोला, "पिता जी शांत हो जाइये, अच्छा हुआ जो हमारी कल्पना उन राक्षसों से बच गयी, वर्ना पता नहीं आगे क्या-क्या होता !" नवीन की बात सुनकर रमाकांत जी रुँधे हुए गले से बोले, "बेटा अब आगे का ही तो समझ नहीं आ रहा, कि अब क्या होगा आगे !" अभी नवीन रमाकांत जी को सम्हाल ही रहा था कि चाय वाले को ज्ञान देने का कीड़ा काट गया और वो ख़ुद ही शुरू हो गया ! चूँकि बात आस-पास फैलने लग गयी थी, और चाय वाला भी तो थाने के सामने ही था तो सारे केस से अपडेट था, बोला, "भाई साहब लड़के का क्या ही बिगड़ेगा कुछ नहीं, आज नहीं तो कल लड़के की शादी तो हो ही जानी है, पर लड़की की ज़िन्दगी बर्बाद हो गयी, अब कहाँ होने वाली उसकी शादी और आज कल तो जितने मुँह उतनी बातें, किस किस को समझायेंगे आप !" एक ही साँस में इतना बोलकर वो फिर आगे बोला, "भईया जी बड़ी ही बलेंडर मिस्टेक कर दी आप ने थाने आकर, वही मामला सुलटा लेते और राम-राम करते !" चाय वाले की इन बातों ने अमर के तन बदन में आग लगा दी, उसने तुरंत ही MJ को इशारा किया कि इसका ज्ञान भैरव बंद करवाये ! MJ तुरंत ही चाय वाले के पास पहुँचा और एक दम क़रीब आकर बोला, "इंसान का मूड देखकर उसकी गाँड में उँगली करनी चाहिए समझे, अपने इन पौष्टिक विचारों को डालो अपनी गाँड में और चुपचाप चाय बनाओ और अब अगर तुमने दुबारा मुँह खोला, तो इस चाय को उतार कर तुम्हें भट्टी पर चढ़ा देंगे समझ गये चूतिया कहीं के !" MJ की चेतावनी का व्यापक असर हुआ और चाय वाले ने अपना 100% फ़ोकस सिर्फ़ चाय पर ही कर लिया !

दस मिनट बाद सभी लोग चाय पी रहे थे, पर रमाकांत जी अभी भी गहरी चिंता में दिख रहे थे ! चाय वाले की बातों ने उनकी मायूसी को कई गुना और बड़ा दिया था ! वो बार-बार अपने रूमाल से अपनी आँखें पोंछते और फिर कुछ ही देर मैं उनकी आँखें फिर से भर आतीं ! नवीन ने रमाकांत जी का ध्यान बाँटने

के लिए अमर से बातचीत शुरू कर दी, भईया जी आपका परिचय, और परिचय के पहले आपका बहुत-बहुत धन्यवाद, जिस तरह आपने हमारी मदद की वैसे तो कोई अपना भी नहीं करता! नवीन के इस धन्यवाद प्रस्ताव पर अमर बस मुस्कुरा दिया, और इस मुस्कुराने के साथ-साथ वो समझ गया था कि अब बहुत सम्हल के खेलना है, अगर उनको पता लगा कि हम बिन बुलाये मेहमान है तो हीरो से जीरो बनने में टाइम नहीं लगेगा, और अमर अब किसी भी क़ीमत पर जीरो नहीं बनना चाहता था, क्यूंकि उसके बड़े से दिल में एक छोटी-सी ख़्वाहिश दस्तक दे चुकी थी! अपने इंट्रो मैं अमर ने कहा की वो नोएडा से आया है, अपनी कंपनी की तरफ़ से यहाँ विशम्भर नाथ कॉलेज कॉलेज मैं कैंपस प्लेसमेंट करने के लिए! इतना बोल कर अमर चुप हो गया! पर अभी भी उनका सवाल वही था, कि यहाँ शादी में कैसे? एक मिनट के पॉज के बाद अमर आगे बोला, "आपके जो केटर्स हैं लकी अरोरा मेरे बहुत ही अच्छे दोस्त हैं, आज इत्तेफ़ाक़ से उनसे बात हुई, तो उन्होंने बताया कि वो काफ़ी समय से देल्ही नोएडा में काम के लिए ट्राय कर रहे थे, लेकिन कोई बात नहीं बन रही थी! अभी मेरी कंपनी अगले महीने एक आउटडोर पार्टी कर रही है, तो सोचा क्यूँ ना अपने लकी भाई की देल्ही एंट्री करवा दूँ, और इसी लिए उन्होंने अपना अरेंजमेंट देखने के लिए बुला लिया! बस सारा अरेंजमेंट देखकर, लकी से बात करके निकल ही रहा था, कि आपका ये मसला हो गया, आप लोगों के साथ इतना ग़लत होता देखकर रहा नहीं गया, तो बीच में बोल पड़ा, "माफ़ कीजियेगा!" अमर के इतना डिटेल में समझाने के बाद नवीन की आँखों मैं दिखने वाला क्वेश्चन मार्क का साइन अब धुंधला हो गया था! अमर को इतने कॉन्फ़िडेंस से झूठ बोलता देख सारी गैंग मुस्कुराने लगी! इंट्रो देने के बाद अमर ने जैसे ही गैंग की तरफ़ देखा, तो सब जल्दी से दायें-बायें देखने लगे, लेकिन उनका मुस्कुराना अभी भी जारी था!

रमाकांत जी अभी थोड़ा सा शांत हुए ही थे, कि अचानक से उनका फ़ोन बजा, देखा तो किसी अनजान नंबर से कॉल था, रमाकांत जी ने जैसे ही फ़ोन उठाया, तो वहाँ से आवाज़ आयी, अवस्थी जी बात कर रहे हैं? तो रामकांत जी बोले, "हाँ रमाकांत अवस्थी बात कर रहा हूँ!" तो इसके उत्तर में आवाज़ आयी, "हम बोल रहे हैं दीपक कुमार चौरसिया, सवेरा अख़बार से, आपकी न्यूज़ मिली है, वैसे तो हमको सारी डिटेल्स मिल गयी है, बस आपका पक्ष जानना था, तो बताइए फ़ोन पर ही बता सकते हैं या अभी मुलाक़ात हो जाएगी, वो क्या है ना

राहुल शिवहरे

की आपकी न्यूज़ फ्रंट पेज पर छपेगी, तो उसको अभी छपने से रुकवाया है!" फिर चौरसिया जी आगे बोले, "बिना दोनों पक्षों से बात किये हम मनगढ़ंत नहीं छापना चाहते!" अख़बार का नाम सुनकर रमाकांत जी तो एक दम भाव-शुन्य हो गये! उनकी तो सिट्टी-पिट्टी गुम हो गयी, वो रोज जिस अख़बार को पढ़ते थे, आज ख़ुद उसकी एक सनसनीखेज़ ख़बर बनने जा रहे थे! उनके मुँह से बस इतना ही निकला, आ जाइये शहनाई मैरिज हॉल!

रमाकांत जी के चेहरे पर उड़ती हवाइयाँ देखकर सब को अंदाज़ा हो गया था की फिर से कोई बड़ा इशू हो गया है! फ़ोन कटते ही नवीन ने पूछा, किसका फ़ोन था पापा? तो रमाकांत जी कुछ बोले नहीं, बस अपना फ़ोन नवीन के हाथ में दे दिया! फ़ोन की स्क्रीन पर दीपक चौरसिया पत्रकार, कॉल डीयूरेशन 3:44 मिनट चमक रहा था! अमर भी नवीन के पास ही बैठा हुआ था, उसने भी देखा कि किसी पत्रकार का फ़ोन था, और उस फ़ोन से रमाकांत जी बहुत परेशान हो गये थे, तो अमर रमाकांत जी को थोड़ा रिलैक्स करने के लिए बोला, "अरे अंकल जी, अगर किसी पत्रकार का फ़ोन आ गया तो इसमें इतनी घबराने वाली क्या बात है, आप ने कोई चोरी थोड़े की है, एक बहुत ही हिम्मत का काम किया है आपने और आपकी बेटी ने, जिस की जितनी तारीफ़ की जाये कम है! पर अमर की इस हौसला अफजाई का कोई असर नहीं हो रहा था रमाकांत जी पर!" अभी वो इसी उधेड़बुन मैं लगे थे कि क्या किया जाये, तभी उनके साथ बैठे रिश्तेदारों मैं से एक सज्जन खड़े होकर उनके पास आये और बोले, "रमाकांत अगर तुम कहो तो कुछ उपाय करूँ, एक व्यवस्था हो सकती है, पर अगर तुम राजी हो तो!" अमर ने बड़े ही आश्चर्य से उस सज्जन की तरफ़ देखा, कि ये अचानक से संकटमोचन कौन प्रकट हो गया! वो सज्जन कोई और नहीं, आज की शादी करवाने वाले पण्डित श्रीधर पाठक थे! कोई 60-65 साल की उम्र, सामान्य कद-काठी और आसामान्य तोंद के साथ ख़ुद को बैलेंस किये हुए, स्टाइलिश कटे हुए बाल, गोरे रंग पर उनकी गहरी भूरी आँखों उनके अखण्ड हरामी होने की गवाही दे रही थी, जिसे अमर ने बख़ूबी पढ़ लिया था! पण्डित श्रीधर ने ख़ुद के बारे मैं एक अफ़वाह उड़ाई हुई थी कि उनकी कराई गयी शादियाँ सात जन्मों तक के लिए सेट हो जाती है! ख़ैर जैसे ही पण्डित श्रीधर व्यवस्था की बात कही, रमाकांत जी की आँखों मैं चमक आ गयी, बोले, "अरे पण्डित जी, क्या समाधान है जल्दी बताओ, यहाँ एक-एक सेकण्ड काटना भारी हो रहा!"

रमाकांत जी स्वीकृति मिलते देख पण्डित श्रीधर आगे बोले, कि "मेरी मानो तो इसी मण्डप में बेटी की शादी कर दो!" "शादी कर दो? मतलब क्या है आपके कहने का पण्डित जी?" इस बार नवीन बोला। फिर आगे बोला, "अरे शादी करने ही तो आये थे और क्या से क्या हो गया, सब आपके सामने ही है, अब दूसरा लड़का क्या किडनेप करके लाये कहीं से, कैसी बात करते हो पण्डित जी आप भी!" और इतना बोल कर चुप हो गया! नवीन की बात इत्मीनान से सुनने के बाद पण्डित श्रीधर ने जाल फेंका.. बोले, "तुम बस हाँ करो, लड़के का इंतज़ाम मैं करता हूँ!" और इतना बोल कर बिना रमाकांत जी और नवीन का जवाब सुने ही उन्होंने साइड मैं जाकर फ़ोन लगाना शुरू कर दिया! लगभग 5 मिनट बाद वो वापस आये और रमाकांत जी तरफ़ देखकर मुस्कुराते हुए बोले, "लड़के का इंतज़ाम हो गया है, अब बस आप किसी तरह इस कलेश को निपटाओ और मुक्ति पाओ इस झंझट से, वर्ना मुँह दिखने लायक़ नहीं रहोगे बिरादरी में! अभी एक लड़की और बाक़ी है शादी को, उसका भी कुछ ख़याल करो!" पता नहीं क्यूँ अमर को ये आदमी पहले ही बहुत खटक सा रहा था, और जब उसने लड़के वाली बात बोली, तो कन्फर्म हो गया था कि कोई ना कोई सीन तो है इस आदमी का! अभी बात चल ही रही थी कि एक 42-45 साल का व्यक्ति सामने आकर खड़ा हो गया! उसको देखकर सबकी नज़रों में सवालिया निशान बन गया, कि कौन हो भाई आप? इस से पहले की कोई कुछ जुबान से पूछता, पण्डित श्रीधर ही बोल पड़े, "अरे इधर आ जाओ रंजन।" और इस तरह पता चला कि वो भाई साहब का नाम रंजन और ये पण्डित श्रीधर की नज़रों में अभी भी तीस साल के नवयुवक हैं, जो की रमाकांत जी की लड़की के लिए पूर्णता सुयोग्य वर है! रंजन को अपने पास बुलाकर श्रीधर जी ने रमाकांत जी से उसका परिचय बड़े ही जोश के साथ करवाया, ये रंजन कुमार शुक्ला हैं कान्यकुब्ज ब्राह्मण है, एक दम शुद्ध, ना कोई ऐब और ना कोई बैर! इनके चेहरे का तेज़ स्वयं ही बता रहा है इनके बारे में! सिंचाई विभाग में क्लर्क हैं और ख़ुद का एक बड़ा मंदिर भी है! बस ये समझिए राज-पाट ही है, नौकरी तो बस नाम मात्र की करते हैं! सारा समय तो हवन-पूजन में ही जाता है! इतना महिमा मंडन करने के बाद श्रीधर जी थोड़ा सा मुद्दे की ओर आये और बोले, अभी 2 साल पहले ही इनकी पत्नी की आसमयिक मृत्यु हो गयी, दो छोटी बच्चियाँ हैं रंजन जी की। आपके संकट की चर्चा की तो रंजन जी तुरंत ही मदद के लिए राजी हो गये! बिना किसी शर्त और

लेनदेन के ये कल्पना बिटिया को स्वीकार करने के लिए तैयार है, इतना बोल कर श्रीधर महाराज चुप हो गये और रमाकांत की प्रतिक्रिया का इंतज़ार करने लगे! पर इस से पहले की रमाकांत जी कुछ बोलते, अमर ने अपनी प्रतिक्रिया दे दी! अमर बोला, "पण्डित जी ये कैसे आपको एक मात्र सुयोग्य वर लगते हैं किसी भी लड़की के लिए! जरा इनकी उमर और जिसे आप बिटिया बोल रहे हैं, उसकी उमर का अंतर तो देखिये!" अभी अमर अपनी बात बोल ही रहा था कि पण्डित श्रीधर ने एक दम तेज़ और कड़क आवाज़ में बोला, "आप कौन हैं जो हमारे पारिवारिक ममाले में बोल रहे हो, हैं कौन आप और आपकी हिम्मत कैसे हुई हमारे निजी मामले में दख़ल देने की!" एक तो ये नया नाटक, उस पर पण्डित श्रीधर का तेज आवाज़ में बोलना, सुनकर अमर का दिमाग़ एक दम घूम-सा गया, वो बोला, "अरे पण्डित जी ज़्यादा हिम्मत-हिम्मत मत करो, अगर अभी हिम्मत दिखा दी तो तुम्हारी धोती गीली हो जायेगी समझे! इसलिए अगर इज़्ज़त से बात बात कर रहे हैं तो इज़्ज़त से ही जवाब दो, समझ गये!" पण्डित जी को टाइट करने के बाद अमर रमाकांत जी से बोला, "मैंने आपका साथ दिया, इसलिए नहीं कि मुझे आप से कुछ चाहिए ये मेरा कोई स्वार्थ था, बस आप सही थे और आपके साथ कुछ ग़लत ना हो सके इसलिए आपका साथ दिया! और अब अगर आप किसी और के साथ ग़लत करेंगे तो मैं उसका भी साथ उतनी ही ताकत से दूँगा, ताकि उसके साथ भी कुछ ग़लत ना हो सके!" इतना बोल कर अमर ने एक गहरी साँस ली और आगे बोला, "सर आपकी बेटी ने आपके सम्मान के ख़ातिर अपने जीवन को दाँव पर लगा दिया कि कहीं कोई आपका सर ना झुका पाए, और उसी बेटी को खाई से बचाकर कुएँ में धकेल रहे हैं, क्यूँकि लोग क्या कहेंगे, बस इसलिए आप उसकी शादी उस से लगभग दुगनी उम्र के व्यक्ति से करना चाहते हैं! आपको उन लोगों की परवाह है जिनको आपसे कोई मतलब नहीं, कोई वास्ता नहीं, पर आपको अपनी बेटी की परवाह नहीं जिसके लिए आप भगवान जैसे हो! उसके लिए इस तरह तिल-तिल करके मरने से अच्छा है की उसे आप ही मार डालो!" अमर को समझ नहीं आ रहा था कि गुस्से में वो क्या-क्या बोले जा रहा है! अमर को ये सब बोलते देख पण्डित श्रीधर तैश में आकर अभी कुछ बोलने ही जा रहे थे, कि गैंग में से एक लड़का निकल कर आया और उसने अमर के कान में कुछ कहा, जिसे सुनकर अमर के चेहरे पर एक हल्की-सी लेकिन गुस्से से भरी मुस्कान आ गयी, और उसी मुस्कान

के साथ के साथ अमर पण्डित जी से बोला, "अरे पण्डित जी, ये पण्डिताई के साथ-साथ दलाली कब से शुरू कर दी!" अमर की बात सुनकर पण्डित श्रीधर एक दम से थोड़ा सकपका गये और लड़खड़ाते से लहजे में बोले, "ककक... क्या मतलब, कैसी दलाली?" तो अमर बोला, कि "आपके नवयुवक जी शादी तो बिना कुछ लिये कर रहे हैं, पर इस शादी के लिए आपको कितना दे रहे हैं!" अमर की बात सुनकर, पण्डित श्रीधर ने तुरंत ही इमोशनल कार्ड खेला और बोले, रमाकांत से हम 25 साल से जुड़े हैं, पारवारिक रिश्ता है हमारा रमाकांत से, कल्पना हमारी बेटी जैसी है! फिर अमर पर कटाक्ष करते हुए बोले, "पर तुम आज कल के लड़के क्या समझो ऊँच-नीच क्या होती है, माँ-बाप ने थोड़ा बहुत पढ़ा-लिखा दिया, अब घूम रहे हो आवारा लफंडरों की तरह दूसरों के मामलों में टंग अड़ाते हुए!" अमर & गैंग की इतनी बेइज़्ज़ती करने के बाद पण्डित श्रीधर फिर से रमाकांत जी से मुख़ातिब हुए और बोले, "गंगा माई की क़सम खाते हैं कि अगर एक पैसे की बात भी की हो रंजन से, वो तो तुम्हारी तकलीफ़ नहीं देखी गयी तो इतना प्रयास कर लिया, बाक़ी तुम्हारा भाग्य!" और इतना बोल कर रुआँसी-सी शक्ल बनाकर चुपचाप खड़े हो गये! अमर & गैंग एक तो बेइज़्ज़ती और फिर पण्डित श्रीधर के राजा हरिश्चंद वाले ऐटीटूड से एक दम बैकफुट पर आ गये थे! अमर को कुछ समझ नहीं आ रहा था, कि श्रीधर को कैसे आउट किया जाये! तभी उसकी नज़र रंजन शुक्ला पर गयी, जो की इस डिस्कशन से काफ़ी बेचैनी-सी महसूस कर रहे थे! अमर ने अब रंजन शुक्ला को घेरा, अमर रंजन से बोला, "अब आप ही बतायें रंजन जी, क्या कोई डील थी आपके और पण्डित श्रीधर के बीच?" अमर का सवाल सुनकर रंजन शुक्ला कुछ आंसर नहीं कर पाये! ये देखकर अमर समझ गया की ये बंदा फँस सकता है, बस एक तीर और! अब अमर भावुकतापूर्ण, लेकिन कॉन्फ़िडेंस भरे लहजे में अपने सवाल को नये तरीक़े से दोहराते हुए बोला, "रंजन जी आपको आपकी बेटियों की क़सम है सही बोलना, क्या कोई डील थी आपके और पण्डित श्रीधर के बीच?" अमर का ये तीर निशाने पर लग गया! रंजन जी बोले, "मैं अपनी बेटियों की झूठी क़सम नहीं खा सकता, वही तो मेरी अब सब कुछ है!" फिर आगे बोले, "हाँ हमारे बीच डील थी, मैंने कुछ समय पहले ही श्रीधर जी से अपनी दूसरी शादी की चर्चा की, बोला था कि अगर कोई ज़रूरतमंद हो, जो हमारे काम आ सके और हम उसके, तो मिलवाइएगा! कोई शारारिक भोग की लालसा नहीं थी, बस

राहुल शिवहरे

अपनी बच्चियों के बेहतर पालन पोषण के लिए एक कर्तव्य था ! फिर आज रात क़रीब 1 बजे पण्डित श्रीधर का फ़ोन आया, बोले लड़की की व्यवस्था बन सकती है और रमाकांत जी के साथ हुई पूरी घटना बताई, फिर बोले, बच्चियों की परवरिश तो होगी ही होगी, साथ ही साथ इस उमर में तुमको भी सारे वैवाहिक सुख मिलेंगे वो अलग ! ये शादी करवाने के लिए श्रीधर जी ने 2 लाख रुपये की डिमाण्ड की थी, बोले थे, तुम पैसों का इंतज़ाम कर के यहाँ आ जाओ और बाक़ी सब मुझ पर छोड़ दो ! रंजन जी के इस इक़बालिया बयान को सुनकर सबके मुँह खुले के खुले रह गये ! अपने कुकर्मों की गाथा सुनकर पण्डित श्रीधर एक दम बदहवास होकर चिल्लाते हुए बोले, जहाँ मुझ पर इतना नीच और झूठा इल्ज़ाम लगाया जाये वहाँ अब मैं एक क्षण भी नहीं रुकूँगा ! आज कल तो भलाई का जमाना ही नहीं रहा, और इतना बोल कर तेज़ी से चाय की दुकान से निकल कर चल दिए ! उनके जाते ही, पूरी गैंग भी उनके पीछे चली गयी ! बाक़ी लोगों को पण्डित श्रीधर के पीछे जाते देख नवीन ने इशारे में अमर से पूछा, "ये सब उनके पीछे?" तो अमर बोला, "पण्डित जी ने आज तक बहुत प्रसाद बाँटा है, आज उनको प्रसाद मिलने का दिन है !"

कुछ देर की शांति के बाद अमर रमाकांत जी से बोला, "एक बार फिर से यहाँ भी बेटियों ने आपको बचा लिया !" इसके बाद अमर ने थोड़ा ज्ञान देने के अंदाज़ मैं बोलना शुरू किया, बोला, "आप क्यों ख़ुद को किसी अपराधी की तरह देख रहे हैं, अपने या आपकी बेटी ने ऐसा ग़लत किया है जिसकी सजा मिलनी चाहिए ! अपनी रक्षा करना ग़लत कब से हो गया, और आप तो एक टीचर हैं और अगर टीचर ही सही ग़लत का फ़ैसला नहीं कर पा रहे तो फिर किसी और से क्या उम्मीद की जाये, इतना ज्ञान देकर अमर ने एक गहरी साँस ली और चुप हो गया !" अमर की बात सुनकर रमाकांत जी बोले, "बेटा ये बातें सुनने और कहने मैं अच्छी लगती है, पर जब गुज़रती है तो कोई साथ देने वाला भी नहीं होता !" रमाकांतजी की बातों से उनकी बेबसी और हताशा को साफ़ महसूस किया जा सकता था ! रमाकांत जी आगे बोले, "बाइस की थी तब से इसके लिए लड़का ढूँढ़ रहा था, माँगलिक थी, पाचसों लड़के देखे पर कहीं बात ही नहीं बनी, कितनी ही मुश्किलों के बाद किसी तरह ये रिश्ता हुआ था, पर सब तहस-नहस हो गया, और अब पता नहीं इसके बाद आगे क्या-क्या होगा !" रमाकांत जी की ये घोर डिप्रेसन भरी बातें अमर को भी काफ़ी बेचैन कर रही थीं, इसी बेचैनी में अमर से

रहा नहीं गया और उसने धीमे से रमाकांत जी से कहा, "अगर आप आज्ञा दें तो मैं कल्पना जी से शादी करना चाहूँगा!" अमर की बात सुनकर रमाकांत जी और नवीन दोनों ने ही डेली सोप वाला रिएक्शन दिया, दोनों ने एक दूसरे की तरफ़ देखा और आँखों ही आँखों में पूछा, "अब ये क्या नया बवाल है!" लगभग दो मिनट की शांति के बाद रमाकांत जी ने ही बोलने की पहल की, बोले, "बेटा जी आपने पहले ही हमारा इतना साथ दिया, इतनी मदद की, जब कोई भी नहीं था हमारे साथ, आप हमारे लिए काफ़ी कुछ कर चुके हो, हम तो पहले ही आपके इतने एहसानमंद हैं! फिर एक गहरी साँस लेकर बोले, आप और परेशान मत हो, अब देखते हैं इस समस्या का क्या हल निकाला जाये! रमाकांत जी का इतना डिप्लोमेटिक जवाब सुनकर अमर समझ गया कि बुड्ढा खेल गया! रमाकांत जी की बात पर अमर पलट कर बोला, "मैं कल्पना जी से शादी कर के आप पर कोई एहसान नहीं करने जा रहा, मैं तो वाक़ई ऐसी ही लड़की से शादी करना चाहता हूँ, जिस में इतना तेज हो कि कोई आँख उठाकर ना देख सके, जो अपने आत्मसम्मान के लिए किसी भी हद तक लड़ जाये और हर मुसीबत में मेरे साथ बराबरी से खड़ी रहे मेरी ढाल बनकर! जिसके मिलने से मुझे ये एहसास हो कि मैं अभी तक अधूरा ही था, और कल्पना जी शायद इन सब से भी बहुत आगे होंगी, और अगर वो मेरी जीवनसाथी बनी तो ये मेरा सौभाग्य ही होगा!"

अमर ने अपने जीवनकाल में देखी हुई सारी हिंदी फ़िल्मों की लाइनों को जोड़कर जो ये डायलॉग बोला था, जिसे सुनकर क़सम से रमाकांत जी और नवीन तो एक दम भावविभोर ही हो गये थे! अमर की बातों को सुनकर रमाकांत जी बोले, "बेटा आप को अभी हम जानते ही कहाँ है और आप भी हमको ठीक से जानते नहीं हो फिर कैसे ये सब, मतलब बड़ा अजीब सा नहीं हो रहा है! 1 मिनट के साइलेंस के बाद रमाकांत जी बात को आगे बढ़ाते हुए बोले, "आप का पूरा नाम क्या है?" रमाकांत जी के इस सवाल का मतलब अमर के नेम से नहीं उसकी सरनेम से था! रमाकांत जी का सवाल सुनकर अमर ने बहुत ही सलीक़े से अपना जवाब दिया, "जी मेरा नाम अमर है!" अमर का जवाब सुनकर अब रमाकांत जी ने भी थोड़ा स्पस्ट किया, बोले, "अमर क्या, मतलब सरनेम क्या है आपका?" तो अमर बोला, "अगर मुझे सरनेम बताना ही होता तो आपके पूछने पर पहले ही बता देता, पर बताया इसलिए नहीं कि आप अभी भी मुझे में वही खोज रहे हैं, जिस की वजह से आप अभी इस हालात में पहुँचे हैं, काश

कि आप इंसान पहचानने की कोशिश करते, पर आप तो मेरी जात पहचानने में लगे हैं!" अमर अब थोड़ा-सा तैश में आ गया, बोला, "अभी क्या हुआ, एक ने आपकी इज़्ज़त की क़ीमत लगायी और दूसरे ने आपकी बेटी की और ये दोनों ही आपकी समाज के सम्मानीय और प्रतिष्ठित लोग थे!" इतना बोलते-बोलते अमर की आवाज़ थोड़ी तेज़ हो गयी थी, तो अमर ख़ुद को शांत करते हुए बोला, "अपनी परंपरा और रीतियों को निभाइए, पर उन्हें अपनी मजबूरी मत बनाइये, आपको इस समाज से डरने की नहीं बल्कि उसे सुधरने की, उसे आइना दिखाने की ज़रूरत है, ताकि आज जो आपके साथ हुआ, कल किसी और के साथ ना दोहराया जाये!

एक गहरी साँस लेकर अमर बोला, "30 साल उम्र है, यहीं झाँसी का रहने वाला हूँ, अभी नोएडा मैं रहता हूँ, वहीँ जॉब करता हूँ, अच्छी सैलरी है लगभग एक लाख रुपये! अकेला लड़का हूँ अपने माता-पिता का.." अपने बारे में और दो चार बातें बता कर अमर चुप हो गया! पर अमर को लग गया था कि गुस्से में शायद वो कुछ ज़्यादा बोल गया है, पर सुकून ये भी था, कि जो भी बोला, सच बोला!

इधर सारी गैंग पण्डित जी को प्रसाद देकर वापस आ गयी थी, और सारा डिस्कशन भी सुन लिया था और अब सारे लोग किसी रियल्टी शो की तरह फ़ील करते हुए रिज़ल्ट का इंतज़ार कर रहे थे! टिक-टिक-टिक लगभग एक मिनट के पॉज़ के बाद नवीन अपनी जगह से उठा और अमर के पास आकर बोला, "आप जैसा एक दोस्त मिलना बड़ी बात है और आप तो हमारे परिवार का हिस्सा बनना चाहते हो", फिर थोड़ा ठहर कर बोला, "हमें आप का ये साथ मंज़ूर है, आपको अपने परिवार मैं जोड़कर हमें वाक़ई में बहुत ख़ुशी होगी!" नवीन की इतनी आत्मीय बातें सुनकर अमर ने रमाकांत जी तरफ़ देखा तो नवीन बोला, "पापा की तरफ़ से मैं हाँ बोलता हूँ!" जब नवीन ने ये शब्द बोले तो रमाकांत जी भी मुस्कुरा दिए, और फिर अमर ने नवीन को गले लगे लिया!

जब सब ओके हो गया, सभी लोग वहाँ से चलने ही वाले थे, कि तभी अमर ने कहा, मेरी एक छोटी-सी शर्त है! अमर की ये बात सुनकर सब लोग ठिठक के वहीं रुक गये, सब की आँखों एक बड़ा सा प्रश्नचिन्ह तैरने लगा था, रमाकांत जी तो बस बोलने ही वाले थे कि तुमको भी दहेज चाहिए क्या, बस किसी तरह से ज़ुबान को रोक रखा था! अमर ने भी सस्पेंस को ख़त्म करते हुए

बोला, "बस छोटी सी शर्त ये है, कि मैं एक बार कल्पना जी से मिलना चाहता हूँ, शादी के लिए उनकी हाँ और ना भी मेरी लिए उतनी ही इम्पोर्टेन्ट है जितनी आप लोगों की, क्यूँकि मैं नहीं चाहता कि ये शादी एक शादी ना होकर एक समझौते में बदल जाये, क्यूँकि समझौते में सिर्फ़ लाभ और हानि होती है, जबकि संबंध मैं प्रेम और समर्पण होता है!" अमर के विचारों से रमाकांत जी और नवीन तो पहले ही प्रभावित थे, इन बातों ने तो और भी क़ायल कर दिया था, तो ना बोलने का तो सवाल ही नहीं था! सभी लोग वापस मैरिज हॉल के लिए निकल पड़े!

मैरिज हॉल में अब काफ़ी कम लोग ही रह गये थे! काफ़ी लोग तो बवाल के टाइम पर ही निकल गये थे, कि कहीं कोई पुलिस का चक्कर ना हो जाये! अब बस जो भी लोग बचे थे वो रमाकांत जी के ख़ास और परिवार के लोग ही थे! रमाकांत जी के पहुँचते ही मैरिज हॉल में हलचल मच गयी! सब जानना चाहते थे कि क्या निपटारा हुआ, क्या नतीजा निकला! रमाकांत जी ने सारी बातें बताई और जैसे ही लोगों को पता चला की अमर नाम का लड़का कल्पना से शादी करना चाहता है, वो भी अभी इसी मण्डप में! इतना पता चलते ही अचानक से अमर पॉइंट ऑफ़ अट्रेक्टशन बन गया, हर कोई अमर को देखना और जानना चाह रहा था! कही कोई अमर की सराहना कर रहा था, तो कोई इस बात की चिंता मैं डूबा हुआ था कि लड़का तो ठीक-ठाक लग रहा है, फिर इतने बवाल के बाद भी इस लड़की से शादी क्यूँ कर रहा है, ख़ैर सबका अपना-अपना नज़रिया होता है, और अमर को कहाँ ही किसी के नज़रिये से कोई फ़र्क़ ही पड़ने वाला था! अमर के इस ऐतिहासिक निर्णय मैं पूरी कॉलेज गैंग भी एक दम फुल सपोर्ट मैं थी, तो फिर किसी की क्या मजाल की कोई कुछ चू-चपट करे! जैसा की अमर ने बोला था कल्पना से एक फ़ेस टू फ़ेस मुलाक़ात के लिए, तो नवीन ने अमर को मैसेज करवाया की आप अंदर मिलने के लिए आ सकते हैं! अमर जब कल्पना से मिलने के लिए जा रहा था, तो पीछे से गैंग में से किसी ने अमर को छेड़ते हुए गया "जिंदा रहने के लिए तेरी क़सम, एक मुलाक़ात ज़रूरी है सनम" सुनकर अमर कुछ बोला नहीं, बस हल्के से मुस्कुरा दिया! मैरिज हॉल में अंदर की तरफ़ लेडीज रूम था जहाँ अमर को बुलाया गया था! रूम के सामने ही अमर को नवीन दिखायी दिया और साथ मैं उसकी वाइफ़ अंजू भी, अमर जैसे ही नवीन के पास पहुँचा तो नवीन ने अपनी वाइफ़ का परिचय दिया, ये मेरी वाइफ़ है अंजू और फिर अंजू से बोला, अमर जी को कुछ देर के लिए कल्पना से मिलवा

दो, कुछ बात करना चाहते हैं! सब पहले से ही तय था, तो इतना सुनते ही अंजू अमर को अपने साथ अंदर की तरफ़ ले गयी शायद पीछे एक और रूम था, जहाँ ये मुलाक़ात संभव थी! अमर जैसे ही रूम के पास पहुँचा वहाँ अमर को कल्पना दिखायी दी! रूम में काफ़ी रौशनी थी और बाहर भी चारों तरफ़ काफ़ी रौशनी थी, पर फिर भी कल्पना के चेहरे की चमक के आगे सब फीका-सा लग रहा था! कल्पना को देखकर अमर का दिल काफ़ी जोर से धड़कने लगा, अब ये डर था या ख़ुशी, इस इसका कोई आइडिया नहीं!

अमर और कल्पना आमने-सामने खड़े थे! दो मिनट तक कोई कुछ नहीं बोला तो कल्पना की भाभी ने थोड़ी समझदारी दिखायी और बोली, आप लोग जल्दी से बात कर लो, मैं अभी 5 मिनट मैं आती हूँ और इतना बोलकर वो वहाँ से चली गयी!

अब रह गये अमर बाबु और उनकी क्रश कल्पना जी! भाभी के जाने के बाद अमर ने नज़र उठाकर पहली बार कल्पना को निगाह भर के देखा तो। ओह फिर नज़र ही नहीं हटी, बिना मेकअप के तो कल्पना और भी लाजवाब लग रही थी, उसने बालों को पीछे कर के जुड़ा बनाया हुआ था, चेहरे पर रौशनी ऐसी की चांदनी भी फीकी लगे, सही बात है जो जादू सादगी में है, वो लोरी लिपस्टिक में कहाँ! वैसे तो अमर बहुत दिलेर था, "पर बाबु इश्क़ में दिलेरी नहीं दिल्लगी दिखायी जाती है" यहाँ पर अमर की सिट्टी-पिट्टी गुम थी, समझ नहीं आ रहा था कि क्या बोले और क्या ना बोले, उसे अपना लिखा एक पुराना शेर याद आ गया "सवाल ये नहीं कि मुलाक़ात कैसे हो, सवाल ये है कि वक़्त ये मुलाक़ात में होश-ओ-हवास कैसे हो"! अमर अभी इस उधेड़बुन में था कि कल्पना ने ही बात शुरू की, बोली थैंक्स, सुना आपने थाने में पापा लोगों की काफ़ी मदद की, एक अनजान होते हुए भी आप ने हम लोगों का इतना साथ दिया, कैसे आपको थैंक्स कहूँ समझ नहीं आता! तो अमर बोला, "इसमें थैंक्स बोलने की कोई बात नहीं, मैंने तो बस सच्चाई का साथ दिया, कुछ ग़लत होते देखा तो उस ग़लत को होने से रोका बस और कुछ ख़ास नहीं!" फिर अमर आगे बोला, "पर जो आपने किया वो ज़रूर बहुत ख़ास था, इतना कर जाने की हिम्मत तो लाखों में से किसी एक में ही होती है, अपने सम्मान के लिए लड़ जाना कोई आपसे सीखे, वर्ना तो लोग कहीं न कहीं कोम्प्रोमाइज़ कर ही लेते हैं, पर जो बोल्ड स्टेप आप ने लिया है, वो आज की लड़कियों के लिए दहेज के राक्षसों से लड़ने के लिए एक मिसाल

बन जायेगा!" अमर की बातों से कल्पना को उसके एक अच्छे और परिपक्व इंसान होने एहसास हो गया था, और वो उस से शादी क्यूँ करना चाहता है शायद इसकी भी एक झलक दिखायी दी थी, फिर भी कल्पना ने पूछ ही लिया कि आप इतना सब होने के बाद भी मुझ से शादी करना क्यों चाहते हैं! एकदम सीधा सवाल सुनकर अमर थोड़ा सा अनकम्फर्टेबल हुआ पर तुरंत ही ख़ुद को सहज करते हुए बोला, "हाँ मैं आपसे शादी करना चाहता हूँ, पर इसका मतलब ये नहीं की मैं आप पर कोई एहसान कर रहा हूँ, या मेरी कोई मजबूरी है या तरस खा कर, ऐसा कुछ भी नहीं है! मैं तो दिल से आपका साथ चाहता हूँ ज़िन्दगी भर के लिए, और मैं ही क्या, कोई भी लड़का जिसको साथ निभाने वाला एक सच्चा जीवनसाथी चाहिए होगा, ना की कोई केयर टेकर, तो आप आइडियल होंगी उस व्यक्ति के लिए!" अमर आगे बोला, "आपको जानता तो नहीं, बस कुछ झलक देखी थी आपकी और उन झलकों से इतना तो अंदाज़ा हो गया की आप बहुत ख़ास हो!" इतना सुनकर कल्पना की नज़रें थोड़ा झुक गयीं। 'लाल चेहरे पर हया कमाल लगती है!' अमर ने अपनी बात को बढ़ाते हुए बोला, "शादी तो दो आत्माओं का, दो ज़िंदगियों का मिलन होता है और अगर कहीं कसक रह जाये तो बस जिस्मों का बंधन बनकर रह जाती है ये शादी! इस मुलाक़ात की वजह भी यही थी कि जितनी मेरी ख़्वाहिश है आप से शादी की, आप की भी उतनी ही रजामंदी होनी चाहिए, और यक़ीन कीजिये आपकी हाँ और ना दोनों ही मंज़ूर होगी, मुझे भी और आपके परिवार को भी, और कोशिश रहेगी की आप से जुड़ा रहूँ एक अच्छे दोस्त की तरह!" इतना बोलकर अमर चुप हो गया! आपके अंदर कितने ही मार्केटिंग स्किल्स क्यूँ ही ना हो, लेकिन जो बात दिल से निकलती है वो सीधे दिल पर ही हिट करती है और शायद यहाँ भी एक दिल ने दूसरे दिल की गहराइयों को छु लिया था! कल्पना पास में पड़ी हुई एक कुर्सी पर बैठ गयी, उसको अमर पसंद आया था और इस चंद लम्हों की मुलाक़ात मैं इतना तो समझ आ गया था कि वो भी एक आइडियल लड़का है किसी भी लड़की के लिए! कल्पना इसी सोच मैं डूबी हुई थी और उसको ख़यालों में गुम देख अमर बोला, "आप कुछ बतायें तो मैं अपने पेरेंट्स से बात करूँ!" अमर की बात सुनकर कल्पना थोड़ी सी हड़बड़ायी और बोली क्या, मतलब अभी अपने पेरेंट्स से बात नहीं की आप ने! उसकी ये लाइन जवाब कम सवाल ज़्यादा थी, जुबाँ पर कुछ और था पर आँखों में झलका की वो अगर नहीं माने तो? अमर

राहुल शिवहरे

ने उसकी ज़ुबान की लड़खड़ाहट और आँखों मैं झलकी मायूसी को पढ़ लिया था, तो अमर बहुत ही मासूमियत भरे लहजे में बोला, "सोचा कि पहले आप से बात कर लूँ फिर उनसे बात करूँगा, अगर पहले उनसे बात कर लेता और आप मना कर देती तो बड़ी बेइज़्ज़ती हो जाती ना तो बस इसलिए रुका रहा!" अमर की बात सुनकर कल्पना को हँसी आ गयी और उसकी हँसी की खनक काफ़ी थी किसी के भी दिल में तरंग जगाने के लिए! कल्पना को हँसते देख अमर भी थोड़ा रिलैक्स हो गया, फिर आगे बोला, "मेरे पेरेंट्स बहुत अच्छे हैं, मुझे कभी किसी बात के लिए मना नहीं किया, माँ तो रोज ही फ़ोटो भेजती है लड़कियों की पर मेरा ही कोई जवाब नहीं मिलता, तो अब नाराज है, बोलती है अब तू ही कोई सरप्राइज दे दे हम को!" फिर 30 सेकण्ड्स रुक कर अमर बोला, "अब आप बताओ सरप्राइज दे दूँ उनको?" इतना प्यारा सवाल जिस मासूमियत भरे अंदाज़ में अमर ने पूछा था, कल्पना का दिल किया की चीख़ के बोले, हाँ-हाँ, पर बीचारी ने जज़्बातों को दबाकर हौले से हाँ में सिर हिला दिया, और जवाब मैं अमर ने भी धीमे से बोला, "शुक्रिया"!

बात ख़त्म होते ही एक दम भाभी ने एंट्री मारी, उनको देख अमर धीमे से मुस्कुराया और फ़ोन में पापा का नंबर सर्च करते हुए रूम से बाहर निकल आया!

रूम के बाहर सारी कॉलेज गैंग बड़ी ही बेसब्री अमर के बाहर आने का इंतज़ार कर रही थी, मोटा MJ, कंचा, पांडू सभी लोग बैठे थे जैसे किसी हॉस्पिटल के इमरजेंसी वार्ड मैं बैठे हो और अंदर कोई ऑपरेशान चल रहा हो! अमर के बाहर आते ही सबसे पहले कंचा उसकी तरफ़ लपका और इस से पहले वो कुछ पूछता अमर ख़ुद ही मुस्कुरा दिया और इस मुस्कराहट ने सारे सवालों के जवाब एक साथ दे दिए थे! सारी गैंग मारे ख़ुशी के चीख़ने-चिल्लाने लगी, उनको चीख़ता-चिल्लाता देख अमर ने इशारे से उनको शांत करवाया और बोला, "घर पर बात कर रहा हूँ, प्लीज साइलेंस.." और इतना बोलकर उसने पापा का नंबर डायल किया!

अमर बड़ी ही कशमकश में था कि वो घर पर क्या बोलेगा, कैसे बताएगा ये सब, उसे इस बात का तो यक़ीन था कि वो ना नहीं करेंगे, इन्फैक्ट वो उसके इस क़दम का पूरा सपोर्ट करेंगे, पर जब तक उनको सारी बात समझ ना आ जाए बस तब तक का ही मसला है! घंटी जा रही थी, पर फ़ोन नहीं उठा, एक रिंग, दो रिंग, अमर ने जब तीसरी बार मिलाया तो इस बार फ़ोन उठ गया, फ़ोन

पापा ने उठाया था, उस तरफ़ से बहुत ही नींद भरी आवाज़ आई कौन? पापा ने फ़ोन शायद बिना नंबर देखे ही उठा लिया था! उनके कौन पूछते ही अमर ने धीमी-सी आवाज़ मैं कहा, पापा मैं अज्जू! अज्जू सुनकर उनकी नींद थोड़ी खुली, और उन्होंने किसी आशंका से घिरते हुए पूछा क्या हुआ बेटा इतनी रात को अचानक! उनकी बेचैनी देख अमर बोला, "हाँ पापा सब ठीक है, बस ऐसे ही याद आ रही थी तो मिला दिया!" इतना सुनकर पापा की केयर वाली फ़ीलिंग एकदम से ग़ायब हो गयी और वो चिढ़ कर बोले, "आगे से याद को बोलना ये सोने का टाइम होता है, तो अपने आने-जाने का टाइम टेबल थोड़ा सुधार ले!" और इतना बोल कर वो फ़ोन रखने ही वाले थे, कि बगल से मम्मी की आवाज़ सुनाई दी, "किसका फ़ोन है इतनी रात को?" तो पापा ने बोला, "अज्जू का है, बोल रहा है याद आ रही थी!" अज्जू का नाम सुनकर मम्मी एक दम उठकर बैठ गयी और पापा से फ़ोन छीनकर बोली, "हाँ बेटा क्या हुआ इतनी रात को क्यों फ़ोन किया!" अब माँ तो माँ होती है, आप लाख बहाने बना लो पर उसको सब पता होता है, आपके हर जज़्बात को वो अपनी ममता से पढ़ लेती है, आपके शब्दों और भावनाओं के बीच के अंतर को माँ ही समझ सकती है, और इधर मम्मी के फ़ोन लेते ही पापा दुबारा सो गये, उनको पता था माँ की ममता के सागर का, सुबह तक छलकेगा!

मम्मी के दो-तीन बार पूछने पर अमर बोला, "मैं शादी कर रहा हूँ!" तो मम्मी ने कहा ठीक है कर लो, सुबह सारी डिटेल बता देना तो हम लोग लड़की के घर पर बातचीत कर लेंगे!" तो अमर बोला कि "अभी शादी कर रहा हूँ!" ये बात सुनकर मम्मी का दिमाग़ घूम गया, बोली, "अभी का मतलब?" तो अमर ने उनको शुरू से लेकर अंत तक सारी कहानी बता दी! मम्मी ने सारी बात बहुत ही ध्यान से सुनी और सुन कर चुप हो गयी! फिर लगभग 1 मिनट के बाद बोली, "लड़की कैसी है?" तो अमर बोला, "लड़की बहुत ही अच्छी है, आपको देखते ही पसंद आ जाएगी!" फिर अमर माँ को थोड़ा समझाते हुए बोला, "माँ मैं कोई दबाव में कुछ नहीं कर रहा, मुझे वाक़ई लड़की बहुत पसंद है और एक अच्छा मौक़ा मिला है समाज को और लोगों को आइना दिखाने का! माँ बड़ी बात ये है की यहाँ सब के लिए मैं एक सामान्य सा लड़का ही हूँ, किसी को भी मेरे बैकग्राउंड के बारे मैं कोई जानकारी नहीं है, इसलिए ये शादी सिर्फ़ मुझ से हो रही है मेरे रुतबे या मेरे पैसे से नहीं! थोड़ा रुक कर अमर फिर बोला, "सब

राहुल शिवहरे

कुछ फ़िक्स करके फ़ाइनल आप से पूछ रहा हूँ, क्यूँकि ये हक तो सिर्फ़ आपका ही है!" अमर की बात सुनकर माँ ने थोड़ा रुँधे हुए गले से कहा, "पता नहीं हम तुमको कुछ अच्छा दे पाए या नहीं दे पाए, पर आज पता चला की संस्कार अच्छे दिए हैं, तुम बहुत अच्छा कर रहे हो बेटा और तुम्हारी इस पहल मैं हम सब तुम्हारे साथ है!" फिर माँ तुरंत ही थोड़ा झूठा गुस्सा दिखाते हुए बोली, "बदतमीज़ तू यहीं सागर में था तो बताया क्यों नहीं, कब से पागल बना रहा था कि पूना मैं हूँ!" "अब तू माँ से बहुत झूठ बोलने लगा है!" तो अमर मम्मी को मनाते हुए बोला, "अरे माँ गुस्सा मत हो, तुम्हारी बहु लाना थी ना बस इसलिए!" फिर अमर बोला, "माँ अब जा रहा हूँ, पापा को आप देख लेना!" तो मम्मी ने कहा, "तू चिंता मत कर, जा शादी निपटा!" तो अमर ने ok मम्मी Love you बोलकर फ़ोन रख दिया! फ़ोन रखने के बाद तो अमर के पैर ज़मीन पर नहीं पड़ रहे थे, और इधर मम्मी ने पापा को जगाते हुए बोला, "उठो तुरंत सागर चलना है अमर की शादी में!"

मैरिज हॉल में दुबारा शादी की तैयारियाँ शुरू हो गयी थी! वो रौनक़ तो नहीं थी, पर एक सुकून की लहर ज़रूर थी, जो ये बता रही थी कि जो हुआ वो अच्छा हुआ और जो हो रहा है वो भी अच्छा ही हो रहा है!

अभी तक आधा हॉस्टल मैरिजहॉल मैं जमा हो चुका था, सब बेहद ख़ुश थे, क्यूँ ख़ुश थे इस बात का किसी को पता नहीं, बस ख़ुश थे! सब अमर को घेर कर खड़े हुए थे, MJ ने अमर से ज़िद की भईया आप कहो तो शेरवानी का अरेंजमेंट करूँ, क्या है की बिना शेरवानी के शादी में मजा नहीं आ रहा, बड़ी मुश्किल से अमर उसको समझा पाया कि अभी रहने दो, अभी रिसेप्शन दूँगा, उसमें जो पहनाना हो पहना लेना, अभी माहौल के हिसाब से चलो और ये सब जल्दी से निपटाओ, इस से पहले की कोई और बवाल हो!

मण्डप दुबारा सज गया था, पर एक और समस्या थी कि पण्डित नहीं अब शादी कौन करवाए! जैसे ही ये बात पता चली लोंडों ने तुरंत दिमाग़ लगाना शुरू कर दिया की इतनी रात में पण्डित का जुगाड़ कैसे हो! तुरंत ही बॉबी भाई कैटरिंग वाले को घेरा गया, कि तुम्हारा तो रोज का काम है अब पण्डित का इंतज़ाम तुम ही करोगे! बॉबी ने ख़ुद को फँसता देख तुरंत ही 2-3 पण्डितों के नाम नम्बर आधार पते सहित दे दिए! लाइन से सभी पण्डितों को फ़ोन लगाया गया, पर किसी ने भी फ़ोन नहीं उठाया! अब समस्या बड़ी होती जा रही थी,

क्यूँकि 4 ।30 का मूहूर्त था शादी का और 4 बजने वाले थे! हालाँकि अमर मूहूर्त-बहुर्त मैं नहीं मानता था पर यहाँ थोड़ा बहुत ट्रांडिसन तो फॉलो करना ही पड़ेगा! सब कुछ फेल होने के बाद निर्णय लिया गया, कि पण्डित जी को हाईजैक किया जाये! 4-4 लड़कों के ग्रुप बनाकर उनको तीनों पण्डितों के घर भेजा गया और बोला गया कि पण्डित के साथ ही आना, बिना पण्डित के मुँह मत दिखाना! लड़के वो भी इंजीनियरिंग के, ये बात लड़कों ने दिल पे ले ली, नतीजा ये हुआ की 30 मिनट के अंदर तीन पण्डित खड़े थे शादी करवाने के लिए और उनको कुछ इस तरह लाया गया था की उनके घर वाले इंतज़ार करने लगे थे की बस अभी फिरौती के लिए फ़ोन आता ही होग! अब तीनों पण्डित आपस में लड़ रहे थे की हम को बुलाया, दूसरा बोल रहा हमको स्पेशली बुलाया नहीं उठा के लाया गया है! ख़ैर किसी तरह डिसाइड हुआ की तीनों मिल कर शादी करवाओ, सब को पेमेंट होगा!

मण्डप सज गया था पण्डित जी ने भी भारी-भारी से मंत्र पढ़ना शुरू कर दिए थे! अमर भी मण्डप मैं बैठ गया था और पूरी हॉस्टल गैंग भी चारों तरफ़ फ़ैल के बैठ गयी, अब उनको कहे का डर, अब तो वो ओरिजनल लड़के वाले थे!

अब बस दुल्हन का ही इंतज़ार हो रहा था, कल्पना शायद फिर से तैयार हो रही थी, इसलिए थोड़ा सा टाइम लग रहा था और ये बात तो सर्व विदित है कि परिस्थियाँ कैसी भी हो, एक महिला के सजने के टाइम मैं कोई अंतर नहीं होता, वो हमेशा कॉस्टेंट रहता है

सभी लोग बड़ी ही बेसब्री से इंतज़ार कर रहे थे तभी अचानक पंडू बोला, "अमर भईया आज से आपका नाम इतिहास मैं दर्ज हो जायेगा!" पंडू की बात सुनकर अमर को थोड़ा प्राउड सा फ़ील हुआ, तो अमर हँसते हुए बोला, "अरे नहीं दोस्त ऐसा कोई बहुत बड़ा काम नहीं किया, बस जो ठीक लगा वही किया!" तो पंडू बोला, "अरे नहीं भईया सही ग़लत की बात नहीं है, आज तक यही सुनते आये कि शादी में किसी ने लड़की पटा ली, पर आज पहली बार ऐसा हुआ की साला किसी ने शादी में दुल्हन ही पटा ली हो!" पांडू की बात सुनकर पूरी हॉस्टल गैंग ठहाके मार-मार के हँसने लगी, तब अमर ने पांडू को देख के बोला, "अब समझ आया सब तुमको इतना हरामी क्यूँ बोलते हैं!"

इंतज़ार की घड़ियाँ ख़त्म हुई और कानों में छनकती हुई पायल की

खनकती हुई आवाज़ आने लगी! कल्पना मण्डप में आ चुकी थी! साक्षात अप्सरा-सी लग रही थी! कल्पना को सुंदर कहा जाये या सुंदरता को कल्पना, कहना मुश्किल था! शायद ही कोई नज़र होगी, जो उसकी क़ायल ना हो रही हो!

चारों ओर गूँजती मंत्रों की आवाज़ ने पूरे वातावरण में एक ओज सा भर दिया था! कुछ समय पहले जहाँ चीत्कार गूँज रही थी, वहीं पर अब मंगलगीत गाये जा रहे थे! क्या नियति है समय की, लोग भी वही, जगह भी वही, बस कुछ घंटों का समय और सब कुछ बदल गया, जो रात अभी तक काली थी, वही अब दिवाली हो गयी थी, ये गुज़रती हुई रात स्याह वक़्त से बदलकर यादगार लम्हों में तब्दील हो रही थी! पर कुछ धूर्त लोगों के लिए तो ये रात एक काले इतिहास के रूप में दर्ज होगी, क्यूँकि इसी ऐतिहासिक रात को उनका भूगोल बिगाड़ दिया गया था!

माहौल बहुत ही ख़ुशनुमा हो चूका था, जैसे ही पण्डित जी स्वाहः बोलते, सभी लड़के भी उनके पीछे से एक सुर में स्वाह बोलते, ऐसा लग रहा था की शंकर जी और पार्वती जी की शादी हो रही हो, और बारात में सारे भुत-पिचाश आये हो!

लेकिन अभी एक ऐसा शख़्स था जिस पर क़यामत आने वाली थी, सामने गेट से अपनी ओर आती हुई दो आकृतियों को देखकर MJ थोड़ा सा चौकन्ना सा हो गया! थोड़ा और ग़ौर से देखा तो दिल धड़क सा गया, उसने तुरंत ही अपने बगल में बैठे पांडू को कोहनी मारी और बोला, "अबे पांडू देख, वो सामने से कोई आ रहा है क्या?" तो पांडू बोला, "आने दे तुझे क्या!" तो MJ बोला, "ध्यान से देख, क्या मेरे बाप जैसा लग रहा है क्या?" तो पांडू बोला, "साले बाप तेरा है, मैं कैसे बताऊँ तू ख़ुद पहचान!" पांडू की बात पर MJ बोला, "अबे तू भी तो मिला है, जरा ध्यान से देख के बता ना!" तो पांडू बोला, "भोसड़ी के डेढ़ साल पहले मिले थे तेरे बाप से जब तू पिछली बार रेस्टीगेट हुआ था कॉलेज से, और तेरे बाप ने हम सब को कितना पेला था, जैसे हमारा पर्सनल बाप हो, मैं तो देखकर भी नहीं पहचानूँ!" इस पर MJ बोला, अबे बकचोदी कम कर और देखकर बता! तो MJ की तसल्ली के लिए पांडू बोला, "नहीं बे लग तो नहीं रहा तेरे बाप जैसे, ये तो कोई चूतिया टाइप आदमी लग रहा है, तेरे बाप की तो अच्छी खासी पर्सनालिटी है!" इतनी बातचीत होते-होते वो दोनों साये अब काफ़ी क़रीब आ

चुके थे, और जब MJ ने ठीक से देखा तो उसकी फट के चार हो गयी, और वो पांडू से बोला, "अबे भोसड़ी के अंधे वो मेरा बाप ही है, अब तो यहाँ से भाग भी नहीं सकता, देख लेंगे वो!" अब MJ के पास कोई रास्ता नहीं था, MJ के पिता जी यानी वकील साहब अब काफ़ी क़रीब आ चुके थे!

MJ का मन कर रहा था की सीधे जाकर पापा के चरणों में दण्डवत हो जाये, पर बिचारा उनके पास जाकर सिर्फ़ उनके पैर ही छू पाया और पैर छुते हुए उसके मुँह से निकला, "अरे पापा आप" तो वकील साहब MJ की पीठ पर आशीर्वाद ठोक कर बोले, "बस अब तुम संकट में थे तो आना ही पड़ा!" पापा की बात सुनकर MJ ने मन मैं सोचा, पता नहीं पहले संकट मैं था या अब संकट मैं आ गया हूँ! फिर ख़ुद को सांत्वना देते हुए बोला, "अरे आख़िर एक जल्लाद भी तो एक पिता होता है, अभी MJ कुछ और बोलने ही वाला था कि वकील साहब ने अपने साथ आये पुलिस वाले से जो उनको मैरिजहॉल तक छोड़ने आया था से बोले, "ठीक है दीवान जी, बहुत बहुत धन्यवाद आपका, बाक़ी गाड़ी थाने में ही खड़ी रहने देना सुबह आ कर ले जाऊँगा!" पुलिस वाला भी वकील साहब को शुक्रिया करके निकल गया! फिर वकील साहब दुबारा MJ से मुख़ातिब हुए और बोले, "अरे बेटा, तुम्हारा फ़ोन गया और तुम ने ये सब बताया तो फिर नींद ही नहीं आई सोचकर, मन ही नहीं लग रहा था, सोचा क्या करे-क्या करे, वो क्या है ना कि पुलिस आज कल नये लोंडों को बहुत पेलती है!" हमें बहुत टेंशन होने लगी तो फिर क्या, दाब दी गाड़ीस और दुई घंटे में यहाँ, फिर रस्ते में अपने मिलने वाले एक जज साहब को फ़ोन मिलाया, उनको पूरी बात समझाई, पहले तो उनकी समझ में नहीं आया फिर अभी 15 दिन बाद उनकी लड़की की शादी है, उसका उदाहरण देकर समझाया तो जज साहब बहुत भावुक हो गये और बोले, अरे त्रिपाठी ये समस्या तो हमारे साथ भी हो रही है, 50 लाख कैश दे चुके हैं एक गाड़ी दे रहे हैं होंडा सिटी, जो जैसा तय था उसके हिसाब से सब कर रहे हैं, पर अब समधी जी फैल रहे हैं, बोल रहे हैं कि नोएडा मैं एक फ़्लैट लेना है कुछ व्यवस्था बनाइये, ख़ुद आईएस अधिकारी है, लड़का चकबंदी विभाग मैं अधिकारी है, बोल रहे हैं की उसका ट्रांसफ़र नोएडा करवा रहे हैं तो रहने के लिए घर तो चाहिए, अब बच्चे किराये के घर में तो रहेंगे नहीं! अब तुम ही बताओ त्रिपाठी अब क्या किया जाये! "जज साहब की समस्या सुनकर वकील साहब को लगा यहाँ तो लेने के देने पड़ गये, तो उन्होंने फ़ोन पर हेल्लो-हेल्लो करना

राहुल शिवहरे

शुरू कर दिया, बोले, "सर आवाज़ नहीं आ रही.." तो जज साहब बोले, "अरे त्रिपाठी मरो मत, पैसे नहीं माँग रहा.." तो वकील साहब सफ़ाई देते हुए बोले, अरे नहीं सर वाक़ई आवाज़ नहीं आ रही थी !" (ये बात वकील साहब ने बतायी नहीं थी) जज साहब आगे बोले, "बात फ़्लैट की नहीं है, मान लो उसकी व्यवस्था भी कर ले तो क्या गारंटी है कि ये आगे फिर से मुँह नहीं फाड़ेंगे, ऐसे ही लोग होते हैं जो अपनी बहुयों को दहेज़ के लिए जला देते हैं, बाहर से जितने सफेद, अंदर से उतने ही काले !" फिर जज साहब काफ़ी दुखी लहजे में बोले, "यार त्रिपाठी कुछ बताओ इस संकट से कैसे निपटा जाये, अभी अगर घर में भी किसी को पता नहीं है !" तो हम बोले, "अभी बच्चे को देख ले, कल या परसों आ जाता हूँ और आप निश्चिंत हो जाओ, कोई ना कोई हल तो निकल ही लेंगे, पहले ज़रा ये लोंडे का मैटर निपटा ले !" तो जज साहब बोले, "एक दम सही किया उसने और तुरंत ही सीधे यहाँ के एसएसपी को फ़ोन ठोक दिस, वहाँ से एसएसपी ने थाने में फ़ोन खड़खड़ा दिया, सब को लाइन पर ले लिया, जब हम थाने पहुँचे, सारा थाना एक दम मुस्तैद था ! तुम लोगों के बारे में पता चला कि मामला निपट गया है और तुम लोगों को भी छोड़ दिया गया है, ये सुना तो थोड़ी राहत मिली, थाने से तुम्हारा फ़ोन लगाया लेकिन मिल ही नहीं रहा था ! हाँ वो बैटरी ख़त्म हो गयी थी, MJ ने जस्टीफाई किया ! फिर वकील साहब आगे बोले, "फिर तुम लोगों के बारे में पता करवाया तो पता चला कि तुम सब यहाँ मैरिजहॉल में हो, रास्ता नहीं मालूम था तो SO ने एक सिपाही भेज दिस साथ में, तब वो छोड़कर गया है और गाड़ी भी थाने में ही खड़ी हुई है, बोल दिया है सुबह उठा ले जायेंगे !" फिर आगे बोले, "थाने में अभी कुछ लोग थे लड़के वालों की साइड से, साले पड़े हुए थे, मैंने देखा तो ख़ून खौल गया, SO को बोलकर दो-दो लट्ठ और लगवाये, उनकी चीख़ें सुनकर बड़ा अच्छा लगा !" अभी वकील साहब बोल ही रहे थे कि उनकी बातें सुनकर पांडू बीच में ही बोल पड़ा, "अंकल ऐसा ही ये कॉलेज वालों के साथ होना चाहिए, पढ़ाई को एकदम धंधा ही बना दिया है जब देखो तब बच्चों को रेस्टीगेट और जैसे ही उसके मुँह से रेस्टीगेट शब्द निकला, MJ ने जोर से उसके पैर पर पैर रख दिया, नतीजा पांडू की चीख़ निकल गयी और बाक़ी के शब्द पांडू के मुँह में ही रह गये ! पांडू को कहारता देख वकील साहब ने पूछा क्या हुआ अचानक चीख़े क्यूँ? तो पांडू ने MJ की तरफ़ घूर के देखते हुए बोला, "अरे कुछ नहीं अंकल, कुछ दिन पहले एक कुत्ते ने काट लिया था तो बस अचानक वही दर्द

उठ गया और अच्छा मैं अभी आता हूँ!" बोलकर पांडू वहाँ से निकल लिया! यूँ पांडू को अचानक जाते देख वकील साहब बोले, इस बार तो थोड़ा शरीफ सा लग रहा है ये, लग रहा पिछली बार की डाँट का असर है शायद! इस बात पर MJ थोड़ा मुस्कुरा दिया, लेकिन अंदर से उसकी कितनी फट रही थी सिर्फ़ वही जान सकता था, अगर उसके बाप को पता चल गया तो उसके कॉलेज के साथ-साथ दुनिया से भी रेस्टीगेट होने की पूरी संभावना थी, अभी अगर कोई उसको 25 हज़ार दे देता और बदले में उसकी किडनी ले लेता, तो वो एक बार भी मना नहीं करता! "आपको क्या लगता है किडनी क्या सिर्फ़ आई फ़ोन के लिए ही बेची जाती है, ग़रीबों के कॉलेज से रेस्टीगेसन की फ़ीस भी भरी जाती है!" इस से पहले की वकील साहब दुबारा पांडू पर आते उन्हें वहाँ शादी की रस्मे होती दिखायी दी, तो वो हैरान होकर बोले, यहाँ अब किस की शादी हो रही है! MJ ने बताया की अमर की भैया की शादी हो रही है! तो वकील साहब बोले, कौन अमर? तो MJ ने उनको शुरू से लेकर अभी तक की सारी स्टोरी सुना दी! स्टोरी सुनकर तो वकील साहब एक दम उत्तेजित हो गये और बोले, "ऐसा तो आज तक बस सुना था, चलो आज देख भी लिया!"

सभी लोग शादी के मण्डप के पास पहुँच गये थे, शादी की सारी रस्में लगभग पूरी हो चुकी थी! अमर भी थोड़ा सुस्ताने के लिए साइड में आकर खड़ा हो गया! MJ ने अपने पापा को अमर का परिचय दिया, यहीं है अमर भईया, परिचय सुनकर वकील साहब बोले, अमर आज तुम्हारा नाम वाक़ई अमर हो गया, बहुत ही साहसिक निर्णय है तुम्हारा, आज के समाज को आईना दिखा दिया तुम ने बेटा, तुम्हार जीवन मंगलमय हो बस यही कामना होगी हमारी भगवान् से! इतनी आत्मीय विभूति को देखकर अमर भी एकदम अभिभूत हो गया था, तो उसने इशारों ही इशारों में MJ से उनका परिचय जानने की कोशिश की तो MJ ने मुस्कुराते हुए बताया, "पापा हैं हमारे, तो अमर ने एक तिरछी सी मुस्कान फेंकी MJ पर और आँखों ही आँखों में बोला, "तुम्हारे तो लग गये आज!" इतना इशारा कर अमर ने वकील साहब के चरण स्पर्श करने की कोशिश की, पर कोशिश असफल रही क्यूँकि वकील साहब और अमर के बीच काफ़ी डिस्टेंस था जो कवर नहीं हो पाया था और वकील साहब ने भी अरे बस-बस करते हुए अमर को मना किया और बोले आज तो गले मिलने का मौक़ा है आज तो शादी है दूल्हे राजा की!

राहुल शिवहरे

अभी सब मिल ही रहे थे, कि पीछे से पण्डित जी की आवाज़ आयी, अरे लड़के के परिवार से कोई सदस्य है क्या ? एक छोटी-सी रस्म है, अगर कोई हो तो यहाँ आ जाओ ! पण्डित जी के बुलावे ने तो प्रश्न चिंह खड़ा कर दिया था ! उनकी बातों को सुनकर अमर बोला, "अभी तो यहाँ कोई नहीं है पण्डित जी ये रिवाज वग़ैरह सब बाद में कर लेंगे !" तो वकील साहब अमर की बात को बीच में ही काटते हुए बोले, "अरे बाद में क्यूँ, अभी करेंगे.." और अमर से बोले, "आज से तुम हमारे भतीजे हुए और चाचा के होते कोई रस्म अधूरी कैसे रह सकती है !" इतना बोलकर वो पण्डित जी के पास आ गये और बोले, "बताइये क्या करना है?" पण्डित जी ने 3-4 तरह के मंत्र पढ़े, 2-3 बार वकील साहब पर पानी छिड़का, बहु को सदैव बेटी की तरह मानोगे इस तरह के कुछ वचन लिये और फिर आख़िरी में बोले, "अब वर-वधु के उज्जवल भविष्य के लिए कुछ दान कीजिये !" वैसे तो वकील साहब की डिस्कनरी में दान, देना, उधार इस तरह के शब्द नहीं थे, पर आज वो बहुत ही जोश में थे, पण्डित जी के बोलते ही उन्होंने बिना किसी ना नुकुर के तुरंत ही जेब से नोटों की गड्डी निकली और पाँच सौ रुपये के तीन नोट तीनों पण्डितों के दे दिए ! अपने पापा को इस तरह पैसे बाँटते देख MJ की तो खोपड़ी ही चूम गयी, उसे तो वकील के साहब के अपने पापा होने पर ही डाउट होने लगा था, जिन से 500 रुपये क्या 5 रुपये लेने के लिए शरीर क्या आत्मा भी तड़प के मर जाये, वो यहाँ पर ऐसे पैसे लुटा रहे हैं और वो भी बिना किसी लालच के, MJ को इस चमत्कार का तो पता नहीं पर अपने बाप पर तो बिल्कुल भी यक़ीन नहीं हो रहा था, उसने बेगानी शादी मैं अब्दुल्ला दीवाना तो सुना था, पर अब्दुल्ला को चूतिया होते हुए वो पहली देख रहा था !

इधर पण्डित जी को 500 रुपये कम लग रहे थे, 500 का नोट देखकर पण्डित जी ने थोड़ा मुँह-सा बनाया तो वकील साहब बोले, "रख लो महाराज वकीलों के पाँच सौ रुपये मार्किट में पाँच हज़ार में चलते हैं। चाहो तो कल मार्किट में ट्राय कर लेना !" अब प्रोफ़ेशन अलग-अलग है तो क्या हुआ, एक धूर्त दूसरे धूर्त को सेकण्डों में परख लेता है, शायद महाराज जी भी समझ गये थे, सो उन्होंने भी 500 रुपये चुपचाप अपनी धोती में खोसे लिए, उन्हें पता चल गया था की अब यहाँ से कुछ नहीं मिलने वाला तो उन्होंने अपना टारगेट चेंज किया और लड़की वालों की तरफ़ देखकर फिर से कुछ मंत्र पढ़ना शुरू कर दिए !

शादी संपन्न हो गयी थी और इसके साथ ही अमर, वकील साहब, MJ

& पूरी गैंग पांडू, मोटे, काँचा और उनके साथ 25-30 लोंडे सब रिलैक्स मोड मैं आ गये थे, चलो अब शादी हो गयी थी तो अब कोई नया वबाल होने की संभावना कम ही थी!

शादी संपन्न होते ही वकील साहब ने अमर से कहा कि कल्पना के पिता से भी मेल मुलाक़ात करवा दो, आख़िर हम भी तो समधी है! तो अमर बोला, "हाँ-हाँ क्यूँ नहीं अंकल जी!" और इतना बोल कर अमर ने रमाकांत जी को ढूँढ़ने के लिए चारों तरफ़ नज़र दौड़ाई पर वो कहीं नज़र नहीं आये, तो अमर नवीन को देखने लगा की जान सके रमाकांत जी कहाँ है, नवीन सामने ही किसी से बातें कर रहा था, अमर नवीन को आवाज़ देने ही वाला था कि उसे एक कोने में रमाकांत जी खड़े नज़र आये! वो काफ़ी शांत थे और चेहरे पर उदासी साफ़ देखी जा सकती थी, शायद विदाई का टाइम था इसलिए या फिर कोई और वजह थी, कहना मुश्किल था! अमर ने वकील साहब को बताया की यही है रमाकांत जी और बोला कि अगर आप मिलना चाहते हैं तो उनको यहीं बुला लेता हूँ, तो वकील साहब बोले कि यहाँ मत बुलाओ मैं ही उनके पास जाता हूँ, ऐसे वक़्त में थोड़ी सी तसल्ली भी बहुत हौसला देती है! और इतना बोल कर वकील साहब रमाकांत जी की ओर चल पड़े!

वकील साहब के जाते ही लोंडों की बकचोदी शुरू हो गयी, सबसे ज़्यादा टाँग MJ की खींची जा रही थी क्यूँकि जब वकील साहब को पता चलेगा की उनके सुपुत्र श्री मृत्युन्जय त्रिपाठी कॉलेज से रेस्टीगेट चल रहे हैं वो भी पिछले एक महीने से तो इस बात पर MJ के तो लगने वाले थे और इस सच को जानते हुए MJ को अभी दुल्हन से भी ज़्यादा रोना आ रहा था! हँसी मज़ाक़ चल ही रहा था की कानो में रोने कि कुछ आवाज़ें आना शुरू हो गयी, देखा तो पता चला की विदाई की तैयारी शुरू हो चुकी है, कुछ लोगों को वाक़ई रोना आ रहा था और कुछ लोगों ने रोने की एक्टिंग शुरू कर दी! इस रोने की आवाज़ सुनकर पांडू एक दम से शांत हो गया और रुंधी सी आवाज़ में बोला, "भईया मैं जब भी किसी की विदाई होते देखता हूँ और इतना बोलकर चुप हो गया!" पांडू की इतनी गंभीर दशा और आवाज़ सुनकर सारी कॉलेज गैंग भी चुप हो गयी, लगा कि कोई इमोशनल बात है जो पांडू कहना चाह रहा है, सब को चुप देखकर पांडू आगे बोला, "मैं जब भी किसी की विदाई होते देखता हूँ और फिर दूल्हे को देखता हूँ तो सोचता हूँ कि आज तो इसको मिलेगी!" पांडू का इतना

राहुल शिवहरे

बोलना हुआ और पूरा मैरिज हॉल ठहाकों से गूँज उठा, लड़कों को इस तरह हँसता देख दो मिनट को तो लड़की वाले भी रोना भूल गये! थोड़ी देर बाद जब सब शांत हुए तो अमर ने अपने हाथ से पांडू का मुँह दूसरी तरफ़ घुमा दिया और हँसते हुए मोटे और कंचा से बोला, "ध्यान रखना ये आज मेरी तरफ़ ना देखने पाये!" सब का पहले ही हँस-हँस के बुरा हाल था, अमर की बात सुनकर हँसी और तेज़ हो गयी!

अब विदाई की तैयारी ज़ोरों पर थी और एक ओर से रमाकांत जी और वकील साहब एक दूसरे के गले में हाथ डाले ऐसे चले आ रहे थे कि पता नहीं कितने पुराने दोस्त हो, वकील साहब चीज ही ऐसी थे, आदमी को बोतल में उतारना कोई उन से सीखे! पता नहीं ऐसा क्या बोला वकील साहब ने रमाकांत जी से कि उनके चेहरे से चिंता की सारी लकीरें अब ग़ायब थी, अब काफ़ी ख़ुश भी लग रहे थे वो, सच में शायद वक़्त पर किसी अजनबी का दिलासा भी बहुत भरोसा दे जाता है!

वकील साहब रमाकांत जी को छोड़कर जब वापस अमर के पास आये तो, तो अमर एक दम अचरज से बोला, "ऐसा क्या मंत्र फूँक दिया चाचा जी आपने की मुर्दे में जान आ गयी!" अमर के चाचा बोलने पर वकील साहब ख़ुश होते हुए बोले, "देखो बेटा कभी भी किसी दुखी व्यक्ति से और दुःख की बात नहीं करनी चाहिए, उसको दिलासे की नहीं हिम्मत की ज़रूरत होती है, अगर उसको बोलो कि सब अच्छा हो जायेगा, तुम सही हो तो तुम्हारा कुछ बुरा नहीं होगा, अच्छे लोगों के साथ भगवान् होते हैं वग़ैरह-वग़ैरह, ये सब सुनकर इंसान की और गाँड फटती, क्यूँकि उसे पता है कि ये सब झूठ है और ऐसा कुछ नहीं होता, तो हमें उसे हिम्मत देनी चहिये, बोलना चाहिए जो होगा देखा जायेगा, आग लगा देंगे इस मादरचोद ज़माने में, देखते हैं कौन आता हमसे लड़ने, मतलब जीतना तुम उसको जितनी हिम्मत दे सको दे डालो, बाक़ी वो ख़ुद देख लेगा!" वकील साहब फिर आगे बोले, "रमाकांत जी भी बहुत परेशान थे कि कहीं वो दहेज़ लोभी हरामी कुछ और वबाल ना करे और अब पता नहीं लोग क्या कहेंगे वग़ैरह-वग़ैरह!" तो रमाकांत जी से भी यही कहा मैंने, "माँ का भोसड़ा उनकी, आने दो आप उन लोगों को, लाइन लगा देंगे बदमाशों की यहाँ, पुलिस से लेकर माफिया तक सारी व्यवस्था है आप बस एक फ़ोन कर देना, आप नाहक्क ही परेशान हो रहे हैं, इतना बढ़िया लड़का मिला है भोले बाबा की कृपा से, आप

तो बस मुस्कराइए और ये सब फ़साद हम पर छोड़ दीजिये! फिर वकील साहब अमर को समझाते हुए बोले, "मुझे पता है रमाकांत जी मुझे शायद ही कभी भी इस सबके लिए फ़ोन करेंगे और शायद ही इस तरह की किसी भी परिस्थिति से उनका सामना हो, लेकिन उनको ये विश्वास दिलाना बहुत ही ज़रूरी है कि आप समर्थ हो हर चुनौती से लड़ने के लिए! आप किसी के भय को धैर्य से या दिलासे से ख़त्म नहीं कर सकते, इसके लिए उसको साहस की ज़रूरत है, भयपूर्ण धैर्य व्यक्ति को कायर बना देता है जबकि साहस व्यक्ति में विश्वास जगाता है, कि तुम लड़ सकते हो और अगर तुम लड़ सकते हो तो तुम जीत भी सकते हो, लड़ना साहस है और तुम जीत सकते हो ये विचार विश्वास है और इन दोनों को मिलाकर ही विजय होती है, याद रखना धैर्य भी वीरों को ही शोभा देता है, क्षमा उसी की मान्य है जिसमे दण्ड देने की शक्ति हो!" वकील साहब की तर्क भरी ओजपूर्ण दलीलों को सुनकर अमर भी नतमस्तक हो गया और बोला, "चाचा जी आपकी दलीलों के सामने तो दूसरे वकील क्या जज भी पानी माँग जाते होंगे, आप तो कोई केश हारते ही नहीं होगे!"

अमर की इस बात पर वकील साहब ने एक गहरी साँस ली और बोले, "हमारे डिस्ट्रिक कोर्ट मैं ना कोई हारता है और ना कोई जीतता है, क्यूंकि हार-जीत तो वहाँ होती है जहाँ फ़ैसला होता है और फिर उस फैसले पर अमल होता है, यहाँ तो बस तारीख़े मुक़र्रर की जाती है, अगर ग़लती से किसी केस पर फ़ैसला आ गया, तो अगर हम जीते तो सामने वाली पार्टी हाईकोर्ट चली जाती है और अगर वो जीते तो हम हाईकोर्ट चले जाते हैं, और फिर से न्याय का चक्का कई दशकों के लिए जाम हो जाता है, यहाँ हार जीत देखने में पीढ़ियाँ निकल जाती हैं, दादा का केस पोते लड़ते हैं, ये छोटे-मोटे कोर्ट तो बस पब्लिक के मज़े लेने और हम ग़रीब लोगों की रोज़ी रोटी चलाने के लिए बनाये गये हैं, अब हाईकोर्ट या सुप्रीमकोर्ट का जज चैन इस्नेचर या गाड़ी चोरी करने वाले को ज़मानत देगा तो अच्छा लगेगा क्या, बस इसलिए ये सब सेटअप है, भाई आम लोगों को तो पूरी हायरारकी फ़ॉलो करनी पड़ती है, बाक़ी आतंकवादियों की सुनवाई तो सीधे सुप्रीमकोर्ट में रात के 2 बजे भी हो जाती है!"

वकील साहब से न्याय चक्र का ज्ञान लेने के बाद अमर ने सोचा कि उनसे थोड़ा पारिवारिक ज्ञान भी ले लिया जाये, क्यूँकि अब तक वो उनकी व्याख्या करने की अद्भुत क्षमता का क़ायल हो चुका था, तो उनसे घर-गृहस्थी पर तो थोड़ा ज्ञान

 राहुल शिवहरे

लेना तो बनता था !

तो अमर बोला, "चाचा जी आज ज़िन्दगी के कई नये पहलू देखे और उनको समझने का भी मौक़ा मिला, अब इस नये बंधन मैं बँध गया हूँ तो इसमें भी थोड़ा सा अपने भतीजे का मार्गदर्शन करिए, अपने अनुभव का कुछ निचोड़ दीजिये, ताकि हमारी ज़िन्दगी की गाड़ी भी आराम से चल सके!" अमर की इस बात को सुनकर वकील साहब हँसते हुए बोले, "बेटा जो बात तुमने पूछी है वो सुनने में जितनी सीधी है, असल में उसको समझाना उतना ही कठिन है, शुरूआत में लड़का और लड़की दोनों को ही एक बहुत बड़ी ग़लतफ़हमी होती है, लड़की को लगता है लड़का जैसा भी ही मैं इसको सुधार लूँगी, मतलब अपने हिसाब से फ़िट कर लूँगी और लड़के को लगता है मेरी वाली अलग है!" बस यहीं से ज़िन्दगी की कसरत शुरू हो जाती है, वो पहले दिन से ही तुमको ठोक-पीट के अपने हिसाब से ढालने की कोशिश में लग जाती है और तुम उस से अपनी माँ जैसी केअर, बहन जैसे मनाने की अपेक्षा करने लगते हो, और यही बात आगे चलकर युद्ध का कारण बनती है!" फिर हँसते हुए बोले, "युद्ध इसलिए कहा क्यूँकि मृत्युन्जय की मम्मी तो युद्ध ही करती है!" फिर वकील साहब आगे बोले, "मृत्युन्जय की मम्मी की दो बड़ी मासूम सी ख़्वाहिश हैं जो मैं आज तक पूरी नहीं कर पाया, पहली कि जब मैं बाथरूम यूज़ करूँ तो बाथरूम गीला ना हो और दूसरी जब बाथरूम से निकलूँ तो मेरे पैर गीले ना हों!" उनकी इस बात को सुनकर अमर बीच में ही बोल पड़ा, "पर ये तो प्रैक्टिकली पॉसिबल ही नहीं है!" तो वकील साहब बोले, ये बात तुमको एक सेकण्ड मैं ही समझ आ गयी पर उसको 23 साल से आज तक समझ नहीं आयी, 10 में से 9 युद्ध हमारे इसी बात से शुरू होते हैं और फिर 23 साल की ज़िन्दगी में हुई सारी गलतियों का चित्रण बहुत ही रचनात्मक तरीक़े से होता है! फिर वकील साहब एक गहरी सी साँस छोड़ते हुए बोले, पर जीवन इस सब के बिना अधूरा है बस इतना ही सार है!"

इसके बाद अमर ने कोई और सवाल नहीं किया, वो अब समझ चुका था, कि सबका अपना-अपना फटा है और सबको अपने-अपने हिसाब से ही सिलना है! अभी इस से पहले की कोई और बात निकलती, एक दम 2-3 गाड़ियों ने मैरिजहॉल में एंट्री की और जैसे ही गाड़ियों से लोग बाहर आये, अमर के मुँह से निकला माँ। और अमर तेज़ी से गाड़ियों की ओर चल पड़ा! माँ के पास पहुँचा तो देखा वहाँ पापा और बगल वाले चौहान अंकल भी है और उनके साथ 8-10

लोग और भी थे जिन्हें अमर नहीं पहचान पाया था! अमर ने माँ और पापा के पैर छुए और साथ में चौहान अंकल के भी पैर छुए! अपने परिवार को देखकर अमर का चेहरा एक दम खिल गया था और उसी ख़ुशी में उसने थोड़े शिकायती लहजे में कहा, आप लोग क्यूँ परेशान हुए इतनी रात में, इतना दूर चल कर आये, सुबह तो मैं आ ही रहा था, तो पापा ने बीच में ही बात काटते हुए बोला, "अरे जैसे ही तेरा फ़ोन कटा तेरी मम्मी ने मेरा जीना मुश्किल दिया, कि चलो बस जल्दी से मुझे अज्जू के पास ले चलो!" तो मरता क्या ना करता मैंने ड्राइवर को फ़ोन मिलाया तो उसका फ़ोन बंद था तो फिर चौहान जी को थोड़ा परेशान करना पड़ा, ड्राइवर के लिए और सारी बात बतायी तो बेचारे ख़ुद ही चले आये! इस बात को सुनकर चौहान जी बोले, इसमें परेशान करने वाली क्या बात है अज्जू हमारा भी तो बेटा है और आप हमेशा हमारे लिए तन मन धन से हाजिर रहते हैं आज पहली बार तो आपने मौक़ा दिया तो उसको कैसे जाने देते! चौहान जी की बात सुनकर सब मुस्कुरा दिए, फिर अमर बोला, "सब लोग अंदर चलिए, आप को सब से मिलवाता हूँ!" तो पापा बोले, "वाह बेटा पहले ख़ुद तो ढंग से मिल लो फिर हम को मिलवाना!" इतना सुनकर सब हँस पड़े तो अमर थोड़ा झेंप-सा गया और बोला, "क्या पापा आप भी टाँग खींच रहे हो.." इसी तरह हँसी-मज़ाक़ करते हुए सब अंदर आ गये!

अमर जब चौहान अंकल के पैर छू रहा था तो उसके शर्ट की जेब में से कुछ काग़ज़-सा गिर गया था, अचानक कंचा की नज़र उस पर पड़ी तो वो उस काग़ज़ को उठाने आया, वो काग़ज़ कुछ और नहीं अमर का विज़िटिंग कार्ड था, बहुत ही सिंपल-सा, अमर का नाम फ़ोन नंबर और मेल आईडी बस और कुछ नहीं, कंचा सोच रहा था कि ये किस तरह का कार्ड है, ना कोई पोस्ट ना कोई कंपनी का नाम और इतना सोचते हुए उसने कार्ड को पलटकर देखा तो देखता ही रह गया, ऊपर हैडिंग थी मैनेजिंग डायरेक्टर और नीचे 7-8 कम्पनियों के नाम थे, सारी टॉप क्लास काम्पनीज थी, रियल स्टेट, आईटी, हॉस्पिटल, मैन्युफ़ैक्चरिंग, इतना सब देखकर कंचा वहीं से चिल्लाता हुआ आया, मेरा प्लेसमेंट हो गया, मेरा प्लेसमेंट हो गया! उसकी प्लेसमेंट हो गया-प्लेसमेंट हो गया चिल्लाने की आवाज़ सुनकर जब अमर ने मुड़कर कंचा की तरफ़ देखा और फिर उसके हाथ में अपना विज़िटिंग कार्ड देखा तो समझ गया की ये क्यूँ चिल्ला रहा है और वो कंचा को देखकर हल्का-सा मुस्कुरा दिया! जब सब लोंडों को

को पता चला तो सब ख़ुशी से नाचते हुए हिप हिप हुर्रे करने लगे, अब लग रहा था अमर को अपने कॉलेज का इस बार का पूरा का पूरा बैच ही रिक्रूट करना पड़ेगा !

कॉलेज गैंग ने अमर के घर से आई गाड़ियों में म्यूजिक चालू करवाया और नाचना शुरू कर दिया, "लगैले तू लिपिस्टक, हिल्लेला सारा डिस्ट्रिक", अगर बारात मैं ना नाच सके तो क्या, कम से कम विदाई में ही सही !

इस सब के बीच MJ की आँख लग गयी थी और वो वहीं कुर्सियों पर आराम से सो गया था, पर जैसे ही ये नाच-गाना शुरू हुआ तो MJ एक दम नींद से उठा और अपनी आँखों को मलते हुए ख़ुद को जगाने की कोशिश करने लगा, तभी एक लड़की उसके सामने से गुजरी, तो वो नींद भूलकर तुरंत ही उसको देखने लगा और बोला, "8 नंबर" और अपने बगल में कोहनी से मरते हुए बोला, "देख बे मोटे क्या माल है!" तभी एक और लड़की MJ के बग़ल से निकली तो MJ फिर से थोड़ा तेज़ से कोहनी मारते हुए बोला, "अबे भाई इसे देख 9 नंबर, क्या लग रही है!" पर जब दो बार कोहनी मारने और इतनी सुंदर लड़कियों को देखने के बाद भी साइड से कोई रिएक्शन नहीं आया तो MJ ने पलट कर देखा, तो पाया बग़ल में उसके परम पूज्य पिता जी बैठे हुए थे, इन्फेक्ट वहाँ सिर्फ़ वही दो लोग बैठे हुए थे, पापा को देखकर MJ की तो सिट्टी-पिट्टी ही गुम हो गयी और वो लड़खड़ाती जबान मैं बोला, अररेरेरे पापा हमारे कॉलेज में कल-कल ना एक टेस्ट था, बस उसमें ही हमारे 8 नाहीईई 9 नंबर आये थे यही बात बता रहे थे और इतना बोल कर वो एक दम से खड़ा हुआ और भागते हुए बोला, "पापा बस आ रहे, बस 2 मिनट में आ रहे!" इस से पहले की वकील साहब कुछ बोलते या पूछते MJ हवा हो गया था, MJ को ग़ायब होता देख ही रहे थे कि सामने से एक मोहतरमा आयीं और बोलीं, "एक्सक्यूज़मी!" तो वकील साहब एक दम पानी की तरह शांत और निर्मल होते हुए बोले, "जी कहिये, तो उन मोहतरमा ने पूछा क्या मैं ये कुर्सी ले लूँ!" तो वकील साहब बोले, "जी-जी क्यों नहीं बिल्कुल ले लीजिये!" इतना सुनकर उन मोहतरमा ने कुर्सी उठायी और चली गयी और इधर वकील साहब धीमे से बुदबुदाए.. "10 नंबर !"